Alexa Hirth

Slow Dating Ahoi!

Roman

Bibliografische Information der Deutschen Bibliothek:
Die Deutsche Bibliothek verzeichnet diese Publikation
in der Deutschen Nationalbibliografie;
detaillierte Daten sind im Internet über
http://dnb.ddb.de abrufbar

Impressum

Alexa Hirth
Slow Dating Ahoi!
Roman
1. Auflage 2020
© Alexa Hirth, 2020
Kontakt: alexa.hirth@t-online.de

Herstellung und Verlag:
BoD - Books on Demand GmbH, Norderstedt

Lektorat/Cover: Beate Schaefer, www.beate-schaefer.de

Covergestaltung unter Verwendung einer lizenzierten Illustration
von © Thinkstockphotos (iStock),

ISBN: 9783751972659

Auch als E-Book erhältlich!

Über dieses Buch

Slow Dating Ahoi! ist der zweite Roman von Alexa Hirth und Teil einer Miniserie. Sowohl *Slow Dating*, im Februar 2017 erschienen, mit der Heldin Sandra Wegener, als auch *Slow Dating Ahoi!* mit der Agenturchefin Tina Ternes als Hauptfigur, sind in sich abgeschlossen. Die Romane beziehen sich zwar in wenigen Details aufeinander, können aber auch völlig unabhängig voneinander gelesen werden.

1. Kapitel

Kontrolle.

Kontrolle war das Wichtigste.

Tina Ternes stand in ihrem großen Schlafzimmer an der Ballettstange, die sie hatte einbauen lassen, absolvierte ihre morgendlichen Übungen, und kontrollierte jede ihrer Bewegungen in dem verspiegelten, fünftürigen Kleiderschrank gegenüber. Sie machte eine gute Figur dabei, was nicht nur daran lag, dass sie Balletttraining seit ihrem vierten Lebensjahr gewohnt war. Mit vierunddreißig veränderte sich der Körper, aber Tina achtete auf ihre Ernährung, joggte zusätzlich zu ihrem Tanztraining zweimal die Woche, sorgte für ausreichenden Schlaf, und wenn sie mit ihrem Leben heute nicht hundertprozentig zufrieden war, lag das an Marcus Witt und daran, dass er sie gestern zum zweiten Mal innerhalb von drei Wochen versetzt hatte.

Während Tina ihr linkes Bein, geführt von ihrer Hand, zum senkrechten Spagat streckte, schaute sie aus dem riesigen Fenster auf das faszinierende Panorama der Hamburger Hafencity. Die Elbe schimmerte im gleißenden Morgenlicht des frühen Julitags, Schwimmkräne und Containerschiffe lagen an den Kais, und Tina dachte mit einer gewissen Vorfreude, aber auch ein wenig Unruhe an das Kreuzfahrtschiff *Bella Luna*, das morgen im Laufe des Vormittags elbabwärts festmachen würde. Es würde die Gäste, die vier Tage auf der Nordsee unterwegs gewesen waren, entlassen, und am gleichen Tag noch neue, erlebnishungrige Touristen an Bord nehmen. Und zwölf dieser neuen Gäste hatten über Tinas Partneragentur *Slow Happy* ein Slow Dating-Seminar gebucht. Obwohl Tina mittlerweile eine große Routine besaß, was diese Workshops betraf, war sie heute leicht nervös. Normalerweise fanden die Events in luxuriösen Hotels statt und dauerten zweieinhalb Tage. Doch diesmal handelte es sich um eine besondere Veranstaltung. Der 999. Teilnehmer würde begrüßt werden, und die Zeitschrift *My Dream* wollte Stoff für das aktuelle Dating-Special, das in der Novemberausgabe erscheinen sollte. Die Kreuzfahrt war eine Idee der Redaktion gewesen, und die Journalistin Sandra Wegener würde wieder dabei sein, nicht undercover wie vor zwei Jahren in Nordeby, sondern ganz offen. Und die Kreuzfahrt dauerte nicht zweieinhalb, sondern vier Tage – Freitag bis Montag. Eine lange Zeit, für die die Teilnehmerinnen und Teilnehmer ein überzeugendes Konzept erwarten konnten. Schließlich ließen sie sich das Ganze ja eine Menge kosten, in der Hoffnung, den Partner oder die Partnerin fürs Leben zu finden.

Tina seufzte, ließ ihr linkes Bein graziös sinken, bis sie wieder auf zwei Füßen stand, drehte sich um und streckte das rechte Bein, bis die Fußspitze senkrecht zur Zimmerdecke zeigte.

Da klingelte es an ihrer Wohnungstür.

Jetzt? Um sechs Uhr morgens?

Sie schüttelte den Kopf. Wahrscheinlich hatte sie sich verhört.

Es klingelte erneut, diesmal nachdrücklich.

Langsam löste sie sich aus ihrer Pose, blieb aber, wo sie war.

Klingeln. Zwei, drei, vier Mal hintereinander.

Ihr Herz begann zu klopfen. Sie wohnte noch nicht lange hier, erst ein halbes Jahr. Wer in aller Welt klingelte morgens um diese Uhrzeit bei ihr Sturm? Vorsichtig und leise ging sie barfuß zur Tür und schaute durch den Spion.

Rosen. Viele Rosen. Dunkelrote Rosen.

Ihr Herz klopfte noch wilder, aber jetzt nicht mehr aus Furcht.

Marcus!

Lächelnd schloss sie die Tür auf, löste den Hightech-Riegel, und öffnete. Hinter dem riesigen Strauß roter Rosen erschien das Gesicht eines bärtigen jungen Mannes, der durchdringend nach Zigarettenrauch roch.

Tinas Lächeln erstarb.

Nicht Marcus.

„Ja, bitte?", fragte sie eisig.

„Ich soll das hier abgeben", erwiderte der Mann. „Schönen Tach auch." Damit drückte er ihr die Blumen in die Hand, drehte sich um und nahm nicht den Lift, sondern rannte die Treppe hinunter.

Einen Moment stand Tina nur da und schaute ihm hinterher. Dann, mit den Rosen im Arm, schloss sie die Tür, ging zum Tresen der offenen, chromglänzenden Küche, die völlig unbenutzt wirkte, nahm das Kuvert, das oben zwischen den dunkelroten Blüten steckte, und legte den Strauß ab.

Ärgerlich, weil ihre Finger zitterten, riss sie den elegant getönten Umschlag auf, holte die Karte heraus, und starrte sekundenlang blicklos auf die runde, große Frauenschrift in blauer Kugelschreibertinte. Dann gelang es ihr, den Text zu fokussieren. Er lautete: *Bitte verzeih mir. Ich liebe Dich. Marcus.* Einen Moment zögerte sie, dann riss sie die Karte mechanisch zwei Mal durch, so dass vier akkurate Schnipsel entstanden. Er hatte sich noch nicht einmal die Mühe gemacht, selbst zu schreiben, sondern hatte der Verkäuferin im Blumenladen diktiert, was er zu sagen hatte. Er hatte da angerufen, vierundzwanzig rote Rosen bestellt, und einer wildfremden Frau gesagt, sie solle *Bitte verzeih mir. Ich liebe dich. Marcus* auf die Karte schreiben. Wenn sie nicht so wütend gewesen wäre, hätte Tina am liebsten laut aufgelacht.

Auf bloßen Füßen tappte sie hinüber zum großen Wohnbereich, von dessen Fenster aus man den Hamburger Michel und Teile der denkmalgeschützten Speicherstadt sehen konnte. Dort, auf dem Couchtisch, standen in einer hohen Glasvase vierundzwanzig ziemlich verblühte Rosen in grünlichem Restwasser. Tina packte die Vase, warf die verwelkten Rosen in den verchromten Riesenmülleimer in der Küche, goss das modrige Wasser weg, füllte frisches Wasser in die Vase, und wollte die neuen Rosen hineinstellen. „Ach, verflixt", sagte sie und stopfte die frischen Rosen dem alten Strauß hinterher. „So", konstatierte sie energisch, als der schwere Deckel des Mülleimers zufiel, und ging duschen.

Wenig später, als sie sich die Zähne putzte, studierte sie aufmerksam ihr Gesicht im Spiegel. Ihre blauen Augen unter den dunklen Brauen schienen heute noch größer als gewohnt, ihr ovales Gesicht schmaler. Sie dachte an die Rosen im Mülleimer. Schade drum. Trotzdem machte es sie immer noch sauer, dass Marcus nicht selbst gekommen war. Oder nicht wenigstens selbst geschrieben hatte. Zum ersten Mal wünschte sie, sie hätte sich nicht darauf eingelassen, mit Marcus auf elektronische Kommunikation per SMS, WhatsApp oder E-Mail zu verzichten. „Wie schnell klickt man auf Senden, und die Nachricht erreicht eine Person, die gar nicht gemeint ist", hatte er gleich zu Beginn ihrer Beziehung gesagt. Und mit der „Person", die vielleicht fälschlicherweise eine Nachricht von ihm erhalten könnte, meinte er seine Frau. „Wir telefonieren", hatte er gesagt. „Das ist viel direkter. Ich möchte deine Stimme hören, dein Lachen." Marcus rief tatsächlich so oft an, dass Tina nichts vermisst hatte. Und sie vertrat die Überzeugung, dass sie ihr Leben mit einem verheirateten Liebhaber viel besser unter Kontrolle haben konnte, als mit einem Partner, der Ansprüche an ihre Zeit und ihre Gefühle stellte, die sie vielleicht gar nicht erfüllen wollte. Sie blieb frei und hatte trotzdem Sex. Eigentlich perfekt. Sie sahen sich regelmäßig, und es war immer aufregend und schön. Aber dieser blaue Kugelschreiber und diese runde, biedere Frauenschrift machten die Worte *Verzeih mir. Ich liebe dich*, zu einer Farce. Sie erwartete eine Erklärung, und zwar persönlich.

Die Digitaluhr auf dem Badregal piepte. Drei Minuten Zähneputzen waren um. Tina spülte den Mund aus, trocknete ihr Gesicht ab und begann, sich einzucremen. Neulich hatte Marcus' Flug vier Stunden Verspätung gehabt. Noch vom Flughafen aus hatte er nachts angerufen und sich dafür entschuldigt, dass sie in ihrem Lieblingsrestaurant vergeblich auf ihn gewartet hatte. Die Rosen kamen am nächsten Morgen ins Büro. Was diesmal der Grund dafür war, dass er sie mit zwei Tickets vor der Staatsoper hatte stehen lassen, wo sie zusammen Puccinis *La Bohème* anschauen wollten, würde sie wohl hoffentlich bald erfahren. Wenn er Zeit genug hatte, Rosen zu ordern und einen Text für eine Karte zu diktieren, konnte er schließlich auch anrufen. Denn Marcus wusste genau, dass sie jeden Morgen um halb sechs auf den Beinen war.

Tina schüttelte ihr feuchtes Haar und ging ins Schlafzimmer, um sich anzuziehen. Schwarze Spitzenunterwäsche, schwarze, halterlose Strümpfe, einen schwarzen Bleistiftrock, dazu ein schwarzes, ärmelloses Top aus Seidenstrick mit Stehkragen. Schwarz war heute definitiv ihre Wahl. Auf Strümpfen ging sie zur Spiegelkommode, nahm den Föhn, der dort lag, und trocknete ihr dunkelbraunes Haar, bis es in weichem Schwung bis auf ihre Schultern fiel. Ein prüfender Blick in den Spiegel und in ihre blauen Augen, die heute eher skeptisch als unternehmungslustig blickten, brachte sie dazu, ihr Haar straff nach hinten zu bürsten, einen Ballerinaknoten zu zwirbeln und ihn festzustecken. Um die Strenge etwas aufzulockern, wählte sie Perlenohrringe, doch als sie den zweiten Ohrring befestigte, entdeckte sie im Spiegel etwas und rief erschrocken: „Nein!"

Tina beugte sich vor und inspizierte ihren Haaransatz. „Das ist nicht wahr", murmelte sie, schaute weg und wieder hin. Mit demselben Ergebnis. Da war etwas, das da nicht hingehörte. Ein graues Haar. Das allererste. Mit vierunddreißig! Ein Friseurtermin war definitiv fällig. Denn vielleicht war dieses eine graue Haar ein Einzelfall auf ihrem Kopf. Vielleicht aber auch nicht! „Daran bist nur du schuld, Marcus Witt", sagte sie laut. „Du und sonst keiner!"

Es klingelte.

Nicht schon wieder. Tina beschloss, es diesmal zu ignorieren. Außerdem war sie auf dem Weg ins Büro. Sollte DHL oder UPS oder Hermes oder wie diese Dienste auch immer hießen, das Paket doch bei irgendjemand anderem abgeben.

Es klingelte erneut.

„Lasst mich doch alle in Ruhe", rief sie und schlüpfte in schwarze, hochhackige Pumps mit angedeutetem Plateau.

Es klingelte ohne abzusetzen.

Tina stürmte entnervt zur Wohnungstür und riss sie auf. „Ich bin nicht da, kapieren Sie das doch endlich!"

„Aber ich bin da, und ich liebe dich", sagte der Mann, der lächelnd vor ihr stand.

„M...Marcus", stammelte Tina verblüfft.

Er betrat den Flur, schloss die Tür, nahm Tina in die Arme und küsste sie ohne Umschweife.

Als sie sich voneinander lösten, flüsterte sie: „Ich muss ins Büro."

Marcus verteilte kleine Küsse auf ihrem Hals. „Später."

„Aber ich habe Termine, ich muss ..."

„Später", wiederholte er zärtlich und küsste sie erneut.

Zwei Stunden danach setzte er sie in der Rothenbaumchaussee vor dem schlichten weißen Jugendstilgebäude mit den grün gestrichenen Sprossenfenstern ab, in dem sich im Erdgeschoss die Agentur *Slow Happy* befand.

„Wir sehen uns Dienstag, wenn du von großer Fahrt zurück bist", flüsterte Marcus dicht an ihrem Ohr und küsste ihre Wange. „Auf mich wartet ja leider am Wochenende nur die langweilige Geburtstagsüberraschung, die sich meine Schwiegereltern für ihre Tochter zum Vierzigsten ausgedacht haben. Wahrscheinlich ein Landgasthof in der Lüneburger Heide. Gruselig. Ich werde dauernd daran denken, was wir beide miteinander anstellen, wenn …"

Tina legte ihm lächelnd einen Finger auf die Lippen. „Pflicht ist Pflicht", sagte sie.

„Aber lästig", erwiderte er. „Und nur Verwandtschaft. Zu viel essen, zu viel trinken, und endlose Gespräche über Themen, die mich nicht im geringsten interessieren …"

„Dafür muss ich zwölf liebeshungrige Slow Dater auf einer Kreuzfahrt in den Hafen der Ehe bugsieren", gab sie zu bedenken. „Hoffentlich werde ich nicht seekrank!"

„Das hoffe ich auch. Bis Dienstag, meine Schöne." Er küsste sie kurz auf den Mund, ehe sie ausstieg. Tina winkte, als Marcus davonfuhr. Er warf ihr, in den Rückspiegel schauend, noch eine Kusshand zu. Beschwingt ging sie zwischen schattigen Kastanienbäumen über den sich zu einem kleinen Platz weitenden Bürgersteig zum Eingang ihres Büros, das ehemals ein Ladengeschäft gewesen war. Sie trug immer noch den schwarzen Bleistiftrock und schwarze High Heels, dazu aber nun ein rotes, ärmelloses Top mit V-Ausschnitt, und ihr Haar war nicht mehr in einem Knoten gebändigt, sondern umrahmte in sanften Wellen ihr schönes Gesicht.

Eine Angestellte des benachbarten Bistros löste gerade die Ketten von den Stühlen des Straßencafés. Tina grüßte freundlich. „Guten Morgen, Aisha."

„Moin", kam es zurück. „Heute wird es heiß", bemerkte die junge Frau, die einen pinkfarbenen Hijab trug, der ihre tiefschwarzen, von Kajal umrandeten Augen noch größer wirken ließ.

„Endlich", erwiderte Tina. „Es hat ja lange genug geregnet."

Ein Blick auf ihre Armbanduhr zeigte ihr, dass es kurz vor neun war. Normalerweise kam sie um Punkt acht ins Büro. Ein Lächeln flog über ihr Gesicht, als sie daran dachte, was der Grund für ihre Verspätung war. Und erst, als der Summer ertönte, weil ihre Assistentin sie durch die Milchglastür bereits erspäht hatte, und sich die Tür mit einem Klicken öffnen ließ, fiel ihr auf, dass Marcus mit keinem Wort erwähnt hatte, weshalb er sie gestern allein vor der Oper hatte stehen lassen. Nun, das ließ sich ja nachholen.

„Hallo, Maike", sagte sie, als sie zum Empfangstresen ging, auf dem ein hübscher bunter Blumenstrauß stand.

Maike Schirmer passte mit ihrem von einem blauen Tuch gebändigten hennaroten Haar, ihrem langen blau-weißen Batikfummel, ihren Birkenstocksandalen und ihren schwarz lackierten Fingernägeln irgendwie überhaupt nicht in das elegante Ambiente, das eine Innenarchitektin im letzten Frühjahr für *Slow Happy* geschaffen hatte, nachdem sich der Erfolg des neuen Dating-Konzepts auch in barer Münze ausgezahlt hatte. Als Tina die Agentur vor drei Jahren gegründet hatte, war nicht viel Geld da gewesen, daher hatte sie beim Arbeitsamt nach einer Sekretärin gefragt. Und die hatten ihr Maike geschickt. Alleinerziehend, abgebrochenes Studium, seitdem Jobs und immer wieder arbeitslos. Tina hatte zwei Mal geschluckt und dann „erstmal nur auf Probe" gesagt. „Zwei Wochen." Und sie war davon ausgegangen, Maike nach diesen zwei Wochen nie wiederzusehen. Stattdessen hatte sie schon nach wenigen Tagen das Organisationstalent, die Fröhlichkeit und die Geschwindigkeit schätzen gelernt, mit der die Achtundzwanzigjährige ihre Aufgaben erledigte. Allerdings vermied es Tina immer, einen allzu genauen Blick auf Maikes Schreibtisch zu werfen. Denn dort herrschte kreatives Chaos, und Tina wurde beim Anblick der Papierstapel, Post-it-Notes am Computer, angebissenen Mettbrötchen und Kaffeetassen mit unterschiedlicher Füllmenge und in verschiedenen Alterungszuständen immer leicht schwindlig.

„Morgen, Tina", sagte Maike etwas undeutlich, da sie gerade auf einem Stück Schokomuffin kaute. Sie wählte aus der Tassensammlung auf ihrem Schreibtisch zielsicher diejenige mit dem frischen Kaffee und trank einen Schluck hinterher.

Dann zwinkerte sie Tina zu. „Du siehst gut aus. So ... entspannt." Sie grinste breit, und es war klar, dass sie genau Bescheid wusste. Denn wie gewohnt hatte sie die cremefarbene Lamellenjalousie am ehemaligen Schaufenster, hinter dem sich der Empfangsbereich befand, halb aufgezogen, so dass sie genau sehen konnte, was auf der Straße vor sich ging. Dass dadurch auch die Passanten *sie* bei der Arbeit sehen konnten, störte Maike nicht im Geringsten.

Weiter hinten war der große, langgestreckte Raum durch eine eingezogene Wand mit Oberlicht und einer Glastür unterteilt. Dahinter, mit Blick in den kleinen Garten, den Maike mit Hingabe pflegte, befand sich der Arbeitsplatz von Katrin Lindner, deren Aufgabe es war, die Anfragen von potenziellen Slow Datern, die per Mail oder Telefon reinkamen, zu beantworten, Infomaterial online oder per Post zu verschicken, und die Buchungen zu bearbeiten. Ihr gegenüber war der Schreibtisch von Yvonne Schuchardt, der Buchhalterin, die zwei Mal pro Woche kam und sich um die Finanzen von *Slow Happy* kümmerte.

Tina begrüßte Katrin und ging dann zu ihrem eigenen Arbeitsplatz. Sie teilte sich den vorderen Raum mit Maike. Während Tina ihre Handtasche in der Schreibtischschublade verstaute und den Computer anschaltete, hatte Maike sich mit einem Stapel Bewerbungsmappen, ein paar Zetteln und einem Stift bewaffnet, und sich auf einen der beiden schicken Ledersessel vor Tinas Schreibtisch gesetzt.

„Bist du schon aufnahmefähig, oder möchtest du erst einen Tee?", fragte Maike.

Tina schüttelte den Kopf. „Danke, keinen Tee. Leg los. Was haben wir heute?"

„Einiges. Die Seminare in dem Schlosshotel bei Bamberg und auf dieser Burg am Rhein, deren Namen ich mir nie merken kann, sind jetzt ausgebucht."

„Oberwesel", sagte Tina. „Burg Oberwesel."

„Okay, Burg Oberwasauchimmer", erwiderte Maike grinsend. „Ein Veranstalter von Donaukreuzfahrten hat angefragt, ob wir auf einem seiner Schiffe ein Slow Dating-Seminar durchführen möchten. Sie wollen ein gutes Angebot mit Sonderkonditionen schicken."

„Lustig." Tina gab am Computer ihr Passwort ein und wandte ihre Aufmerksamkeit dann wieder ihrer Assistentin zu. „Jetzt bekommen wir schon Angebote direkt von den Veranstaltungsorten, statt dass wir uns selbst bemühen müssen."

„Slow Dating ist die perfekte Werbung für alle Locations, an denen wir bisher Seminare durchgeführt haben", bemerkte Maike. „Und Paare, die sich gefunden haben, heiraten dann auch oft an dem Ort, wo sie sich kennengelernt haben. Das war schon in Nordeby so, erinnerst du dich? Anke und Nina. Das erste Paar, das sich aufgrund von Slow Dating getraut hat." Sie runzelte die Stirn. „Apropos Nordeby. Wollen Sandra und Jonathan nicht endlich mal heiraten?"

Tina zuckte die Achseln. „Sieht nicht so aus. Ich treffe Sandra ja morgen auf der *Bella Luna*. Dann frage ich sie, wenn du willst."

Maike lachte. „Ja, unbedingt. Ich würde zu gern mal ein Wochenende an jenem Ort verbringen, an dem alles begonnen hat."

„Das klingt, als gäbe es Slow Dating schon eine Ewigkeit", erwiderte Tina, legte den Kopf in den Nacken, und schaute versonnen ins Leere. „Dabei haben wir erst im Mai vor zwei Jahren richtig losgelegt."

„Und jetzt wächst uns die Arbeit über den Kopf, so viel Erfolg haben wir", ergänzte Maike. „Was mich zum nächsten Punkt gelangen lässt. Du hast ab zehn Uhr im Halbstundentakt Bewerbungsgespräche zur Vorauswahl, und zwar bis zwölf Uhr dreißig."

Es stimmte. Slow Dating war derart erfolgreich, dass Tina nach einer Stellvertreterin suchte, die in der Lage sein sollte, die Slow Dating-Workshops selbstständig zu leiten. Die Termine waren mittlerweile derart dicht gedrängt, dass sie es demnächst allein nicht mehr schaffen würde.

„Meinst du, es ist was dabei?", fragte sie. „Es hat sich auch ein Mann beworben. Aber ich bin mir nicht sicher, ob das eine Option für mich wäre."

„Er hat ganz gute Referenzen. Und er übersetzt amerikanische Liebesromane ins Deutsche. Scheint also einen Sinn für Romantik zu haben."

„Oder einen Schuss", konterte Tina.

Maike kicherte und legte die Bewerbungsmappen auf Tinas Schreibtisch. „Du kannst ja noch mal drüberschauen."

„Mache ich. Was gibt es noch?"

„Einen etwas seltsamen Anruf. Heute morgen um zwei Minuten nach acht. Von einem Herrn Ritter. Offenbar Assistent der Geschäftsführung. Die Firma heißt Lorenus AG. Er sagt, sein Chef wäre heute in Hamburg und würde dich gern um halb zwei zum Lunch im Elysee einladen, um dir ein Angebot zu unterbreiten."

„Wieso von jetzt auf gleich? So ganz ohne Vorlauf? Was für ein Angebot wollen die mir denn machen?"

„Das wollte er mir nicht sagen. Der Typ tat furchtbar wichtig und geheimnisvoll."

„Lorenus AG", wiederholte Tina nachdenklich. „Nie gehört."

„Ich hab die mal gegoogelt", sagte Maike. „Es handelt sich um ein Konsortium mit einem riesigen Portfolio. Und jetzt pass auf: Unter anderem gehört denen *Valentine's*".

„*Valentine's*?" Plötzlich war Tina hellwach. *Valentine's* war der Platzhirsch am Markt für Online-Dating. Eine seriöse Partneragentur, die Millionen Kunden hatte. „Vielleicht möchten sie mit uns kooperieren? Das wäre doch toll!"

„Weiß nicht." Maike blickte zweifelnd. „Egal. Heißt das, du möchtest diesen Termin wahrnehmen?"

„Auf jeden Fall! Wann? Um halb zwei?"

Ihre Assistentin nickte.

„Und wo genau im Elysee?"

„In der Brasserie Flum."

Das Grand Hotel Elysee lag ebenfalls in der Rothenbaumchaussee, unten beim Dammtor, und die verschiedenen Restaurants gehörten zu den besten in ganz Hamburg.

„Meinst du, ich muss mich umziehen?", fragte Tina.

„Quatsch. Du siehst immer aus wie aus dem Ei gepellt. Ich glaube, ich hab dich noch nie in Jeans gesehen. Hast du überhaupt welche?"

„Ja, klar. Das heißt, so genau weiß ich das gar nicht ..."

„Und wenn, dann Designerjeans mit Swarowski-Applikationen."

Tina lachte. „Vermutlich." Sie öffnete ihr Mailprogramm. Es war zu dumm. Obwohl sie mit Marcus ja diese Vereinbarung hatte: Keine Mails, keine SMS, keine WhatsApp, erwartete sie jedes Mal, wenn sie ihre Mails checkte, eine Nachricht von ihm. Und war jedes Mal enttäuscht, wenn es keine gab. Sie seufzte. „Okay, Maike. Bewerbungsgespräche bis halb eins, dann Lunch im Elysee. Gab es sonst noch was?"

„Pampers möchte auf unserer Homepage eine Anzeige schalten", verkündete Maike grinsend.

„Pampers?"

„Wo erfolgreich gedated und geheiratet wird, sind die Babys nicht weit."

„Na ja, ich weiß nicht. Unsere Kunden sind wohlhabend und erfolgreich, aber nicht mehr die Allerjüngsten. Zwischen Ende Dreißig und Ende Fünfzig tut sich da nicht mehr so viel."

„Wieso? Gerade erfolgreiche Frauen kriegen ihre Kinder immer später. Was sage ich den Pampersleuten also?"

„Dass wir leider auf unserer Homepage keine Werbung schalten. Es gehört zu unserer Corporate Identity, und das soll auch so bleiben."

„Soll ich dir die Summe nennen, die sie zahlen würden?"

„Und wenn sie mir eine Million bieten. Nein bleibt nein."

Maike warf ihr eine Kusshand zu. „Ich liebe dich, Tina." Sie stand auf, ging zu ihrem Platz am großen Schaufenster, nahm das Telefon und suchte im Display einen Kontakt. Gleich darauf meldete sie sich mit „Agentur Slow Happy, mein Name ist Maike Schirmer. Sie hatten um einen Termin mit Frau Ternes gebeten. ... Ja, genau ... Ich möchte diesen Termin bestätigen. Heute um dreizehn Uhr dreißig in der Brasserie Flum im Elysee. Wie bitte? ... Moment, ich frage." Sie wandte sich an Tina. „Möchtest du, dass sie dir einen Wagen schicken?"

Tina schüttelte den Kopf und tippte sich an die Stirn.

Maike grinste und sagte ins Telefon: „Nein, das ist nicht nötig. Es ist ja quasi um die Ecke. ... Ja, danke. Auf Wiederhören."

Während Tina sich nun noch einmal oberflächlich den Bewerbungsmappen widmete, die sie bereits in den vergangenen

Tagen durchgearbeitet hatte, um für die Gespräche vorbereitet zu sein, wanderten ihre Gedanken immer wieder zu Marcus. Warum hatte er sie jetzt schon zum zweiten Mal versetzt? Mehrmals griff sie nach ihrem Smartphone, um ihn anzurufen, doch im letzten Moment legte sie das Telefon wieder beiseite, nagte an ihrer Unterlippe und versuchte, sich auf die Kandidatinnen und den einen Kandidaten für den Seminarleiterposten zu konzentrieren. Gegenüber flogen Maikes Finger flink über die Tastatur des Computers. Aus dem Nebenraum hörte man ab und zu das Klingeln des Telefons und die Stimme von Katrin Lindner. Gerade als Tina sich entschlossen hatte, Marcus tatsächlich anzurufen, erschien die erste Bewerberin. In den nächsten anderthalb Stunden war sie viel zu sehr damit beschäftigt, herauszufinden, ob eine der Kandidatinnen zu *Slow Happy* passte und sie sie ein zweites Mal zu einem längeren Gespräch einladen wollte, um an Marcus zu denken.

Die Bewerberin, die um halb zwölf dran gewesen wäre, kam allerdings nicht, und Tina erhielt eine willkommene Verschnaufpause.

„Puh, das war anstrengend", sagte sie zu Maike, die dabei war, das Silbertablett mit Kaffeetasse, Zuckerdose und Milchkännchen sowie das halb geleerte Wasserglas der letzten Kandidatin abzuräumen. „Jetzt könnte ich einen grünen Tee vertragen."

„Ich mach dir einen", sagte Maike lächelnd.

„Nein, lass mal, danke. Das schaffe ich gerade noch selbst. Zu lange sitzen macht mich kribbelig." Sie stand auf und begleitete Maike in die Pantryküche. Während sie den Wasserkocher anschaltete, bemerkte sie: „Nummer zwei fand ich ganz gut. Was meinst du?"

Maike nickte. „Dumm ist nur, dass sie erst in drei Monaten anfangen kann wegen der Kündigungsfrist."

„Ja, blöd", stimmte Tina zu und hängte einen Teebeutel in ihre Bürotasse. „In drei Monaten bin ich ein Wrack, wenn das so weitergeht. Wir haben mittlerweile jedes Wochenende einen Workshop und manchmal sogar noch einen in der Woche. Ich hätte nie gedacht, dass es so viele Leute gibt, die ein Heidengeld dafür ausgeben würden, um einen Partner zu finden."

„Hast du schon gedacht", warf Maike ein. „Sonst hättest du *Slow Happy* ja nicht gegründet."

„Klar wollte ich Erfolg haben. In den USA habe ich ja gesehen, dass das Konzept zieht. Aber vor allem wollte ich etwas Eigenes aufbauen. Ich bin einfach nicht der Angestelltentyp. Mir macht es Spaß, ein Risiko einzugehen. Ich trage gern Verantwortung, plane gerne. Etwas aufbauen, nützlich sein. Auf das Geld kommt es mir gar nicht so sehr an."

„Das sagt die Frau, die sich gerade ein Luxusapartment in der Hafencity gekauft hat ..."

„Auf Pump." Das Wasser kochte. Tina überbrühte den Tee und trug die Tasse zu ihrem Schreibtisch. „Natürlich möchte ich auch Geld verdienen. Aber dass das Geschäft mit Slow Dating so lukrativ sein würde, hätte ich nicht erwartet."

Maike hörte nur mit halbem Ohr zu, denn sie hatte sich wieder auf den Stuhl hinter dem Empfangstresen geschwungen und auf eine Mail geklickt, die gerade eingetroffen war. Sie überfliegend, fragte sie: „Wann gehst du morgen an Bord? Kommst du vorher nochmal ins Büro?"

Tina schüttelte den Kopf. „Nein. Ich möchte mir das ganze Schiff anschauen, ehe der Ansturm kommt. Bisher kenne ich ja nur das Video. Um halb elf habe ich einem Termin mit dem Cruise Manager. Ab vierzehn Uhr checken die Gäste dann ein. Unsere Slow Dater werden alle bis spätestens halb vier an Bord sein. Um vier Uhr geht es dann mit der Vorstellungsrunde los. Alles ziemlich hektisch, weil um siebzehn Uhr die Seenotrettungsübung stattfindet und es ab sechs Uhr schon Essen gibt. Ich hatte noch gar keine Zeit, mir die einzelnen Profile unserer Kandidaten genauer anzuschauen. Hast du im Kopf, wann genau das Schiff ablegt?"

„Soweit ich mich erinnere, um einundzwanzig Uhr. Die Unterlagen hast du auf deinem iPad."

„Ja, ich weiß. Irgendwie bin ich noch nicht dazu gekommen, mir alles durchzulesen. Es ist ärgerlich, aber ich bin diesmal nicht gut genug vorbereitet."

„Ach, nicht schlimm. Du hast mittlerweile so viel Routine, dass es keiner merken wird."

„Mich stört viel mehr, dass *ich* es weiß", widersprach Tina.

19

„Du wirkst tatsächlich ein bisschen nervös", bemerkte Maike. „Das kenne ich gar nicht an dir. Hast du was?"

„Nein", antwortete Tina ein wenig zu schnell. „Alles gut."

„Scheint mir nicht so. Sag schon. Was ist los?"

„Nichts. Wirklich."

„Warum glaube ich dir das bloß nicht?" Maike legte den Kopf schief. „Ist was mit Marcus?"

Maike konnte man einfach nichts vormachen. „Nein", wiederholte Tina nicht sehr überzeugend, und als Maike schwieg und wartete, sagte sie schließlich: „Doch. Es ist was mit Marcus. Er hat mich gestern vor der Oper stehen lassen. Heute Morgen um sechs kam ein Kurier mit einem Riesenstrauß roter Rosen. Ich habe sie in den Müll befördert. Eine halbe Stunde später klingelte es Sturm, und Marcus stand vor der Tür."

„Verstehe. Hat er sich entschuldigt?"

„Nicht ... nicht, hm, nicht mit Worten ..."

„Aha. Typisch männliche Überrumpelungstaktik. Ich mach es dir schön, dann fragst du nicht nach."

„Maike!"

„Ist doch wahr. Oder hast du etwa nachgefragt?"

„Hab's vergessen", gestand Tina.

„Siehst du? Und jetzt sitzt du die ganze Zeit hier und kaust an deinen Fingernägeln, weil du eine Erklärung haben willst, die du nicht kriegst."

„Hör mal!", protestierte Tina. „Ich kaue nicht an meinen Fingernägeln!"

„War ja auch nur im übertragenen Sinn gemeint. Ruf ihn an."

„Ich weiß nicht ... Wahrscheinlich hat er ein Meeting und geht gar nicht ran."

„Egal. Ruf ihn an."

„Na gut." Tina nahm ihr Smartphone und wollte auf das Display tippen, als es an der Tür klingelte.

Beide Frauen schauten automatisch zu der durch Milchglasstreifen blickgeschützten Eingangstür, hinter der die Silhouette eines hochgewachsenen Mannes erschienen war.

„Kandidat Nummer fünf ist zehn Minuten zu früh", sagte Maike und drückte den Türöffner.

Ein dunkelblonder, schlanker Mann mit einem kleinen schwarzen Rucksack über der linken Schulter betrat die Agentur und kam zum Empfangstresen. Er lächelte Maike an, und seine weißen, ebenmäßigen Zähne blitzten. „Guten Morgen", sagte er mit tiefer, wohlklingender Stimme. „Mein Name ist Petros Meyer-Roussi. Ich komme zum Vorstellungsgespräch."

Ein Blick in seine braunen Augen genügte, und Maike, die den Mund bereits geöffnet hatte, verstummte und wurde vermutlich das erste Mal in ihrem Leben rot.

2. Kapitel

„Oh, mein Gott. Es tut mir so leid. Es tut mir ja so leid", rief Maike, die gerade das Tablett mit einem Glas Cola über die Hose von Petros Meyer-Roussi gekippt hatte. „Ich weiß nicht, wie das passieren konnte ... Ich hole einen Schwamm. Mit warmem Wasser und Spülmittel kriege ich das wieder hin."

Petros saß auf dem Designersessel vor Tinas Schreibtisch, schaute auf seine Hose, schaute hoch zu Maike, sah ihr verzweifeltes Gesicht, und musste grinsen. „Nicht nötig. Ist doch nichts passiert", beruhigte er sie. „War doch nur Cola. Heißer Kaffee wäre schlimmer gewesen."

„Aber jetzt ist Ihre Hose ruiniert", jammerte sie.

„Besser ein Fleck auf der Hose als eine Brandblase auf der Haut", gab er humorvoll zurück.

Maike schaute anbetend in seine braunen Augen. „Ja, das stimmt", hauchte sie.

Tina, die eigentlich gern mit dem Bewerbungsgespräch begonnen hätte, war hin und her gerissen zwischen amüsiertem Beobachterstatus und chefinnenhafter Ungeduld. „Können wir ..."

„Ich hole einen Föhn", rief Maike enthusiastisch und wollte davonstürmen.

„Nein, keinen Föhn", mischte Tina sich ein. „Bring Herrn Meyer-Roussi eine neue Cola. Ich möchte dann gern anfangen."

Maike wirkte nicht so, als sei sie bereit, die Hose des Angebeteten sich selbst zu überlassen, doch ein Blick von Tina brachte sie zur Vernunft. „Ja, sofort", flüsterte sie und schlich mit hängendem Kopf davon.

„Es tut mir leid", sagte Tina zu Petros, doch der winkte ab.

„Schon gut", erwiderte er. „Ich besitze mehr als eine Hose."

„Das freut mich", antwortete Tina und musste lachen. „Schicken Sie uns die Rechnung für die Reinigung." Dann sprang sie mitten ins Thema. „Sie sind Lehrer für Deutsch und Englisch, aber Sie haben in Ihrer Vita geschrieben, dass Sie nicht mehr unterrichten. Warum?"

Petros Meyer-Roussi lehnte sich entspannt zurück. „Ich habe dem Beruf nicht auf immer Lebewohl gesagt. Aber fürs Erste möchte ich noch ein paar andere Dinge ausprobieren. Ich fühle mich mit Dreißig zu jung, um die nächsten fünfunddreißig Jahre einen Lehrplan umzusetzen, den eine schwachsinnige Kultusministerkonferenz erarbeitet hat."

„Und deshalb übersetzen Sie Liebesromane aus dem Amerikanischen? Ist das nicht genau so schwachsinnig?"

„Ziemlich", gab er zu und lachte dieses ansteckende, jungenhafte Lachen, dem sich Tina nicht entziehen konnte. „Aber es ernährt mich halbwegs, bis ich einen Job gefunden habe, der mich wirklich interessiert. Und es hat mir ermöglicht, freiberuflich zu arbeiten und hier in Hamburg ein neues Leben zu beginnen."

„Was heißt das? Ein neues Leben?"

„Das heißt, ich bin wegen einer Frau nach Hamburg gezogen."

Maike war mit einer neuen Cola aus der Küche zurückgekommen und wollte das Glas gerade vor ihn auf den Tisch stellen. Doch bei seinen Worten zuckte sie derart zusammen, dass sie fast erneut ein Desaster angerichtet hätte. Petros fasste wie selbstverständlich nach ihrer Hand und dirigierte sie so, dass das Glas sicher auf dem Schreibtisch landete.

Danach entriss Maike ihm ihre Hand, als habe sie sich verbrannt, und verdrückte sich hastig hinter ihren Empfangstresen. Dort vertiefte sie sich ganz in die neu eingetroffenen E-Mails.

Nachdem Petros einen Schluck getrunken hatte, fuhr er fort: „Wobei gezogen nicht ganz das richtige Wort ist, denn ich habe noch keine Wohnung. Zurzeit wohne ich bei meiner Freundin, aber wir möchten nicht sofort zusammenziehen. Daher suche ich etwas Eigenes."

Maike hob interessiert den Kopf.

„Haben Sie, abgesehen von Ihrer Lehrtätigkeit, Erfahrung mit der Leitung von Gruppen?", wollte Tina wissen.

„Ich habe in Groß-Gerau, wo ich als Lehrer tätig war, die Volleyballjugendmannschaft des örtlichen Vereins trainiert", sagte er. „Falls Ihnen das weiterhilft."

„Und weshalb bewerben Sie sich nun ausgerechnet als Slow Dating-Coach?"

Wieder erschien sein ansteckendes Lächeln. „Weil ich heillos romantisch bin, Ihr Konzept überzeugend finde und glaube, dass ich Spaß daran hätte, Menschen zusammenzubringen."

„Was an unserem Konzept finden Sie besonders überzeugend?"

Ohne zu zögern erwiderte er: „Die Rollenspiele. Ehekrach zum Beispiel. Oder im Supermarkt gemeinsam einkaufen. Ich könnte mir vorstellen, dass es da schon bei der Entscheidung, ob man zu Aldi oder in den Bioladen geht, Meinungsverschiedenheiten gibt."

Tina lachte. „Das stimmt. Es ist tatsächlich so, dass diese Rollenspiele, die wir am ersten Tag durchführen, für die Teilnehmerinnen und Teilnehmer oft entscheidend sind. Wer sich dabei gut versteht, auch wenn im Spiel die Fetzen fliegen, füllt am Ende oft den Fragebogen aus. Und manchmal funkt es dann tatsächlich."

„Dieser Fragebogen nach Dr. Arthur Aron – ist er wirklich so ein Liebesgarant?"

„Er ist psychologisch sehr geschickt gebaut. Sie geben, wenn Sie ihn beantworten, viel mehr über sich preis, als Sie denken. Und ich habe gelernt, dass es Vertrauen schafft und sexy ist, wenn man sich dem Anderen gegenüber öffnet, anstatt den üblichen Dating-Kanon abzuarbeiten."

„Der da wäre?", wollte Petros wissen.

„Ich stelle mich im besten Licht dar", erklärte Tina. „Erzähle vor allem Dinge, die mich attraktiv, erfolgreich und begehrenswert erscheinen lassen. Und dabei handelt es sich meist um Stereotype. Vieles davon ist schlicht gelogen. Leute, die viel daten, erfinden ein Ich, von dem sie glauben, dass es ankommt. Das reicht für ein erneutes Treffen oder einen One-Night-Stand. Aber nicht für eine echte Beziehung. Meine Kunden sind reife Menschen, die kein Interesse an flüchtigen Bekanntschaften haben. Sie haben meist auch gar keine Zeit zu chatten oder online zu daten. Sie wollen eine echte Chance, ohne großen Zeitaufwand, und sie sind bereit, für ein Slow

Dating-Wochenende viel Geld zu bezahlen, weil sie wissen, dass dort diese echten Chancen warten."

Petros nickte, schaute aber nachdenklich. „Was ist mit denen, die trotz Slow Dating niemanden finden? Fordern die ihr Geld zurück?"

Tina lächelte. „Das ist auch schon vorgekommen. Ein oder zwei Mal. Normalerweise ist das Honorar für ein Slow Dating-Seminar etwas, das unsere Kunden aus der viel zitierten Portokasse bezahlen. Und oft höre ich von Teilnehmern, es hätte ihnen viel gebracht, auch wenn sie sich nicht verliebt haben. Manchmal kommt es vor, dass sich zwei Teilnehmer, bei denen es während des Workshops nicht gefunkt hat, später nochmal treffen, und dann klappt es plötzlich. Wir öffnen Türen, und manchmal auch Herzen."

„Das haben Sie schön gesagt." Petros schaute ihr in die Augen. „Sind Sie romantisch?"

„Eigentlich nicht. Warum?"

„Weil dieser Satz sehr romantisch ist. Und weil ich annehme, jemand, der eine Dating-Agentur gründet, müsse einen Sinn für Romantik haben."

Tinas Miene wurde kühl. „Ich bin Geschäftsfrau. Romantik kann ich mir nicht leisten." Ohne ihm die Gelegenheit zu geben, etwas zu erwidern, forderte sie ihn auf: „So, Herr Meyer-Roussi, zurück zu Ihnen. Antworten Sie mir ehrlich und rasch, ohne nachzudenken: Waren Sie jemals beim Speed-Dating?"

„Nein."

„Haben Sie Dating-Chats besucht?"

„Nein."

„Haben Sie online nach Sexpartnerinnen gesucht?"

„Nein."

„Wo haben Sie Ihre jetzige Freundin kennengelernt?"

„Im ICE nach Dresden."

Tina schwieg einen Augenblick. Dann sagte sie: „Könnten Sie sich vorstellen, erstmal ein Praktikum bei *Slow Happy* zu absolvieren?"

„Heißt das, ohne Lohn?"

Sie nickte.

„Warum?"

„Ich will aufrichtig sein. Eigentlich konnte ich mir nicht vorstellen, für diesen Job einen Mann zu engagieren. Und Sie wirken wie jemand, der sich ausprobieren will, aber nirgendwo lange bleibt. Wenn ich Sie einstelle, möchte ich vorher wissen, mit wem ich es zu tun habe."

„Verstehe." Petros Meyer-Roussi war mit einem Mal ganz ernst. Er dachte einen Moment nach. „Gut. Ich könnte mir vorstellen, als Praktikant bei Ihnen zu arbeiten. Für ein einziges Seminar allerdings nur."

„Ab wann?"

„Ab sofort, wenn nötig."

„Ich gehe morgen früh an Bord der *Bella Luna* und führe während der Kreuzfahrt nach London und Amsterdam einen Slow Dating-Workshop durch. Würden Sie mir assistieren?"

Maike gab einen erstickten Laut von sich, doch weder Tina noch Petros nahmen Notiz von ihr.

Nach einem Moment des Zögerns sagte Petros: „Okay, ich mache es."

„Ich erwarte, dass Sie einen Teil des Seminars leiten. Denken Sie sich für das Rollenspiel am ersten Tag etwas aus, das mich überzeugt."

Er überlegte einen Moment. „Kein Problem", sagte er dann lächelnd. „Ich glaube, ich habe da bereits eine Idee." Petros streckte Tina die Hand hin. „Also abgemacht?"

Sie ergriff seine Hand. Beide hatten einen festen, warmen Händedruck. „Abgemacht."

„Wann und wo?", fragte er.

„Ich muss das erst organisieren", gab sie zu. „Sie brauchen ja eine Kabine. Keine Sorge, Kost und Logis sind bei Ihrem Praktikum frei. Meine Assistentin schickt Ihnen eine Mail mit allen Informationen."

„In Ordnung. Ich freue mich." Er stand auf.

Auch Tina erhob sich. „Ich freue mich auch."

„Dann bis morgen."

„Bis morgen."

Petros nahm seinen kleinen schwarzen Rucksack und ging zur Tür. Als er am Empfangstresen vorbeikam, hielt Maike ihn auf.

„W...warten Sie", stammelte sie.

„Ja?" Er lächelte sie an.

„Ich ... wenn Sie ... also, ich meine, Sie sind doch auf Wohnungssuche."

„Ja?", wiederholte er, immer noch lächelnd.

„Meine ... meine Nachbarin sucht einen Nachmieter", presste Maike mit geröteten Wangen heraus. „Anderthalb Zimmer nur, aber mit Balkon. In Barmbek, Grenze Winterhude. Nicht schick, aber cool. Wenn Sie möchten, gebe ich Ihnen die Telefonnummer."

„Das wäre zauberhaft", erwiderte Petros. „Danke!"

Maike kritzelte eine Nummer auf einen Zettel und reichte ihn dem Göttlichen. „Viel Erfolg. Ich schicke Ihnen die Infos zum Workshop auf der *Bella Luna* so schnell wie möglich."

„Sie sind ein Schatz. Ich freue mich auf unsere Zusammenarbeit." Und schon war er zur Tür hinaus und ließ Maike in einem Zustand größtmöglicher Verwirrung zurück.

Tina stand neben ihrem Schreibtisch und schaute ins Leere. „Ich muss verrückt geworden sein" murmelte sie.

„Willst du ihn in deiner Kabine unterbringen?", fragte Maike mit Grabesstimme.

„Unsinn." Tina wandte sich ihrer Assistentin zu. „Aber du warst drauf und dran, ihm Tisch und Bett anzubieten."

„Nur die Nachbarwohnung." Sie schob die Unterlippe vor.

Aufmerksam betrachtete Tina ihre Mitarbeiterin. „Maike?"

„Ja?"

„Was ist los mit dir?"

Maike schwieg und schaute auf ihre schwarz lackierten Fingernägel. „Ich glaube, ich habe mich verliebt."

„Das ist absurd. Du kennst diesen Menschen doch gar nicht."

„Na und? Ich glaube an Liebe auf den ersten Blick. Aber der Typ steht leider auf dich."

„Ach, was. Der steht nur auf sich selbst", widersprach Tina energisch. „Und du weißt genau, dass ich mit jungen Männern nichts anfangen kann."

„Er wirkt nicht so furchtbar jung", wandte Maike ein und hatte wieder diesen verklärten Ausdruck in den Augen.

„Er ist dreißig. Ich bin vierunddreißig. Aus seiner Sicht vermutlich uralt. Außerdem bin ich nicht auf der Suche. Ich würde ihn dir ja gönnen, aber er hat eine Freundin, wegen der er nach Hamburg gezogen ist."

„Vielleicht bekommt er ja meine Nachbarwohnung", meinte Maike hoffnungsvoll.

„Ja, vielleicht. Aber zuerst musst du ihm eine Kabine auf der *Bella Luna* besorgen."

„Meerblick mit Balkon?"

Tina lachte. „Nein, unter Deck, eine Koje neben dem Maschinenraum!"

„Genau. Hauptsache, weit weg von dir", sagte Maike schmollend und nahm ihr Telefon. Ein Blick auf das Display zeigte ihr, dass es viertel nach Eins war. „Ups, du musst los, sonst kommst du zu spät zu deinem Lunchtermin im Elysee."

„Oh!" Tina wirkte mit einem Mal hektisch. „Ich bin nicht geschminkt!"

„Na und? Du siehst auch ohne Make-up aus wie ein Covergirl."

„Danke für die Blumen." Tina ging zum Schreibtisch, zog die Schublade auf und nahm ihre Handtasche. „Dann höre ich mir mal an, was *Valentine's* von uns will."

3. Kapitel

Es war tatsächlich ein heißer Tag geworden. Die Rothenbaumchaussee vibrierte vor Leben, als Tina das Büro verließ und in Richtung Dammtor ging. Studentinnen in kurzen Sommerkleidern, Studenten in Shorts radelten, von ihren Seminaren kommend, nach Hause. Alle Restaurants hatten ihre Sommergärten geöffnet. Angestellte der umliegenden Firmen und Mitarbeiter der Universität aßen dort zu Mittag. Obwohl es eine viel befahrene Straße war, nahm Tina den Autoverkehr gar nicht als störend wahr. Sie liebte dieses Viertel, die Nähe zum Campus, die Internationalität. Rotherbaum war schick, ja, aber es fiel durch das hanseatische Understatement irgendwie nicht auf.

Der Weg bis zum Elysee zog sich, und Tina, mittlerweile etwas erhitzt, wünschte fast, sie hätte doch ein Taxi genommen. In der Lobby des Grand Hotels jedoch wurde sie in Sekundenschnelle heruntergekühlt, denn die Klimaanlage arbeitete auf Hochtouren. Blöd, dass sie nicht daran gedacht und eine dünne Strickjacke mitgenommen hatte. Wenig später betrat sie die Brasserie Flum, ganz in schwelgerischem Jugendstil eingerichtet, und ließ sich vom Maître zum Tisch geleiten, an dem die beiden Herren von *Valentine's* bereits Platz genommen hatten. Sie standen auf, als Tina sich näherte.

„Werner Bossong, Geschäftsführer Deutschland von *Valentine's*", stellte der Kleinere sich vor und gab ihr eine weiche, leicht schwitzende Hand. Er trug eine randlose Brille, war füllig, hatte schütteres blondes Haar und ein rosiges Gesicht.

„Tina Ternes", erwiderte sie und lächelte, ehe sie sich dem anderen Mann zuwandte, der ihr ebenfalls die Hand reichte.

„Norbert Leysaht, Marketing", sagte er. Mit seiner topmodischen Holzbrille, dem akkuraten Haarschnitt und seinem italienischen Designeranzug wirkte er eher wie ein Model.

Mit einer Handbewegung lud Werner Bossong sie ein, sich ihm gegenüber zu setzen. Sofort erschien ein Kellner, brachte die Speisenkarten, und erkundigte sich nach den Getränkewünschen. Tina bestellte ein stilles Wasser, Bossong und Leysaht alkoholfreies Bier. Danach studierten alle drei erstmal die Mittagskarte. Tina wählte einen César-Salat, die Herren als

Vorspeise Lachstartar, danach jeweils das Huftsteak vom Angusrind mit grünem Pfeffer und Pfifferlingen. Tina fragte sich, ob es für die Mitarbeiter bei *Valentine's* zur Pflicht gehörte, bei Auswärtsterminen stets dasselbe zu bestellen. Fehlte nur noch, dass die Herren beide das Herz-Logo von *Valentine's* als Tattoo auf dem dritten Fingerglied trugen. Innerlich musste sie grinsen.

Während sie auf das Essen warteten, vergingen die ersten zehn Minuten mit Smalltalk. Als die Vorspeise kam, bat Werner Bossong: „Erzählen Sie uns ein bisschen was von Slow Dating und Ihrer Agentur."

Es war Tina klar, dass dies nur Geplänkel sein konnte, denn ihr Geschäftskonzept konnte man auf der Homepage von *Slow Happy* nachlesen, und sie war sicher, dass die beiden Herren dies ausgiebig getan hatten. Trotzdem tat sie so, als hätte sie es mit zwei Menschen zu tun, die keinen Internetzugang besaßen, und berichtete von ihren Erfahrungen mit Slow Dating in den USA, dem Fragebogen des Dr. Arthur Aron, und ihrer Idee, auch hier in Deutschland für eine wohlhabende Klientel solche Workshops anzubieten.

„Wie funktioniert Ihr neuer Algorithmus?", wollte Leysaht wissen.

„Das ist das Geheimnis unseres IT-Dienstleisters", erwiderte Tina lächelnd. „Aber ich verrate Ihnen so viel: Für niemanden gibt es auf der Welt nur einen einzigen Menschen, der zu ihm passt. Wir haben zwar bestimmte Vorlieben und Abneigungen, aber für jeden von uns gibt es mehr als einen möglichen Lebenspartner. Manchmal wissen wir erst, dass wir auf eine bestimmte Eigenschaft oder einen körperlichen Vorzug fliegen, wenn wir ihm begegnen. Darin liegt die Chance von Slow Dating. Darüber hinaus liegt es an der Zeit, die unsere Kandidaten bei den Workshops miteinander verbringen. Allein die Möglichkeit, jemanden zu verschiedenen Tageszeiten zu erleben, ist hochinteressant."

Leysaht lachte etwas anzüglich. „Vor allem ab zweiundzwanzig Uhr."

Bossong lachte ebenfalls, doch Tina blieb ernst. „Tagsüber ist es ja durchaus anstrengend für die Teilnehmer. Unsere kleinen Rollenspiele sind richtig Arbeit. Abends an der Bar ist

Entspannung angesagt. Es ist Flirttime, und natürlich wird auch getrunken. Wir empfehlen unseren Kundinnen und Kunden aber, mit dem Sex zu warten, bis das Slow Dating-Seminar vorüber ist."

„Hält man sich daran?", fragte Bossong.

„Die meisten ja, manche nein. In der Regel kann man sagen, dass es bei letzteren dann auch nicht klappt", antwortete Tina. „Unsere Kundinnen und Kunden suchen Beständigkeit. Zukunft. Sie wollen auf Nummer sicher gehen und sind bereit, in diese Zukunft zu investieren. Aber im Vergleich zu *Valentine's* sind wir ein kleiner Fisch. *Slow Happy* bedient nur eine Nische im Partnervermittlungsmarkt."

„Aber eine sehr lukrative", bemerkte Bossong.

Tina lächelte. „Das ist richtig."

„Ein kleiner Fisch, aber ein Goldfisch", fügte Norbert Leysaht hinzu.

Sein Chef lachte laut. „Goldfisch, das ist gut! Das trifft es."

Da ihr César-Salat in diesem Moment serviert wurde, blieb es Tina erspart, auf diesen Scherz einzugehen. Bossong und Leysath machten sich über ihre Steaks medium her, und das Gespräch kam eine Weile fast zum Erliegen.

Was wollten die beiden von ihr? Tina konnte überhaupt nicht einschätzen, weshalb sie hierher gebeten worden war. Sie hatte wenig Appetit und ließ die Hälfte ihres köstlichen Salates stehen. Die beiden Männer hatten nicht nur dasselbe bestellt, sie hatten es auch in derselben Geschwindigkeit vertilgt.

„Einen Espresso?", fragte Werner Bossong, dessen Wangen vom guten Essen noch rosiger leuchteten.

„Gern", erwiderte Tina.

„Für mich auch", sagte der Marketingchef.

Der Kellner kam, räumte den Tisch ab, und brachte umgehend drei Espressi.

Bossong und Leysath öffneten nahezu gleichzeitig die Zuckertütchen, ließen den Zucker vollständig in die Tasse gleiten, rührten im Gleichtakt, pellten simultan die in Schokolade gehüllte Kaffeebohne aus dem Silberpapier, steckten sie in den Mund, kauten, und kippten den Espresso hinterher.

Faszinierend. Wenn Tina erwartet hatte, dass sie jetzt auch noch gleichzeitig ihre Wassergläser leeren würden, die zum

Espresso gehörten, wurde sie enttäuscht. Bossong trank. Leysaht nicht.

Stattdessen sagte Norbert Leysaht: „Frau Ternes, wir möchten Ihnen ganz herzlich zu Ihrem Unternehmenserfolg gratulieren. Sie haben innerhalb von drei Jahren in einem Bereich etwas Neues aufgebaut, in dem sich, markttechnisch gesehen, seit einiger Zeit nicht mehr viel getan hat."

„Danke." Tina lächelte. Was kam wohl jetzt? Ob sie ihr eine Zusammenarbeit anbieten wollten? Und wie konnte die aussehen?

„Haben Sie schon mal darüber nachgedacht, zu expandieren?", wollte Werner Bossong wissen.

„Um ehrlich zu sein, werde ich expandieren müssen", gab Tina zu. „Wir haben derart viele Anfragen, dass ich die Seminare alleine nicht mehr schaffe. Ich bin derzeit auf der Suche nach geeignetem Personal."

„Ich meinte nicht expandieren in diesem kleinumfänglichen Sinn", erklärte Bossong und schob seine randlose Brille hoch. „Ich spreche von einem europäischen Konzept."

„Dafür fehlen mir derzeit sowohl die Mittel als auch das Know-how", antwortete Tina. Jetzt kommt es, dachte sie. Jetzt lassen sie die Katze aus dem Sack.

„Begeben Sie sich unter das Dach von *Valentine's*, und wir stellen Ihnen Mittel und Know-how zur Verfügung", sagte Bossong.

„Was heißt ‚begeben Sie sich unter das Dach von *Valentine's*?'", hakte Tina sofort nach. „Bieten Sie mir eine Zusammenarbeit an?"

„Nicht direkt." Werner Bossong und Norbert Leysaht warfen sich einen Blick zu, den Tina nicht deuten konnte.

„Was dann?"

„Liegt das nicht auf der Hand?", fragte Leysaht. „Sie haben ein sehr erfolgreiches Start-up gegründet, mit einem Konzept, das perfekt zu *Valentine's* passt. Aber wir bedienen nicht nur den deutschen Markt, sondern sind in vielen europäischen Ländern aktiv."

„Das ist mir bekannt", erwiderte Tina defensiv.

„Nun möchten wir unser Portfolio um *Slow Happy* erweitern", ergänzte Bossong die Ausführungen seines Kollegen.

Tinas Augen weiteten sich. „Sie ... Sie wollen meine Agentur kaufen?" Damit hatte sie nicht gerechnet.

Beide Männer nickten und lächelten. „So ist es", sagten sie gleichzeitig, und Bossong fügte hinzu: „Wir werden Ihnen ein hervorragendes Angebot machen. Des Weiteren bieten wir Ihnen an, *Slow Happy* als Geschäftsführerin für Deutschland zu leiten. Eine Ausweitung Ihrer Kompetenzen auf ein oder zwei europäische Länder Ihrer Wahl ist absolut denkbar. Allerdings würden wir es begrüßen, wenn Sie in unsere Zentrale in Köln wechseln könnten."

In Tinas Kopf wirbelten die Gedanken. Weshalb war sie bloß nicht auf eine so naheliegende Idee gekommen? Zusammenarbeit, von wegen! Die wollten *Slow Happy* haben. Das, wofür sie die vergangenen Jahre so hart geschuftet hatte. Ein Haps, und schon hatte der Hecht den Goldfisch gefressen. „Nein", sagte sie spontan und wünschte, sie hätte sich lieber auf die Zunge gebissen. Das war unprofessionell und normalerweise nicht ihr Stil. Aber heute ging irgendwie alles drunter und drüber. Erst die Rosen, dann Marcus, dann die Bauchentscheidung, Petros Meyer-Roussi mit an Bord der *Bella Luna* zu nehmen ... Und jetzt wollte sich auch noch die größte europäische Partneragentur ihr kleines, mit so viel Herzblut aufgebautes Unternehmen einverleiben! Sie spürte, wie ihr die Dinge zu entgleiten drohten. Ihr, die so viel Wert darauf legte, alles unter Kontrolle zu haben.

Sie straffte die Schultern. „Kommt nicht infrage."

Die beiden Herren lächelten noch breiter. Dann nannte Bossong eine Summe, bei der Tina der Atem stockte. Sie blinzelte, lachte kurz auf und glaubte, sich verhört zu haben.

Werner Bossong und sein Partner wechselten erneut einen Blick. Offenbar hatten sie Tinas Lachen missgedeutet, denn Norbert Leysaht beugte sich vor und sagte in gewinnendem Tonfall. „Das war natürlich nicht unser endgültiges Angebot." Und er erhöhte die Summe um das Doppelte.

Mittlerweile hatte Tina sich wieder gefasst und setzte eine geschäftsmäßige Miene auf. Doch innerlich dachte sie hektisch nach. Wenn sie sich auf den Deal einließ, wurde sie über Nacht zur mehrfachen Millionärin. Sie konnte ihren Gründungskredit zurückzahlen, ihren Wohnungskredit ablösen, und es blieb mehr als genug übrig, um ... Ja, um was zu tun? Als Geschäftsführerin in einem Riesenunternehmen zu arbeiten, anstatt auf eigenen Füßen zu stehen? Und was passierte mit Maike und ihren anderen Mitarbeiterinnen? Ganz abgesehen davon, dass sie vielleicht mit Petros Meyer-Roussi gerade einen Stellvertreter gefunden hatte ...

„Weshalb gründen Sie nicht selbst eine Slow Dating-Abteilung?", fragte sie, obwohl sie die Antwort längst wusste.

Norbert Leysaht lächelte immer noch. „Weil Sie ein paar Dinge sehr richtig gemacht haben, Frau Ternes. Zum einen ist da der Name der Agentur. *Slow Happy*. Perfekt. Dann das Logo aus den zwei Schnecken, die Yin und Yang ergeben. Besser kriegt das auch unsere Werbeagentur nicht hin. Und das Wichtigste: Sie besitzen für zehn Jahre die deutschen Rechte am Fragebogen des Dr. Arthur Aron plus die Option auf weitere zehn Jahre. Und durch die Kooperation mit *My Dream* ist *Slow Happy* mittlerweile eine hervorragend eingeführte Marke. Das ist nicht zu toppen. Daher würden wir uns sehr freuen, wenn Sie über unser Angebot nachdenken würden."

Bossong winkte dem Kellner, der wenig später mit der Rechnung, diskret in einer Mappe, zurückkam. „Waren Sie zufrieden?", fragte er, nachdem Bossong mit Kreditkarte bezahlt hatte.

„Danke sehr. Alles bestens", sagte Bossong. Dann wandte er sich an Tina. „Hier ist meine Karte. Rufen Sie mich gerne jederzeit an, Frau Ternes."

Tina nahm die Visitenkarte und stand auf. „Ich danke Ihnen für Ihr Angebot. Aber Sie werden verstehen, dass ich das Ganze erst mit meiner Anwältin besprechen möchte."

Bossong lächelte. „Selbstverständlich. Halten Sie mich über den Stand der Dinge auf dem Laufenden. Ich würde mich sehr freuen, Sie bald in Köln begrüßen zu dürfen." Er stand ebenfalls auf, schaute auf seine Armbanduhr, und schien es plötzlich eilig zu haben. Auch sein Marketingleiter erhob sich. „Wenn wir uns beeilen, bekommen wir die Maschine um vier", sagte er zu Leysaht. Er reichte Tina seine kleine, fette, etwas feuchte Hand. „Auf Wiedersehen, Frau Ternes. Es war mir ein Vergnügen."

Tina nahm ihre Handtasche. „Auf Wiedersehen. Sie hören von mir."

Auch Norbert Leysaht gab ihr noch rasch die Hand, dann eilten die beiden Männer davon in Richtung Hotellobby, vor der ein paar Taxen warteten.

Einen Moment blieb Tina einfach neben dem Tisch stehen und schaute blicklos auf die üppige Dekoration des Restaurants. Dann holte sie ihr Smartphone aus der Tasche. Spontan rief sie Marcus an. Er war Geschäftsmann, abgesehen davon, dass er ihr Liebhaber war. Und mit einem Geschäftsmann hätte sie jetzt gern geredet. Doch es meldete sich nur die Mailbox. Tina legte auf, ohne eine Nachricht zu hinterlassen, verließ das Restaurant, und wählte im Gehen die Nummer ihrer Anwältin.

Während sie telefonierend die Rothenbaumchaussee Richtung Hallerstraße ging und hörte, wie ihre Anwältin Teresa Henning nur lachte, als sie den Kaufpreis erfuhr, blickte sie auf die vertrauten Gründerzeithäuser, die Bäume, die Fahrradfahrer und Autos, spürte die Sommerwärme auf ihrer Haut – und hatte unvermittelt das Gefühl, dass ihre wohlgeordnete kleine Welt gerade ins Schlingern geriet.

„Der Preis ist lächerlich", sagte Teresa. „Und das wissen die auch ganz genau. Du hast drei Jahre lang ein Unternehmen aufgebaut, das einzig am Markt dasteht. Du besitzt für zehn Jahre die Rechte an dem Liebesfragebogen, der ja tatsächlich funktioniert. Mit Option auf weitere zehn Jahre. Deine Kooperation mit *My Dream* ist Gold wert. Und die wollen dich mit Peanuts abspeisen."

„Ich finde nicht, dass man diese Summe als Peanuts bezeichnen kann", wandte Tina ein.

„Peanuts", wiederholte Teresa. „Du bekommst ein paar Millionen. Die sind nach ein paar Jahren weg. Aber *Valentine's* sichert sich deinen Namen, dein Logo und den Fragebogen, mit denen sie über Jahre, wenn nicht Jahrzehnte hinweg Kohle scheffeln werden. Und zwar in einer Dimension, die du dir gar nicht vorstellen kannst. Nein, Baby. Gib mir die Telefonnummer dieses Herrn Bossong, dann werde ich – höflich, versteht sich – Klartext mit ihm reden."

„Aber ich weiß überhaupt nicht, ob ich verkaufen will", sagte Tina und beschleunigte ihre Schritte. Sie hatte es eilig, zurück in die Agentur zu kommen. Maike. Sie musste mit Maike reden. Die hatte nicht nur Grips, sondern war außerdem immer verdammt ehrlich.

„Überleg doch mal, Baby! Du könntest reich werden!"

„Ich will gar nicht reich werden", erwiderte Tina. „Ich möchte, dass alles so weitergeht, wie ich es geplant habe."

„Da hast du nicht mit dem Leben gerechnet", erwiderte Teresa lachend. „Im Leben läuft selten was nach Plan."

Doch Tina war mittlerweile wild entschlossen, die Kontrolle über die Ereignisse zu behalten. „In meinem Leben bestimme ich, was läuft", gab sie zurück. „Das hat bisher immer funktioniert. Weshalb sollte es jetzt plötzlich anders sein?"

„Vielleicht weil du dich veränderst, Tina?"

„Keine Küchenphilosophie, bitte. Hier geht es um konkrete Probleme, und ich werde diese Probleme lösen. Und zwar so, wie ich es will."

Teresa kicherte. „Klar. Du solltest mir trotzdem ein Mandat erteilen, mit *Valentine's* zu sprechen. Wenn ich mir ein Bild machen konnte, sollten wir uns treffen. Abgemacht?"

„Na gut", lenkte Tina ein. Alles andere war unvernünftig.

„Abgemacht. Ich melde mich Montag, wenn ich wieder Land sehe und von diesem Schiff runterkomme, oder spätestens Dienstag. Ciao."

Sie war vor ihrem Büro angelangt und schloss hastig die Tür auf, weil sie begierig war, die neuesten Ereignisse mit Maike zu besprechen. Doch der Empfangstresen lag verwaist, der Computer war heruntergefahren, und auf Tinas Schreibtisch lag neben den Kontaktdaten von Petros Meyer-Roussi und dem Folder mit sämtlichen Buchungsunterlagen für die Kreuzfahrt ein handgeschriebener Zettel: „Timo hat Bauchweh. Ich muss ihn aus dem Hort abholen. Wir sehen uns Montag. Ansonsten bin ich auf Stand-by wie gewohnt. Wie war's mit *Valentine's*? Liebe Grüße, Maike." Daneben hatte sie im Kinderstil eine Blume und mehrere Herzen gekritzelt. Tina musste unwillkürlich lächeln und schaute hinüber zum abgeteilten Bürobereich. Auch von dort waren keine Geräusche mehr zu hören. Die Glastür war halb angelehnt. Katrin Lindner kam pünktlich um halb acht und ging um halb drei. Weil auch sie Familie hatte. Eigentlich benötigte man selbst für eine Dating-Agentur wie *Slow Happy*, deren Gebühren sich nur eine finanzkräftige Klientel leisten konnte, eine Hotline, die mindestens zwölf Stunden erreichbar war, und keine familienfreundlichen Arbeitszeiten ... Professioneller, rationeller, strukturierter, immer mehr, immer größer. Wer nicht so dachte, war keine Geschäftsfrau.

Wenn wir bei *Valentine's* andocken, wird sich das alles ändern, dachte Tina. Aber will ich das?

Was für ein Tag! Gegen die Verwirrung und das leichte Ziehen in ihren Schläfen half jetzt nur noch eines: Sport. Eine Runde Joggen wäre angesagt gewesen. Aber das ging nicht. Das Telefon klingelte alle paar Minuten. Bestimmt waren außerdem ein halbes Dutzend Nachrichten auf der Mailbox. E-Mails mussten beantwortet werden. Und dann musste sie sich endlich Zeit dafür nehmen, den Slow Dating-Workshop auf der *Bella Luna* vorzubereiten. Seufzend klemmte sich Tina hinter ihren Schreibtisch und legte los. Montag würde sie weitersehen, was das Angebot von *Valentine's* betraf. Und vor allem würde sie Marcus wiedersehen ...

4. Kapitel

Tilman Kampe setzte die letzen Stiche an der geplatzten Naht, vernähte den Faden und schnitt ihn ab. Dann platzierte er die große Handpuppe, die einen Wolfspelz und eine Krone trug, auf ihren Holzständer, rückte sie zurecht, zupfte die Wolfsrute in Form, nahm der Puppe die Krone ab und legte sie zu den anderen Requisiten. „Gute Nacht, Max", sagte er. „Gute Nacht, wilde Kerle" fügte er, an die anderen Figuren gewandt, die gemeinsam mit Max in einer Reihe auf ihren nächsten Auftritt warteten, hinzu. „Morgen früh sehen wir uns wieder." Ehe er den Raum verließ, schaute er noch einmal etwas melancholisch auf die vielen verschiedenen Gestalten, die hier an der Wand oder von der Decke hingen, auf Stühlen oder in Regalen saßen oder auf Holzständern ruhten wie Max und die Monster aus Maurice Sendaks Kinderbuch *Wo die wilden Kerle wohnen*. Es gab Märchenfiguren wie den gestiefelten Kater, diverse Prinzen und Prinzessinnen, es gab den Grüffelo, Hexen, Teufel, ein Skelett, das Sams, Tiere, Phantasiewesen, und viele ganz normale Menschen: Männer, Frauen, Kinder, alle mit so individuellen Gesichtern, dass sie selbst hier, im Puppenfundus, lebendig wirkten. Auf einem großen Holztisch lag eine unfertige Marionette, und am Fenster stand eine Nähmaschine, daneben ein Regal mit Stoffen, Bändern, Borten, Knöpfen, Klettband, Leder ... Es roch nach Holzleim, nach Acrylfarbe, nach Pappmaché, eben nach einer Puppenbauerwerkstatt. Hier war das Reich von Tilmans Kollegen Susanne und Mauro, deren Kreativität bei der Erfindung ausdrucksvoller Gesichter und Kostüme keine Grenzen kannte.

Tilman machte das Licht aus, schloss die Tür hinter sich ab, und ging den Flur entlang zur Bühne. Dort räumte er die Dekoration der Abendvorstellung ab – er und seine Kollegin Rita hatten für Erwachsene mit Puppen Loriot gespielt, ausverkauft wie immer – und rollte einen Tisch, dessen Platte man um die eigene Achse drehen konnte, in die Mitte der Bühne. Da sich das Szenenbild mit der Insel der Wilden Kerle oben befand, klappte er den Tisch um, damit das Kinderzimmer von Max sichtbar wurde, und für die erste Vorstellung morgen früh um zehn alles bereit war.

Außer ihm war niemand mehr im Theater. Alles war still, als er das große alte Fabrikgebäude aus rotem Backstein verließ, in dem sich seit über dreißig Jahren das Altonaer Puppentheater befand. Draußen war es viel wärmer als drinnen, und ganz dunkel war es jetzt, Anfang Juli, um diese Uhrzeit auch noch nicht. Sein Fahrrad stand gegenüber an einer efeubewachsenen Mauer.

Unschlüssig verharrte er einen Moment. Wohin jetzt? Ins Karoviertel oder in die *Bar* nach St. Georg? In diesem winzigen Lokal in der Langen Reihe traf er sich oft mit Kollegen aus dem Schauspielhaus. Wenn er Glück hatte, war deren heutige Vorstellung gerade aus, wenn er dort eintraf. Das Einzige, was ihn zögern ließ, war Jenny. Seit sie im letzten Herbst als Regieassistentin im Schauspielhaus angefangen hatte, bekam sie immer diesen gewissen Blick, sobald Tilman die *Bar* betrat. Große Augen, halb geöffnete Lippen, und wenn sie etwas zu ihm sagte, klang es leicht verwirrt. Die Anzeichen schwerer Verliebtheit waren nicht zu übersehen. Leider hatte Tilman kein Interesse. Sicher, Jenny war hübsch und jung. Zu jung für seinen Geschmack. Ein Mann, der übernächstes Jahr vierzig wurde, sollte die Finger von Frauen Anfang zwanzig lassen. Trotzdem war die *Bar* heute seine Wahl. Das Risiko, Jenny an der Backe zu haben, musste er halt eingehen. Was trinken, ein bisschen Smalltalk über Stücke, Regisseure und das Neueste aus der Intendantenetage, dann ins Bett. Morgen um zehn hieß es dann wieder: Vorhang auf für die „Wilden Kerle".

Ehe er losfuhr, warf er noch einen Blick zurück auf das alte Gebäude mit den hohen, bleigefassten Fabrikfenstern und der schweren Eisentür. Darüber der Schriftzug *Altonaer Puppentheater.* Und darüber hing seit Wochen ein großes Transparent mit der gemalten Aufschrift *Rettet das Altonaer Puppentheater!* und darunter die Homepage einer Bürgerinitiative. Seit sechs Jahren war das Figurentheater nun seine Heimat, sowohl was die Arbeit betraf, als auch ganz wörtlich, denn er hatte oben im Fabrikgebäude ein kleines Loft über dem Büro. Doch damit war bald Schluss, wenn nicht ein Wunder geschah. Die Eigentümerin der Fabrik, Sieglinde Fahrenkötter, war überraschend vor gut einem halben Jahr gestorben. Sie und ihr Mann hatten die Puppenbühne einst gegründet, und nach dem Tod des Prinzipals war Sieglinde der gute Geist des Theaters gewesen, hatte an der Kasse gesessen, den Einlass gemacht, die Finanzen verwaltet, in den Pausen hinter dem Tresen Getränke und Brezeln verkauft, und hatte für jeden ein gutes Wort gehabt, eine Aufmunterung, einen Trost, oder ganz praktisch ein Pflaster. Jetzt wollten die Erben die Fabrik so bald wie möglich zu Geld machen. Sie hatten dem Theater bereits vorsorglich zum Ende der Spielzeit gekündigt. Mehrere Investoren leckten sich schon die Finger nach dem historischen Gebäude im angesagten Ottensen, und sobald einer von ihnen den Zuschlag erhielt, verlor das traditionsreiche Puppentheater sein Zuhause. Entweder noch in diesem oder im günstigsten Fall im nächsten Jahr. Tilman wurde es eng in der Kehle, wenn er daran dachte, dass die nächsten zwei Wochen vielleicht die letzten waren, in denen auf dieser Bühne für kleine und große Zuschauer gespielt werden durfte. Und das Ende des Figurentheaters würde natürlich auch bedeuten, dass er und seine Kollegen ihre Jobs verloren. Grund genug, in der Bar einen Gin Tonic zu trinken. Oder auch zwei ...

Etwas machte einen Höllenlärm, und zwar mitten in seinem schmerzenden Kopf. Nein, nicht im Kopf, sondern direkt daneben. Dies zumindest konnte Tilman nach einem Moment der Orientierungslosigkeit feststellen. Er nahm das Smartphone, wischte ohne hinzusehen darüber, und der Lärm hörte auf. Seufzend drehte sich Tilman im Bett auf die andere Seite und schlief sofort wieder ein.

Nur Sekunden später fing das Handy erneut an zu brüllen. „Oh, verdammt, ich schlafe", murmelte er, nahm das Ding, und öffnete versuchsweise ein Auge. Das Display zeigte eine Nummer, die ihm nur vage bekannt vorkam. „Lass mich in Frieden", sagte er und wies das Gespräch ab. Sein Gehirn tat weh, als schrappe ein Kleingärtner mit einer Vertikutiermaschine darüber. Laut Mobiltelefon war es sieben Uhr dreißig, und er hatte noch eine halbe Stunde Zeit, bis er aufstehen musste.

„Guten Morgen", sagte eine weibliche Stimme neben ihm im Bett. Tilman fuhr erschrocken herum. Seine Augäpfel brannten, und er blinzelte hektisch, um durch den Schleier vor seinen Augen etwas klarer zu sehen.

„Wie ... was in aller Welt ..." Er brach ab. Neben ihm lag – Jenny. Sie trug eines seiner T-Shirts, sah hübsch aus, wenn auch etwas verschlafen, und lächelte ihn an.

Das Telefon klingelte erneut. Wieder die gleiche Nummer. Irgendwas schien dringend zu sein. Vielleicht rief Hollywood an?

Er ignorierte, dass in seinem Bett eine Frau lag, von der er nicht mehr so genau wusste, wie sie da hingekommen war, und nahm stattdessen das Gespräch an. „Tilman Kampe."

„Na endlich", sagte eine für Tilmans Zustand laute, viel zu laute Männerstimme am anderen Ende. „Ich dachte schon, ich müsste bei dir vorbeikommen."

„Wer spricht?"

„Oh, sorry, hier ist Frank.

Frank ... Frank ... Irgendwie kam ihm der Name bekannt vor, aber das Dröhnen in seinem Kopf hinderte seine Synapsen daran, sich zu verdrahten und in den Erinnerungsmodus zu schalten. „Frank ...", murmelte er vage.

„Ja, genau. Frank Sattler. Frankie Toledo. Der Showpartner von MaryLou."

Jetzt machte es in Tilmans Kopf klick. Konstantin Messerschmidt alias MaryLou M. war, obwohl sie sich nicht allzu oft sahen, einer seiner ältesten Freunde. Sie kannten sich schon aus Schulzeiten. Und bereits damals war Konstantin eine schillernde Figur gewesen. Er schminkte sich schon mit fünfzehn, trug Rüschenblusen und manchmal Pumps. Dann wieder hatte er Phasen gehabt, in denen er sich im Fitnessstudio Muskeln antrainierte und sich betont maskulin kleidete. Irgendwann jedoch, kurz vor dem Abitur, war er das erste Mal komplett als Frau erschienen, mit dunkelbrauner Langhaarperücke, Make-up und lackierten Nägeln. Ich bin jetzt MaryLou, hatte er verkündet. Und während Tilman in Berlin Schauspiel und Puppenspiel studiert hatte, war Konstantin seiner Neigung gefolgt und Travestiekünstler geworden. Zusammen mit seinem Keyboarder und Lebenspartner Frankie Toledo trat er bundesweit in Clubs auf und war auf der Reeperbahn eine feste Größe.

„Hm, ja und?", murmelte Tilman und versuchte verzweifelt, sich daran zu erinnern, wie er nach Hause gekommen war, weshalb Jenny ihn begleitet hatte, und ob sie miteinander ... Letzterer Gedanke bereitete ihm eine leichte Übelkeit. Er war normalerweise nicht der Typ für einen One-Night-Stand und schon gar nicht mit einer Frau, von der er wusste, dass sie mehr von ihm wollte als Sex.

„MaryLou ist im Krankenhaus", sagte Frank am anderen Ende der Leitung.

„Oh. Das tut mir leid. Hoffentlich nichts Schlimmes?"

„Nein. Oder doch. Hat eine Fischvergiftung. Eine gebratene Flunder hat sie plattgemacht. Zu lange damit gewartet, zum Arzt zu gehen. Magen ausgepumpt. Jetzt hängt sie am Tropf. Zu viel Flüssigkeitsverlust."

„Und was hat das mit mir zu tun?"

„Alles, Baby, alles", seufzte Frank. „Du bist unsere letzte Hoffnung. Du musst uns retten."

„Retten? Ich verstehe nicht."

„Wie auch?" Frank holte laut und tief Atem. „Ich werd's dir erklären. Wir haben ein Engagement auf einem Kreuzfahrer. Unser allererstes. Haben uns seit Monaten darum bemüht. Der Kapitän der *Bella Luna* ist ein ehemaliger Schulkamerad von uns. Dennis Willner. Der Vater war Banker. Erinnerst du dich an Dennis?"

„Da müsste ich lügen", erwiderte Tilman und gähnte herzhaft. „Mach's kurz, Frank Ich habe einen Kater und demnächst die erste Vorstellung."

„Na gut. Waren ja auch zwei Klassen unter dir. Also, Dennis hat ein gutes Wort für uns eingelegt, und dann hat die Agentur uns engagiert. Zur Probe. Wenn alles gut läuft, sind wir dabei. Ist ein Riesengeschäft, weißt du? Wer drin ist, kommt rum, Karibik, Malediven, Asien, verdient gut, hat Spaß. Dumm ist nur, dass das Schiff heute Abend ablegt. Keine weite Tour, nur ein bisschen Nordsee ab Hamburg. Amsterdam, London und zurück. Aber MaryLou ist, wie gesagt, platt wie die verdorbene Flunder. Wenn wir absagen, ist unsere Chance futsch. Nur du kannst uns helfen."

So langsam dämmerte es Tilman, worauf der Andere hinaus wollte. „Nein!", sagte er.

„Aber Lämmchen, warum denn nicht? Ihr seid doch schon zusammen aufgetreten. MaryLou und MaryJane. Erinnerst du dich?"

„Das war nicht oft, und auch nur zum Spaß. Vergiss es, Frank."

„Kein Mensch konnte euch auseinander halten, so perfekt hast du sie imitiert!", insistierte Frank. „Deine Stimme, dein Gang, deine Bewegungen, deine Art zu sprechen. Komm schon, Tilman, du weißt genau, wie gut du Leute nachmachen kannst. Wenn du bei der Tagesschau anrufst und denen weismachst, dass du Angela Merkel bist, dann glauben sie dir."

„Quatsch. Außerdem kenne ich euer Programm nicht gut genug."

„Gibt's auf YouTube. Zieh's dir rein, Baby. Alles gut abgehangene Songs, die die Monroe gesungen hat. Für dich überhaupt kein Problem. Eine Ukulele bring ich dir mit, außer, du hast eine eigene."

Hatte Tilman. Aber er hatte nicht vor, sie mitzubringen, noch sich überhaupt auf so ein aberwitziges Unterfangen einzulassen. „Nein, und nochmal nein. Kapier das endlich, Frank. Ich habe ab zehn Uhr zwei Vorstellungen ‚Wilde Kerle' und ..."

„Ist doch gar kein Problem, Tilman. Check-in auf der *Bella Luna* ist ab vierzehn Uhr. Das Schiff legt um neun Uhr Abends ab. Unser erster Auftritt ist eh erst Samstagabend. Wir haben Zeit genug zu proben. Und es wäre ja nur ein einziger Auftritt. Wenn MaryLou wieder fit ist, fliegt sie nach London und kommt in Dover an Bord. Ab Sonntag hast du dann frei und kannst die kostenlose Kreuzfahrt genießen. Und Montag sind wir schon wieder in Hamburg. Bitte, Baby, lass uns nicht im Stich! Wenn wir den Gig nicht machen, sind wir raus aus dem Geschäft. Es ist so verdammt wichtig für uns. Bitte, bitte, bitte!" Frank hörte sich an, als sei er den Tränen nah. „Tu es für MaryLou. Sie ist doch deine beste Freundin, Tilman."

Zumindest war sie einer seiner besten Freunde. Tilman seufzte. Immerhin hatte er Samstag und Sonntag frei, weil die Kollegen Stücke spielten, in denen er nicht besetzt war. „Wie willst du mich denn an Bord kriegen? Ich bin doch gar nicht gebucht."

„Darüber hab ich mir auch schon den Kopf zerbrochen",
sagte Frank eifrig. „Aber ich habe Dennis angerufen und weiß
jetzt, wie es geht."
Tilman ahnte, dass er gerade dabei war, eine Riesendumm-
heit zu begehen. Aber erstens war er nach der letzten Nacht
noch nicht ganz nüchtern, und zweitens stimmte es. Er war
einer jener Schauspieler, die sich perfekt in einen anderen
Menschen verwandeln konnten. Und MaryLou und er hatten
schon zu Schulzeiten oft miteinander gespielt. Jeder kannte
Spiel- und Sprechweise des Anderen, und ehrlich gesagt, hatte
es ihm bei gemeinsamen Auftritten großen Spaß bereitet, in
die Rolle des Travestiekünstlers zu schlüpfen. Also, warum
nicht? Ein kleines Abenteuer erleben und einem Freund einen
Gefallen tun. „Und wie ginge es?", fragte er.
Der Mann am anderen Ende der Leitung atmete hörbar auf.
„Ich wusste, ich kann mich auf dich verlassen, Baby. Du
checkst als MaryLou ein. Den Rest überlässt du einfach mir."
„Und was ist mit MaryLous Personalausweis?"
„Habe ich bereits. Den brauchen wir für die Bordkarte."
„Und wie sieht sie auf dem Foto aus? Wie Konstantin oder
wie MaryLou?"
„Wie MaryLou. Das ist längst ihre offizielle Identität. Au-
ßerdem werden die so verwirrt sein von dir hübscher Tunte,
dass sie nicht so genau hinschauen werden. Ich bin ja die ganze Zeit bei dir. Also keine Angst, das klappt schon."
„Und wenn nicht?"
„Ich garantiere dir, dass niemand auf die Idee kommen
wird, du seist nicht MaryLou."
„Und was ist mit mir? Soll ich als blinder Passagier mitfahren? Das geht nicht, Frank. Das mache ich nicht."
„Keine Sorge. Schick mir einen Scan von deinem Personalausweis. Alles Weitere kriege ich schon geregelt. Verlass dich
auf mich."
Tilman richtete sich ein wenig auf und sank stöhnend zurück in die Kissen. Vor seinen Augen drehte sich alles. „Mir
ist schlecht. Können wir das nicht später besprechen? Ich
glaube, was du vorhast, ist großer Schwachsinn."
„Quatsch. Vertrau mir einfach. Es wird alles gut."

Vertrauen? Der Plan war wahnwitzig, aber Tilman war viel zu lädiert, um einen klaren Gedanken fassen zu können.

Schweigen auf beiden Seiten. Schließlich fragte Frank zögernd: „Und? Können wir mit dir rechnen?"

Tilman schwang die Beine aus dem Bett. Irgend jemand schlug mit einem Hammer gegen seine Schläfen. Jedenfalls fühlte es sich so an. Er rieb sich mit der freien Hand die Stirn. „Ich muss verrückt geworden sein", murmelte er.

„Bitte, bitte, bitte", jammerte Frank und schluchzte ein wenig.

„Hör auf zu heulen", sagte Tilman erschöpft. „Wann wäre ich Montag wieder in Hamburg? Ich habe um vierzehn Uhr eine ausverkaufte Vorstellung mit dem Froschkönig."

„Moment. Ich muss auf dem Tablet nachschauen."

Tilman wartete.

„Ah, gefunden", sagte Frank endlich. „Wir laufen morgens um acht Uhr in Hamburg ein."

Schweigen.

„Tilman?", kam es von Frank mit belegter Stimme, als sei er kurz davor, in Tränen auszubrechen.

„Hör schon auf zu heulen, Frank. Ich tue es."

„Du guter Mensch. Ich wusste es!", jubelte Frank. „Komm nach deiner Vorstellung zu mir, dann besprechen wir alles Weitere. MaryLou wird dir so dankbar sein! Ich rufe sie sofort an!"

Erst als das Gespräch geendet hatte, fiel Tilman ein, dass das Wort Gage überhaupt nicht gefallen war. Er stützte seufzend den Kopf in die Hände und verharrte so einen Moment.

„Soll ich uns Kaffee machen?", fragte es hinter ihm.

Jenny! Die hatte er völlig vergessen.

„Was ... was machst du eigentlich hier?", fragte er, ohne sich ihr zuzuwenden.

„Erinnerst du dich nicht mehr?"

„N...nein."

„An gar nichts?"

Er schüttelte den Kopf, doch der Schmerz unter seiner Schädeldecke ließ ihn erneut aufstöhnen. „Oder doch ... Warte ..." Eine vage Erinnerung stieg in ihm auf und versank sofort wieder in den Tiefen seines immer noch leicht umnebelten Hirns.

Jenny stand schwungvoll auf. „Ich mache jetzt Kaffee. Den hast du nötig." Damit verließ sie das Schlafzimmer, tappte barfuß in die Küche, und ließ Tilman mit der Hölle in seinem Kopf und der Aussicht, ab heute Nachmittag ein Transvestit zu sein, zurück.

Als er nach dem Duschen in abgeschnittenen Jeans und einem ausgeblichenen grauen T-Shirt in die Küche kam, duftete es nach frischem Kaffee. Jenny trug rote Hotpants und ein ärmelloses, schlabberiges Shirt, das tiefe Blicke in ihren wohlgeformten Ausschnitt erlaubte. Ihre leichte Verlegenheit, die sie sonst in Tilmans Gegenwart immer gezeigt hatte, war verschwunden. Offenbar hatte etwas stattgefunden, das ihre Lockerheit rechtfertigte. Unaufgefordert goss sie Tilman einen Pott Kaffee ein und schob ihn über den Tisch.

Er trank und fragte sich dabei, ob sie dieses Outfit auch schon gestern Abend in der Bar getragen hatte. Und vor allem, was passiert sein musste, damit sie heute Morgen neben ihm in seinem Bett lag und sich nun in seiner Küche bewegte, als sei sie hier zu Hause.

„Machst du eine Kreuzfahrt?", fragte sie. „Es klang danach."

„Ein guter Freund von mir hat eine Fischvergiftung und kann nicht auftreten. Er ist Travestiekünstler."

„Und du vertrittst ihn? Wow!"

„Ich wünschte, ich hätte nicht zugesagt."

„Wieso? Ist doch lustig. Hast du so was schon mal gemacht?"

„Wir sind ein paar Mal zusammen aufgetreten. MaryLou und MaryJane."

„Was? Du kennst MaryLou M.? Ich finde sie grandios. Ich bin schon zwei Mal in ihrer Show gewesen! Nimmst du mich mit? Ich würde deinen Auftritt zu gern sehen!"

Tilman schüttelte langsam den Kopf. Der Kaffee bewirkte immerhin, dass er dabei keine Sternchen mehr sah. „Jenny", begann er zögernd.

„Ja?" Sie sah ihn lächelnd aus großen, rehbraunen Augen an.

„Ich … ich habe keine Ahnung, wie ich nach Hause gekommen bin. Und weshalb du …"

„Ganz einfach. Du bist irgendwann auf dem Barhocker eingepennt. Ganz süß. Mit dem Kopf auf dem Tresen. Der Wirt hat mich gebeten, dich zu entsorgen. Da habe ich uns ein Taxi bestellt. Ein großes, damit dein Fahrrad reinpasst. Du bist ganz brav mitgekommen und im Auto sofort wieder eingeschlafen."

„Hast du das Taxi bezahlt?"

Sie winkte ab. „Mit deinem Geld natürlich."

„Und … und dann?"

„Und dann?" Sie lächelte.

Er räusperte sich. „Sag mal, haben wir … haben wir dann noch …?"

Sie stand auf und lehnte sich an den Tisch. „Keine Sorge, Tilman. Es ist nichts passiert. Du hattest ein oder zwei Gin Tonic zu viel, ich hab dich nach Hause gebracht, und sobald du im Bett lagst, warst du komplett ausgeknipst. Ich war zu müde, um nach Hause zu fahren, außerdem war die letzte U-Bahn weg. Also …"

Er atmete hörbar auf. Also hatten sie nicht miteinander geschlafen. Seine Lebensgeister kehrten langsam zurück.

„Du könntest übrigens nicht ganz so erleichtert sein, dass zwischen uns nichts war", bemerkte Jenny.

„Sorry."

Sie lächelte, war plötzlich wieder verlegen, und schaute kurz weg. Dann seufzte sie. „Schon gut, Tilman. Ich hab's kapiert. Schade, aber nicht zu ändern. Ich wünsche dir eine schöne Vorstellung und vor allem toi toi toi für deinen Auftritt als MaryLou!"

Da man sich für ein toi toi toi nicht bedanken durfte, weil das Unglück brachte, nickte Tilman nur. Eigentlich dumm, dass sich, was Jenny betraf, bei ihm nichts regte. Was war das nur mit ihm? Jenny war hübsch, intelligent, jung, patent, und außerdem in ihn verliebt. Warum konnte er sich nicht einfach auf die Geschichte einlassen? Aber er wusste genau, warum. Es waren in den vergangenen Jahren zu viele „Geschichten" gewesen und nie echte, tiefe Liebe, auch wenn es ein oder zwei Mal so ausgesehen hatte, als könnte es irgendwas in der

Art werden. Und Tilman hatte keine Lust mehr darauf, Erwartungen zu enttäuschen. Trennungen taten weh, auch wenn man selbst es war, der ging. Deshalb sagte er zu Jenny: „Es war verdammt nett von dir, mich nach Hause zu bringen."

„Das sind die Regieassistenten-Gene. Jenny, dein Freund und Helfer. Tag und Nacht im Dienst."

Tilman lachte. „Ich wusste gar nicht, dass das hehre Schauspielhaus mit unserem kleinen Puppentheater kooperiert."

„Ihr macht tolle Sachen", erwiderte Jenny ganz ernst. „Ich hab mir schon einige Vorstellungen angeschaut." Als Tilman ihr einen überraschten Blick zuwarf, grinste sie, und er begriff. Natürlich war sie nur wegen ihm dorthin gegangen. Schnell fügte sie hinzu: „Figurentheater ist viel unmittelbarer als Theater mit richtigen Menschen. Komisch, weil es doch eigentlich umgekehrt sein müsste. Aber man vergisst in Sekundenschnelle, dass es Puppen sind, und man vergisst auch völlig den Spieler, selbst wenn er für alle sichtbar genau daneben steht oder sitzt. Die Geschichten gehen mir viel mehr unter die Haut."

„Danke", sagte Tilman. „Das war eine sehr schöne Beschreibung."

Sie sah auf ihre Armbanduhr. „Du, ich muss los. Ich muss um neun Uhr auf der Probebühne sein, sonst schaffe ich die Vorbereitungen nicht."

Er stand auf und brachte sie zur Tür. „Danke nochmal, Jenny."

„Gern geschehen." Sie lief die ersten Treppenstufen hinunter, doch dann drehte sie sich nochmal um. „Rasier dich."

„Wieso? Ich bin rasiert." Er fuhr sich mit der Hand über sein glattes Kinn.

„Für MaryLou würde ich dir eine Ganzkörperrasur empfehlen. Und einen Besuch im Nagelstudio." Sie warf ihm eine Kusshand zu und ging.

Daran hatte er noch überhaupt nicht gedacht. Die Vorstellung, sich die Beine zu rasieren, ging ja noch. Aber auch die Brust? Die Arme? Womöglich musste er sich auch die Augenbrauen in Form zupfen, die Wimpern mit Permanent-Make-up färben, und sich die Fingernägel lackieren ... Worauf habe ich mich da bloß eingelassen, dachte er, und eine leise Verzweiflung stieg in ihm auf. Er nahm sein Handy, um Frank anzurufen und ihm abzusagen. Doch ehe die Verbindung zustande kam, legte er auf. Irgendwie war die Sache so schräg, dass er Lust darauf verspürte. Außerdem hatte er versprochen, seinem ältesten Freund aus der Patsche zu helfen. Und genau das würde er tun – wenn es sein musste in High Heels und platinblonder Perücke, mit lackierten Fingernägeln, knallroten Lippen, Lidstrich und Rouge bis zum Ohr!

5. Kapitel

„Herzlich willkommen beim Slow Dating auf der *Bella Luna*, Frau Semmler", sagte Tina Ternes lächelnd und hielt der blondierten, etwas fülligen, aber elegant gekleideten Dame, die den Empfangsbereich des Kreuzfahrtschiffes betreten hatte, einen großen Blumenstrauß entgegen. „Und herzlichen Glückwunsch. Sie sind unsere 999. Teilnehmerin. Daher werden wir Ihnen die Kosten für unser Slow Dating umgehend erstatten."

Die Blondine, die Mitte bis Ende vierzig sein mochte, strahlte und nahm den Blumenstrauß. „Wirklich? Das ist aber eine Überraschung! Vielen Dank!" Sie gab Tina die Hand. „Sie müssen Frau Ternes sein. Ach ja, steht ja auch auf Ihrem Schildchen. Dumm von mir."

„Unsinn. Es ist doch alles neu hier. Für uns als Veranstalter übrigens auch. Ich habe mir zum Beispiel heute Morgen eingehend das Schiff angeschaut, aber orientieren kann ich mich immer noch nicht."

„Das kenne ich", erwiderte Frau Semmler und lachte. „Ich hab schon ein paar Kreuzfahrten hinter mir, und trotzdem ich verlaufe mich bis zum letzten Tag. Aber irgendwann kommt man immer dort an, wo man hin wollte."

„Dann besteht ja noch Hoffnung für mich." Tina lächelte, obwohl ihr nach den zwei Stunden, in denen sie die Teilnehmerinnen und Teilnehmer des Slow Datings begrüßt hatte, die Gesichtsmuskeln vom Permanentlächeln wehtaten. „In Ihrer Kabine wartet übrigens eine Vase auf die Blumen. Darf ich Ihnen noch meinen Assistenten vorstellen? Petros Meyer-Roussi."

„Hallo, Frau Semmler", sagte Petros. „Und herzlichen Glückwunsch."

Ulrike Semmler strahlte ihn an. „Danke." Sie setzte sich Richtung Lift in Bewegung.

„Wie viele fehlen noch?", fragte Petros seine Chefin.

Tina warf einen Blick auf ihr iPad. „Wir sind fast komplett. Jetzt fehlen nur noch Frau Hennewald, die Leiterin des Kieler Stadtarchivs, und Herr Protopopov, der Landschaftsarchitekt aus Hannover."

„Und Sandra Wegener aus Nordeby", sagte eine Stimme hinter ihr.

„Sandra!" Tina drehte sich um. Auf sie zu kam eine zierliche, burschikos wirkende Frau mit kurzem rotblondem Haar, bernsteinfarbenen Augen und einem breiten Lächeln. Eine Laptoptasche hing über ihrer Schulter.

Die beiden Frauen umarmten sich. „Du hast dich überhaupt nicht verändert, Sandra", konstatierte Tina.

„Oh, doch, und wie", gab Sandra zurück und lachte. „Dafür sorgt das neue Leben."

„So neu ist dein neues Leben doch gar nicht mehr", warf Tina ein. „Wie geht es Jonathan? Und den Pferden?"

„Alles bestens. Ich soll dich von Jonathan sehr herzlich grüßen."

Ein Räuspern erinnerte Tina an ihre Pflichten. „Sandra, darf ich dir Petros Meyer-Roussi vorstellen? Er assistiert mir bei diesem Slow Dating-Workshop."

„Hi", sagte Sandra. „Schön, Sie kennenzulernen. Es ist höchste Zeit, dass Tina Unterstützung bekommt." Sie musste fast den Kopf in den Nacken legen, um zu Petros aufzusehen, und ihre kleine Hand verschwand komplett in seiner.

„Sandra ist die Journalistin, die beim ersten Slow Dating im Schlosshotel Nordeby undercover dabei war", erklärte Tina. „Seitdem schreibt sie regelmäßig für die Zeitschrift *My Dream* über unsere Seminare und das Thema Dating überhaupt."

„Der neueste Trend ist Wanderdating", berichtete Sandra und kicherte. „Und neulich habe ich in Kiel entdeckt, dass man sich dort auf den kleinen Dampfern, die im Linienverkehr vom Hauptbahnhof über die Kieler Förde ins Seebad Laboe schippern, zum Daten trifft. Aber das ist eher Speed als Slow, wobei das Wanderdating immerhin ein paar Stunden dauert."

„Und ich habe neulich von Hunde-Dating gelesen", ergänzte Petros.

Sandra lachte. „Hunde-Dating? Wenn der Dackel mit dem Collie …"

„Ehe ein anderer auf die Idee kommt, sollten wir uns um eine Lizenz für Space-Dating bemühen", meinte Petros grinsend.

„Auf der Raumstation ISS", prustete Sandra los. „Oder auf dem Mond!", ergänzte Petros. „Aber mal im Ernst. Vielleicht könnten wir Wandern als Programmpunkt aufnehmen", meinte er in Richtung Tina. „Vielleicht. Aber vermutlich nicht gerade auf einem Kreuzfahrtschiff", sagte Tina kühl.

Sandra zog die Nase kraus und schaute von einem zum anderen. „Hm, dann gehe ich mal auf die Suche nach unserer Kabine. Wir sehen uns gleich dort, Tina."

„Wieso?", fragte Tina überrascht.

„Weißt du es noch gar nicht? Maike hat mich angerufen und mir gesagt …" Sandra brach ab, als sie Tinas konsternierten Gesichtsausdruck sah.

„Was hat sie dir gesagt?"

Sandra holte tief Luft. „Also, offenbar war die *Bella Luna* komplett ausgebucht. Daher hat Maike deinem Assistenten meine Kabine vermacht und mich in deine als Zweitbelegung eingebucht."

„Wie bitte? Was fällt ihr ein!" Tina zückte sofort ihr Smartphone und rief im Büro an. Während sie darauf wartete, dass Maike sich meldete, sah sie, wie eine hochgewachsene, relativ stark geschminkte Frau an den Empfangstresen trat. Irgendetwas irritierte Tina an dieser Erscheinung und sie hoffte, dass es sich nicht um Frau Hennewald handelte. Endlich ging Maike ran, und Tina sagte ohne Umschweife: „Hör zu, Maike, das geht nicht. Du kannst nicht über meinen Kopf hinweg Umbuchungen vornehmen, die mich betreffen …" Nach wie vor hatte sie ihren Blick auf die ungewöhnliche Frau am Informations-Desk geheftet. Was stimmte mit der nicht? „Eine Mail? Nein, ich habe seit Stunden keine Zeit gehabt, Mails zu lesen. … Warum hast du mich nicht angerufen?" Die Frau trug, obwohl sie so groß war, cremefarbene Pumps mit halbhohem Absatz, dazu ein ebenfalls cremefarbenes Kostüm und eine weiße Bluse. Sie war schlank, mit durchtrainierten Waden, und ihr halblanges Haar war von einem satten Braun, das nicht echt sein konnte. „Ja, das ist richtig. Hier war die Hölle los. Okay, Maike …" Nicht echt! Das war es. Diese Frau war gar keine Frau, sondern ein Mann!

In diesem Augenblick wandte die Frau, die ein Mann war, der eine Frau sein wollte, den Kopf, als habe sie gespürt, das Tina sie anstarrte. Sekundenlang trafen sich ihre Blicke. Die Frau lächelte, und in diesem Lächeln lag etwas, das Tina nicht deuten konnte. Jedenfalls genügte es, um sich verwirrt abzuwenden und zu versuchen, sich daran zu erinnern, was Maike als Letztes gesagt hatte. Das Problem mit der Kabine war ihr plötzlich ziemlich egal. „Schon gut", unterbrach sie die Erklärungsversuche ihrer Assistentin. „Die Kabine ist hoffentlich groß genug. Und es sind ja nur drei Tage … Ich muss Schluss machen, der nächste Kandidat ist im Anmarsch." Sie beendete das Gespräch und setzte ihr professionelles Lächeln auf, als Juri Protopopov sich näherte, doch dann erstarrte sie, und das Lächeln wich einem entsetzten „Nein!"

Denn hinter dem Landschaftsarchitekten, am Eingang zur Lobby, hatte sie etwas entdeckt, das sämtliche Kontrollfunktionen ihres Körpers mit einem Schlag außer Kraft setzte. Ihre Knie begannen zu zittern, und ihr, die nie schwitzte, wurde so heiß, dass sie fühlte, wie ihr nach wenigen Sekunden der Schweiß zwischen die Brüste rann.

Marcus!

Und nicht nur Marcus, sondern noch weitere Leute, die zu ihm zu gehören schienen. Zwei halbwüchsige Kinder, ein Junge und ein Mädchen, zwei ältere Paare, wohl seine Eltern und Schwiegereltern, sowie eine hübsche Frau mit naturblonden Locken. Seine Frau! Tina fixierte die Rivalin und stellte fest, dass sie viel jünger war, als sie gedacht hatte. Stimmt. Es war ja ihr vierzigster Geburtstag. Sie war gekleidet in typischem Hamburger Understatement. Schmale Hose, Poloshirt, flache Schuhe. Ein sportlicher Typ, sehr attraktiv.

Während sie Juri Protopopov ein Nicken und ein erzwungenes Lächeln gönnte und froh war, dass er es eilig hatte, seine Kabine zu beziehen, dachte sie fieberhaft nach.

Das also war die Überraschung, die sich seine Schwiegereltern für den runden Geburtstag ihrer Tochter ausgedacht hatten! Eine Kreuzfahrt auf der *Bella Luna*. Von wegen Landgasthof in der Lüneburger Heide. Und von wegen, er würde sich zu Tode langweilen. Marcus schien sich nicht im Geringsten zu langweilen. Gerade lachte er über etwas, das einer der beiden älteren Männer zu ihm gesagt hatte, dann legte er seiner Frau den Arm um die Taille. Doch als er sich gerade zu ihr neigen wollte, um sie auf die Wange zu küssen, sah er Tina. Sofort ließ er den Arm sinken und trat hektisch zwei Schritte zur Seite. Seine Familie setzte sich nun in Bewegung. Marcus blieb zurück, und als er sicher sein konnte, dass es niemand sah, gab er Tina hastig das Zeichen: *Ich rufe dich an!*

Tinas Laune war auf dem Nullpunkt. Ging denn gerade alles schief? Vorgestern schon hatte das Desaster angefangen, als Marcus sie allein vor der Oper hatte stehen lassen. Dann die Rosen, dann der Versöhnungssex, und jetzt war er hier an Bord mit seiner gesamten Familie, während sie dafür sorgen musste, dass zwölf heiratswillige Kandidatinnen und Kandidaten sich verliebten. Oh, sie hatte von der sogenannten Liebe so was von die Nase voll!

Vielleicht sollte ich doch an *Valentine's* verkaufen, dachte sie. Und ganz von vorn anfangen. Nur womit?

„Hallo, Frau Ternes", riss eine weibliche Stimme sie aus ihren finsteren Gedanken. „Ich bin Pia Hennewald. Ich freue mich ja so sehr, beim Slow Dating dabei sein zu können!"

Lächeln, lächeln, lächeln. Tina riss sich zusammen und warf noch einen letzten Blick auf die Reisegruppe, der Marcus sich jetzt wieder angeschlossen hatte. Und obwohl sie innerlich noch zitterte, hatte sie sich schon wieder gut genug im Griff, um die letzte Teilnehmerin des Slow Datings angemessen zu begrüßen.

Als Frau Hennewald, ein pummeliger Typ mit Brille und vor Aufregung geröteten Wangen, schließlich im Aufzug verschwand, und Petros sich in Richtung Seminarraum begeben hatte, verstaute Tina ihr iPad in ihrer Handtasche, rollte ein paar Mal die verspannten Schultern, und seufzte tief auf. In der halbrunden Lobby war mittlerweile fast niemand mehr, und bis auf die Loungemusik, die aus den Lautsprechern rieselte, war es auch ziemlich still geworden. Hinter dem Empfangstresen saßen noch zwei Crewmitarbeiterinnen und tippten in ihre Computer. Niemand nahm Notiz von Tina, die einfach nur dastand, ins Leere schaute, und irgendwann leise sagte: „Verdammter Mistkerl!" Dann rollte eine Träne über ihre Wange, und gleich darauf geschah etwas, das ihr schon lange nicht mehr passiert war. Sie wollte es unterdrücken, weil es ihr so entsetzlich peinlich war, aber das Gefühl war zu stark. Ihre Schultern zuckten, sie ließ den Kopf sinken, und schluchzte ein oder zwei Mal trocken auf.

„Kann ich Ihnen helfen, Kindchen?", fragte jemand neben ihr.

Sie schluckte, sah auf und direkt in die dunkelbraunen Augen der Frau, die ein Mann war, der eine Frau sein wollte. Und wieder las sie in diesen Augen etwas, das sie seltsam berührte. Bewunderung? Begehren? Aber sie musste sich täuschen. Waren Transvestiten nicht in der Regel schwul? Resolut schüttelte sie den Kopf und wischte mit dem Handrücken die Tränen weg. „Nein, danke. Es geht schon wieder."

„Sind Sie sicher?"

„Ganz sicher."

„Ich bin übrigens MaryLou M."

Tina nahm die dargebotene Männerhand mit den gepflegten, wenn auch unlackierten Fingernägeln. Sie fühlte sich fest und warm an. Vertrauenerweckend.

Vertrauenerweckend – so ein Blödsinn, dachte sie. „Tina Ternes."

„Steht ja auf Ihrem Namensschild." MaryLou lächelte. Sie hatte einen schönen, sensiblen Mund, betont von korallenrotem Lippenstift. Die Stimme konnte Tina nicht einordnen, denn durch die leicht tuntige Sprechweise klang sie etwas verzerrt und gab Tina das Gefühl, MaryLou mache sich über sich selbst lustig. „Was ist *Slow Happy*?"

„Der Name meiner Partneragentur. Wir führen Slow Dating-Workshops durch." Tina hatte mittlerweile ihre gewohnte professionelle Haltung wiedergefunden.

„Ist das neu?"

„Ziemlich neu. Uns gibt es seit drei Jahren."

„Und? Funktioniert Slow Dating?"

„Sehr gut sogar. Wir haben hohe Erfolgsquoten dank des Liebes-Fragebogens von Dr. Arthur Aron. Wenn Sie mehr über uns wissen wollen – hier ist meine Karte. Dort finden Sie auch unsere Homepage."

MaryLou nahm die Karte, studierte sie einen Moment, dann lächelte sie und fragte: „Hätte jemand wie ich denn bei Ihrem Slow Dating eine Chance?"

Das erwischte Tina kalt. Ihre Lider flatterten kurz, dann sah sie zu dem Transmann auf und entdeckte, dass das Lächeln von MaryLou Humor verriet und verdammt anziehend war. „Wer weiß?", antwortete sie. „Das erste Paar, das sich beim Slow Dating gefunden hat, war lesbisch. Die beiden haben mittlerweile geheiratet." Sofort erkannte sie, dass sie einen Faux-pas begangen hatte. Denn jetzt wusste MaryLou, dass Tina sie für schwul hielt. „Verzeihung, ich wollte nicht …"

MaryLou winkte ab. „Schon gut, Kindchen. Dieser ganze Schubladenkram kann uns doch egal sein. Schwul, lesbisch, bisexuell, transsexuell, transgender – da steigt doch kein Mensch mehr durch. Ich bin ich und du bist du. So sieht die Sache nämlich aus."

Tina, deren Vater sehr rigorose Ansichten in dieser Hinsicht vertrat, die er versucht hatte, seiner Tochter auf den Lebensweg mitzugeben, nickte höflich. Sie erinnerte sich noch sehr gut daran, wie irritiert sie gewesen war, als sich ausgerechnet beim ersten Slow Dating zwei Frauen ineinander verliebt hatten, obwohl zumindest eine davon definitiv auf der Suche nach einem Mann gewesen war. Falls MaryLou spürte, dass ihr das Thema nicht sehr angenehm war, ließ sie es sich zumindest nicht anmerken.

„Kommen Sie morgen Abend in meine Show", lud sie Tina ein und berührte mit zwei Fingerspitzen ihre Schulter. „Ich singe Klassiker von Marilyn Monroe auf irgendeiner der vielen Bühnen dieses Kreuzfahrtschiffes. Keine Ahnung, wo. Steht alles im Bordprogramm."

„Das werde ich tun", versprach Tina und machte den Fehler, noch einmal zu MaryLou hochzuschauen. Sie begegnete einem Lächeln und einem Blick, der … Nein, sie musste verrückt geworden sein. Doch eine Sekunde lang hatte sie das Gefühl gehabt, dass der Trans-wasauchimmer kurz davor war, sie zu küssen …

Ihr Handy klingelte.

Marcus!

„Adieu, Kindchen", sagte MaryLou M. und warf ihr eine Kusshand zu. „Bis morgen!"

Tina vergaß, sich zu verabschieden, und nahm das Gespräch an. „Marcus! Ich fasse es nicht! Warum … Nein, ich habe überhaupt keine Lust, mich mit dir dort zu treffen. Außerdem muss ich in einer Viertelstunde bei der Begrüßung unserer Teilnehmer erscheinen. … Nein, ich … Oh, Mist, nein … Also gut. Ich komme. Falls ich es finde."

Wenige Minuten später klemmte sie mit Marcus in einer dunklen Nische tief unten im Bauch des Schiffes, wo es zu den Mehrbettkabinen der Crewmitarbeiter ging. Ab und zu kamen junge Männer und Frauen unterschiedlichster Nationalität vorbei, die standardisierte Outfits trugen. Sie kümmerten sich nicht um das Paar.

Marcus wollte sie küssen, doch Tina wehrte ihn ab. „Lass das. Mir ist nicht nach Zärtlichkeiten. Warum hast du mich nicht sofort angerufen, als du wusstest, dass deine Familienfeier auf der *Bella Luna* sein wird?", herrschte sie ihn an.

„Weil ich es erst kapiert habe, als wir am Hafen auf den Parkplatz fuhren und ich das Schiff sah", erklärte er ruhig. „Im Taxi saßen meine Frau und meine Schwiegereltern. Wie hätte ich dich da anrufen sollen?"

Sie erwiderte nichts, und er fuhr fort. „Hör zu, es tut mir wirklich Leid, Tina. Aber ich hatte echt keine Ahnung."

Beide schwiegen einen Moment.

„Was machen wir jetzt?", versuchte Marcus vorsichtig, das Gespräch wieder aufzunehmen.

„Ich weiß es nicht. Ich habe ein verdammt arbeitsreiches Wochenende vor mir, und ich kann keinen Stress gebrauchen."

„Das verstehe ich ja. Aber …"

Sie brachte ihn mit einer Handbewegung zum Schweigen. „Außerdem hatte ich vorhin nicht den Eindruck, als ob deine Ehe nur noch auf dem Papier bestehen würde. Hast du mich angelogen, Marcus?"

Er zögerte.

„Sag mir die Wahrheit. Ich …"

„Ich liebe dich, Tina. Das ist die Wahrheit."

Wieder wollte er sie an sich ziehen, doch sie wich ihm aus.

„Und deine Frau?"

„Das ist alles nicht so einfach. Wir hatten eine Krise ..."

„Und die ist jetzt vorbei?"

„Nicht vorbei, aber ... aber wir machen eine Paartherapie. Und ..."

„Und danach kommst du bei mir vorbei und schläfst mit mir", konstatierte sie eisig.

Er schwieg.

„Ich bin so dumm gewesen. So dumm!", rief sie aufgebracht.

„Ich habe Verpflichtungen, Tina. So einfach lassen sich vierzehn Ehejahre nicht aus der Welt schaffen. Meine Kinder ..."

„Verpflichtungen, Ehe, Kinder. Alles gut und schön. Das hättest du dir aber vorher überlegen können. Ich habe dir vertraut, Marcus. Ich habe gedacht, du wärst ehrlich. Nur deshalb habe ich mich darauf eingelassen, deine Geliebte zu werden. Hättest du mir gesagt, dass deine Ehe perfekt ist und du einfach nur Lust hast, ab und zu mit mir ins Bett zugehen, hätte ich mich vielleicht auch darauf eingelassen. Was mich nervt ist, dass du mir etwas vorgemacht hast. Kaputte Ehe, kein Sex mehr mit deiner Frau. Schüttel nicht den Kopf. Genau das hast du mir erzählt. Kannst du dir nicht denken, dass das bei mir gewisse Hoffnungen geweckt hat?"

„Es ... es tut mir Leid", flüsterte er. „Ich wollte dich nicht ..."

„Verletzen?", sagte sie hart. „Das ist ein dummer Spruch. Damit, verletzt zu werden, komme ich klar. Konflikte gibt es überall. Was ich hasse, sind Lügen. Wie vielen Frauen hast du den ganzen Schwachsinn noch erzählt?"

„Wie bitte?"

„Du hast mich ganz genau verstanden, Marcus. Wie vielen?"

„Keiner außer dir", antwortete er, doch er vermied es, ihr dabei in die Augen zu sehen.

Das reichte Tina. Sie schaute auf ihre Armbanduhr. Es war zwei Minuten nach vier. Das Slow Dating auf der *Bella Luna* hatte bereits ohne sie begonnen. Sie konnte nur hoffen, dass

Petros den Raum gefunden hatte, in dem die Vorstellungsrunde stattfinden sollte. „Gut", sagte sie. „Vielleicht ist es ja kein Zufall, dass ich deiner Familie hier auf dem Schiff begegnet bin. Vielleicht sollte es so sein. Egal. Jedenfalls wünsche ich dir eine schöne Geburtstagsfeier, Marcus. Viel Glück mit deiner Frau."

„Was soll das heißen?"

„Das soll heißen, es ist Schluss. Das und nichts weiter."

„Tina, sei doch nicht so radikal! Bitte, lass uns doch in Ruhe reden, wenn das alles hier vorbei ist", bat er.

„Zwischen uns gibt es nichts mehr zu reden. Und jetzt entschuldige mich. Ich habe ein Seminar zu leiten."

Damit drehte sie sich auf dem Absatz um, eilte den engen, stickigen Flur entlang, ignorierte den Fahrstuhl und rannte, ohne ein einziges Mal innezuhalten, die mit Teppich belegten Treppenstufen hinauf bis auf Deck sieben. Sie war durchtrainiert, doch oben musste sie dann doch kurz verschnaufen. Ihr Herz klopfte, jedoch eher vor Wut als vom Treppensteigen. Mehr noch als Marcus' Verhalten ärgerte sie ihre eigene Dummheit. Sie hatte geglaubt, was sie hatte glauben wollen, und vor dem, was offensichtlich war, die Augen verschlossen. Ja, Marcus hatte gelogen. Aber was viel schlimmer war: Sie hatte sich selbst belogen und sich eingeredet, mit einem verheirateten Mann gäbe es weniger Probleme, mehr Freiheit, mehr guten Sex. Abgesehen davon, dass sie bisher keinen Gedanken an die andere Seite – seine Frau – verschwendet hatte. Ihr plötzlich zu begegnen, die Vertrautheit zwischen ihr und Marcus zu beobachten, hatte ihr die Augen geöffnet. Sie, Tina, hatte in dieser Beziehung nichts verloren. Sie gehörte da nicht rein. Zum ersten Mal hatte sie darüber nachgedacht, wie sie selbst sich wohl fühlen würde, wenn ihr Ehemann fremd ginge. Was vermutlich alle Männer taten. Ihr Vater war dafür ein perfektes Beispiel. Oh, wie gründlich sie das Thema Liebe leid war. Doch da drin, im klimatisierten Seminarraum mit Blick auf die Elbe, warteten zwölf Menschen, die sich nichts sehnlicher erhofften, als durch Slow Dating endlich die große Liebe zu finden.

Lasst es, dachte Tina. Lasst es einfach. Ein alter Song von Nazareth, den ihre Mutter oft hörte, fiel ihr ein: *Love hurts.* Ja,

Liebe tat weh. Und was noch mehr schmerzte als verlorene Liebe, waren Lügen. Gegenüber anderen und gegenüber sich selbst. Vielleicht war Liebe einfach nicht ihr Ding. Wer Gefühle hatte, gab Kontrolle ab. Und Kontrollverlust war unpraktisch, peinlich und unproduktiv. „Okay", sagte sie laut. „Das also war Marcus." Dann straffte sie die Schultern, setzte ein strahlendes Lächeln auf, und betrat den Raum.

6. Kapitel

„Ganz so tuntig hättest du beim Einchecken nicht sein müssen", sagte Frank Sattler zu Tilman, als sie im Lift nach oben fuhren. Sie waren allein und konnten offen reden. „MaryLou spricht eigentlich ganz normal. Bei dir hatte man das Gefühl, du imitierst Tony Curtis alias Josephine in *Manche mogen's heiß*."

„Dafür hat auch beim Check-in keiner einen zweiten Blick auf den Personalausweis geworfen", warf Tilman ein und stöckelte eiliger, um mit Frank Schritt halten zu können. „Mann, diese Schuhe bringen mich um!"

„Stell dich nicht so an. Du bist doch Schauspieler. Ihr müsst doch ständig irgendwelche seltsamen Klamotten tragen oder nackt auf der Bühne rumhopsen."

„Erstens bin ich Puppenspieler, und zweitens geht es darum gar nicht. Ich habe gerade die schönste Frau meines Lebens kennengelernt, und sie hält mich für eine Tunte!" Und beinahe hätte ich Idiot sie auch noch geküsst, fügte er im Stillen hinzu. Denn während er sich mit Tina unterhielt, hatte er völlig vergessen, dass er ihr nicht als Tilman Kampe gegenüberstand, sondern als ein Transvestit namens MaryLou M. Abgesehen davon, dass auch Tilman Kampe nicht einfach fremde Frauen küsste, egal, wie attraktiv sie waren ...

„Pass bloß auf, dass das bis zum Ende der Kreuzfahrt auch so bleibt!", warnte ihn Frank.

„Kann ich nicht wenigstens ab und zu als mein normales Selbst hier auf dem Schiff rumlaufen? Ich glaube nicht, dass mich jemand erkennen würde."

„Tilman, es gibt zwei Probleme, die ich damit habe. Das erste ist, dass es sein könnte, dass hier an Bord jemand ist, der MaryLou persönlich kennt. Und das zweite ist, dass eventuell jemand hier an Bord ist, der dich kennt. Und der würde dann locker zwei und zwei zusammenzählen."

„Aber wäre das denn wirklich so schlimm?"

„Ja, wäre es. Wir haben dich hier sozusagen als blinden Passagier reingeschmuggelt ..."

„Stimmt nicht." Tilman wedelte mit seiner zweiten Bordkarte. „Ich bin nicht nur als MaryLou M., sondern eben auch als Tilman Kampe hier auf der *Bella Luna*. Wie du das hingekriegt hast, ist mir allerdings ein Rätsel. Und da wir gerade drüber reden – wieso habe ich eigentlich keine eigene Kabine, zu der diese Bordkarte passt?"

Frank verzog das Gesicht, als bereite ihm etwas große Schmerzen. „Hör zu, Tilman, glaub mir einfach, dass es besser ist, wenn du diese Bordkarte nicht benutzt." Mit einer flinken Bewegung nahm er Tilman die die Chipkarte ab und steckte sie ein. „Die kommt in den Safe."

„He, was soll das!", protestierte Tilman. „Das ist Freiheitsberaubung."

„Ich möchte, dass du als Tilman Kampe auf diesem Schiff nicht existierst. Zwei Tage, und es ist vorbei. Merk dir: Als MaryLou bist du nur die Kopie, nicht das Original. Wir werden niemals wieder einen Job auf einem Kreuzfahrer kriegen, wenn das rauskommt."

„Aber Dennis, der Kapitän, weiß doch Bescheid", wandte Tilman ein.

Als Frank nichts erwiderte, hakte er nach: „Oder?"

„Ja, weiß er. Aber auf ihn kommt es bei *Nui Tours*, dem Veranstalter, nicht an. Wir müssen bei der Eventmanangerin punkten. Sie heißt Linda. Wenn sie unsere Scharade mitbekommt, sind wir raus, und zwar in der ganzen Branche. Also, Tilman: Kein Mensch darf mitkriegen, dass du nicht MaryLou M. bist. Kapiert?"

Tilman seufzte. „Kapiert." Dann fiel ihm etwas ein. „Und wo schlafe ich, wenn MaryLou am Sonntag an Bord kommt?"

„Dreibettkabine", erwiderte Frank heiter.

„Oh, nein!" Sein Kopf tat nach zwei Aspirin und einem Liter Kaffee nicht mehr weh, aber seine Lust auf dieses Abenteuer war gerade sehr gedämpft. Die Aussicht, drei Tage mit der schönen Tina Ternes auf demselben Schiff zu verbringen und ihr nur als MaryLou begegnen zu dürfen, reizte ihn nicht im geringsten. Dafür reizte es ihn um so mehr, herauszufinden, wer hinter dieser vordergründig so selbstbeherrschten schönen Frau steckte, die in einem Moment, in dem sie sich unbeobachtet glaubte, in Tränen ausgebrochen war. Tina wirkte auf ihn wie jemand, der sich – auch, was ihre exzellente Körperhaltung betraf – sehr unter Kontrolle hatte und niemanden an sich heran ließ. Doch darunter spürte er eine Verletzlichkeit, die ihn ebenso stark anzog wie ihre Schönheit. Er hatte so etwas oft bei professionellen Balletttänzerinnen am Theater bemerkt. Vom Typ her hätte Tina eine Tänzerin sein können, eine mit Topfigur allerdings, keines dieser Magerexemplare, bei denen man jeden Knochen sehen konnte. Aber Tina war keine Ballerina, sondern leitete eine Partneragentur. Beides immerhin Jobs, die mit Träumen zu tun hatten. Den Träumen von Menschen, die sich etwas wünschten. Entführt zu werden in eine fremde, aufregende Welt im Theater. Den Traummann oder die Traumfrau zu finden beim Dating. Also hatte die strenge Tina vielleicht insgeheim einen Sinn für Romantik? Hoffen wir es, dachte er. Und was seine Verkleidung als MaryLou betraf … Tony Curtis hatte es ja im Film als Josephine schließlich auch geschafft, Marilyn Monroe zu erobern. Also einfach mal schauen, was so passierte.

Der Aufzug hielt mit einem *Ping*, und die Türen glitten auseinander. Frank und Tilman traten auf den Flur, und nach kurzem Zögern wies Frank nach links. „Da lang."

Tilman empfand den endlosen schmalen Gang, die niedrigen Decken, die Dauerberieselung mit seichter Musik und den leichten Geruch nach Schiffsdiesel, der von der Klimaanlage in feinster Dosierung überall verteilt wurde, als durchaus unangenehm. Es war kühl, gleichzeitig stickig, und er hatte das dringende Verlangen nach frischer Luft. Der Teppichboden dämpfte ihre Schritte, aber Tilman hatte das Gefühl, dass sich sein Körper mit jedem Bodenkontakt seiner Schuhsohlen elektrisch auflud.

„Habe ich dir übrigens schon gesagt, dass wir bereits heute Abend Teil der Show sind?", fragte Frank, als er kurz darauf die Kabine mit seiner Bordkarte öffnete. Die beiden Koffer parkten bereits vor der Tür.

„Nein", erwiderte Tilman überrascht und zog seinen Trolley in die Kabine. „Ich dachte, wir sind erst morgen dran. Warum so plötzlich?"

„Ab einundzwanzig Uhr stellen sich die Stars und Sternchen auf der großen Bühne vor. Keine Ahnung, wann wir dran sind. Welche Lieder hast du am besten drauf?"

Tilman hatte nach der letzten Vorstellung heute Morgen die Kopfhörer kaum noch abgesetzt und sich die Songs der Monroe reingezogen. Der letzte Gig mit MaryLou, als er an ihrer Seite als MaryJane aufgetreten war, lag anderthalb Jahre zurück, aber wenn es hart auf hart ging, hatte er ein Repertoire aus etwa elf oder zwölf Liedern. Das mit der Ukulele war auch kein Problem, denn Tilman hatte die Gabe mancher Schauspieler, eine Vielzahl an Instrumenten problemlos spielen zu können, egal ob Klavier, Trompete, Gitarre oder Saxophon. Vor allem Jazz und Pop lagen ihm. Er besaß das absolute Gehör und darüberhinaus einen gut ausgebildeten Bariton. Woher dieses musikalische Talent oder seine schauspielerische Begabung stammten, wusste er nicht. Weder seine Mutter noch sein Vater hatten jemals ein Instrument gespielt oder die Neigung verspürt, auf einer Bühne zu stehen. Höchstens, dass er es von seiner Großmutter hatte. Die war, als sie sechzehn war, mit einem Zirkusreiter durchgebrannt und ein paar Jahre durch Europa gezogen, ehe sie mit einem kleinen Jungen an der Hand zurückkam, ihr Abitur nachmachte, Mathematik und Englisch studierte und als Lehrerin überaus solide wurde.

„I wanna be loved by you und *Diamonds are a girl's best friend* sind eine sichere Bank, glaube ich", antwortete er. „Aber ohne Probe kriege ich das nicht hin. Haben wir vorher wenigstens noch Zeit für eine Verständigung?"

„Ich erkundige mich. Müssen ja auch einen Soundcheck haben. Dafür muss ich mit Linda, der Eventmanagerin sprechen. Ich muss ja schließlich auch mein Zeug aufbauen."

Tilman wünschte sich sonstwohin. Warum habe ich mich bloß auf diese Sache eingelassen?, dachte er. Wenn ich gestern bloß nicht so versackt wäre … Denn er war sicher, dass er mit klarem Kopf niemals zugesagt hätte, MaryLou M. zu spielen.

Frank warf ihm einen Blick zu und erriet seine Gedanken. Er grinste. „Komm schon, Tilman. *Das ist live, das ist Las Vegas!"*

Ein alter Spruch aus Schülerzeiten, als MaryLou M. noch Konstantin Messerschmidt gewesen war und Frank zwei Klassen unter ihnen. Tilman verzog das Gesicht zu einem reuigen Grinsen. Kneifen ging jetzt nicht mehr. Also Augen zu und durch.

„Ich gehe und suche Linda", verkündete Frank und ließ Tilman allein.

Der sah sich um. Es gab tatsächlich drei Schlafplätze. Ein Doppelbett und ein schmales Einzelbett. Alles in der Kabine war eng, aber es gab immerhin einen Balkon. Das Bad ähnelte der Nasszelle eines Wohnmobils, und Tilman hatte keine Ahnung, wie er MaryLous Alltagsklamotten, die Perücke, das Schminkzeug und den ganzen anderen Kram hier verstauen sollte. Weil er das Gefühl hatte zu ersticken, riss er die Balkontür, trat hinaus, und atmete tief durch. Was für ein Blick! Die Elbe, hier bei Altona schon sehr breit, schimmerte im milden Nachmittagslicht, ein Ausflugsdampfer schipperte vorbei, von drüben aus dem Containerhafen kam das langgezogene Tuten einer Schiffssirene, und wenn er sich vorbeugte und nach links schaute, konnte er die Hamburger Kirchtürme und die Elbphilharmonie sehen. Hatte er sich gerade noch gefragt, warum so viele Leute verrückt nach Kreuzfahrten waren, wenn sie sich tagelang unter Bedingungen, die sie, was die Unterkunft betraf, bei jedem Pauschalurlaub als erbärmlich bezeichnen würden, in ein schwimmendes Hochhaus pferchen lassen mussten, bekam er nun eine Ahnung davon, dass die Sache doch ganz nett sein könnte. Vor allem, wenn man sich dann irgendwann auf hoher See befand und der Blick in die endlose Weite glitt ...

Er fing an, auszupacken. Als er drei Kostüme, einen eleganten schwarzen Hosenanzug, vier Paar Schuhe, den Styroporkopf für die Perücke, die gepolsterten Mieder, die Strumpfhosen und den Kosmetikkoffer verstaut hatte, war ihm klar, dass für Franks Garderobe kein Platz mehr sein würde.

Es klopfte.

„Ja, bitte?", fragte Tilman.

Die Kabinentür wurde geöffnet. „Ich bin's nur.", sagte Frank und kam rein. „Hätte ja sein können, dass du gerade nackt bist."

„Und wenn schon", erwiderte Tilman grinsend. „Solange du die Finger von mir lässt ..."

Frank reckte das Kinn. „Ich bin gebunden, Honey."

„Das beruhigt mich ungemein."

„Ich habe gerade mit der Eventmanagerin, gesprochen", erklärte Frank nun. „Unser Soundcheck ist um acht. Wir haben Zeit bis zwanzig nach acht. Das sollte reichen, oder?"

„Ich hoffe es. Wann ist unser Auftritt?"

„Das ist immer noch nicht ganz klar. Um neun legen wir ab, und ab da ist oben auf dem Sonnendeck Sail Away Party. Wer darauf keine Lust hat, kriegt im Theater bis dreiundzwanzig Uhr einen kleinen Vorgeschmack auf die Shows, die während der Reise geboten werden. Linda moderiert. Ich habe sie gebrieft und ihr Infomaterial über dich gegeben. Sie stellt uns kurz vor, dann spielen wir den ersten Song, danach quatschen wir ein bisschen, so talkabendmäßig. Das kennst du ja aus den YouTube-Videos. Dann der zweite Song, und dann haben wir hoffentlich Feierabend und können es uns gutgehen lassen. Hast du Hunger?"

„Noch nicht, aber bald."

„Um fünf ist die große Sicherheitsbelehrung, genannt Seenotrettungsübung, auf dem Oberdeck. Da müssen alle teilnehmen. Ab sechs Uhr gibt es in den verschiedenen Restaurants an Bord Abendessen. Selbstbedienung am Büfett. Sagen wir um halb sieben im Plazarestaurant?"

„Okay. Wo auch immer sich dieses Plazarestaurant befindet."

„Deck sechs", antwortete Frank. „Nicht zu verfehlen. Das Schiff ist ja nicht so riesig. Acht Decks, maximal vierzehnhundert Gäste. Die *Bella Luna* ist ein ziemlich alter Kasten." Er öffnete den Schrank und warf einen Blick hinein. „Und wo soll ich mein Zeug bitteschön unterbringen?"

Tilman zuckte die Achseln. „Keine Ahnung. Du wolltest, dass ich mitkomme und euch den Arsch rette."

Frank seufzte, holte sein Waschzeug aus dem Koffer, stellte es ins Bad, und schob den Koffer dann einfach unters Bett.

„Apropos Zeug", meinte Tilman. „Wo sind eigentlich meine Klamotten für die Vorstellung?"

„In der Garderobe backstage. Nach dem Essen gehen wir rüber für die Maske und das Kostüm. Keine Angst, das ist hier offensichtlich alles sehr professionell."

„Wie beruhigend." Tilman grinste. „Was ist, wenn ich es vergeige?"

„Wird schon nicht passieren. Sobald du auf der Bühne bist, geht das wie von selbst", beruhigte ihn Frank und klopfte ihm auf die Schulter. „Ach, ehe ich es vergesse …" Er holte Til-

mans Bordkarte aus seiner Jackentasche. „Nicht gucken!"
Tilman tat, als wende er sich ab. Zufrieden tippte Frank eine
Zahlenkombination, öffnete den Safe, legte sie hinein und
verschloss den Safe wieder. Dann drehte er sich zu Tilman
um, der hinter ihm stand. „Tut mir Leid, Baby", sagte er.
„Besser ist besser." Er lächelte. „Entspann dich. Du siehst gut
aus." Doch dann stutzte er, nahm Tilmans Hand und schüttelte den Kopf. „Wieso trägst du keinen Nagellack? Lackier dir
die Nägel, verdammt!" Damit verließ er erneut die Kabine.
Lackier dir die Nägel! Wenn das so einfach gewesen wäre,
hätte Tilman es bereits vor dem Einchecken gemacht. Zwei
Mal hatte er es versucht. Beim ersten Mal hatte es dicke
Schlieren gegeben und er hatte die Nagelhaut überlackiert.
Beim zweiten Mal hatte er es zuerst mit einer dünnen Schicht
versucht. Blöderweise hatte die zweite Schicht den ersten Lack
wieder angelöst. Es sah einfach gruselig aus. Also hatte er es
einfach gelassen. MaryLou war sicher ab und zu auch ohne
Nagellack unterwegs. Für den Auftritt heute Abend musste
allerdings Farbe auf die Fingernägel, denn der Maskenbildne-
rin konnte er diesen Job wohl eher nicht aufdrücken. Zu viel
Zeitdruck … Leicht genervt schaute er auf die Uhr. Es war
kurz vor halb fünf. Auf so einem Kreuzfahrtschiff gab es
doch angeblich alles. Etwa auch einen Kosmetiksalon? Im
Hinausgehen warf er einen Blick in den Spiegel. „Tschüß,
Tilman, willkommen MaryLou", sagte er. „Chchch …" Er
fauchte sein Spiegelbild an wie eine Katze und machte eine
kokette Handbewegung mit zu Krallen geformten Fingern.
Dann stöckelte er mit wiegenden Hüften zur Tür, griff sich
eine weiße Handtasche vom Haken, verließ die Kabine, und
machte sich auf die Suche nach dem Schönheitssalon.
    Auf Deck sieben, neben dem offenen Fitnessbereich, wo
ein Dutzend Laufbänder und andere Trainingsgeräte in Reih
und Glied standen, und schräg gegenüber von einem Golf-
platz en miniature mit Simulator, wurde er fündig. Die junge
Frau, die in einem Pavillon hinter einem halbrunden weißen
Tresen saß, der von goldgefassten Säulen gerahmt wurde,
zuckte nicht mit der dick getuschten Wimper, als MaryLou
alias Tilman zu ihr trat und fragte, ob sie so nett wäre, ihm die

Fingernägel zu lackieren. Sie lud ihn mit einem Lächeln ein, an einem Tisch seitlich des Tresens Platz zu nehmen.

„Ton in Ton mit Ihrem Lippenstift?", erkundigte sie sich. „Oder ein schickes, modernes Weiß? Das würde bei Ihren schlanken Händen gut aussehen."

Da Tilman keine Ahnung hatte, welche Farbe sein Kostüm für die Show habe würde, hielt er ihren Vorschlag für eine gute Idee. „Gerne weiß", sagte er und streckte ihr seine Finger hin. Professionell ging sie an die Arbeit.

Ab und zu kamen Leute vorbei, die den Fitnessraum begutachteten. Manche warfen einen Blick in den halb offenen Kosmetiksalon, und einige grinsten und tuschelten, als sie weitergingen.

„Gehören Sie zur Showcrew?", fragte die junge Kosmetikerin, während sie den farblosen Unterlack auftrug.

„So ähnlich", antwortete Tilman. „Mein Partner und ich sind zum ersten Mal für eine Kreuzfahrt engagiert worden. Ich bin MaryLou M. und singe Lieder von Marilyn Monroe."

„Toll", bemerkte sie. „Ich heiße übrigens Eleni."

Eleni war allerhöchstens dreiundzwanzig, und Tilman nahm an, dass sie noch nie einen Song von Marilyn Monroe gehört hatte.

„Wissen Sie was?", sagte sie plötzlich animiert. „Ich mache Ihnen ein Schachbrett!"

„Ein Schachbrett?"

„Na ja, schwarzweiß. Wie ein Schachbrett eben. Nur den kleinen Finger lassen wir weiß. Oder rechts weiß und links schwarz. Das ist voll schick."

„Ich weiß nicht. Dauert das nicht zu lange? Um fünf ist doch Seenotrettungsübung."

„Keine Angst, das dauert nur fünf Minuten länger. Oder vielleicht zehn. Also? Soll ich? Ich sitze hier seit vier Stunden und habe nichts zu tun."

Tilman lächelte. „Na gut. Machen Sie mir ein Schachbrett." Er schloss die Augen. Allmählich begann ihm die Sache Spaß zu bereiten. Doch als er die Augen wieder öffnete, sah er, wie sich Tina Ternes in Begleitung eines hochgewachsenen jungen Mannes und einer hübschen, sportlich wirkenden Frau mit kurzem rotblondem Haar dem Kosmetikpavillon näherte. Als

Tina die Situation erfasste, warf sie einen Blick auf seine Hand, deren Fingernägel unter der fachkundigen Behandlung von Eleni ihr schwarzweißes Muster erhielten. Tilman beobachtete, wie ihre neutrale Miene einem fast angewiderten Ausdruck wich, und hätte beinahe aufgelacht. Mit der freien, noch unbearbeiteten Hand winkte er ihr kokett zu und lächelte. „Bis später, Kindchen.", sagte er und bemühte sich um einen Tonfall, der Tony Curtis alias Josephine alle Ehre gemacht hätte. „Wir sehen uns bei der Show."

Sie wich seinem Blick aus, nickte nur hoheitsvoll, und schritt an der Seite ihrer Begleiter am Pavillon vorbei. Süß, dachte Tilman. Sie ist einfach süß. Und er nahm sich vor, alles zu tun, um die kühle Tina Ternes ein einziges Mal aus der Reserve zu locken.

7. Kapitel

„Wer war das denn?", wollte Sandra sofort wissen, sobald sie außer Hörweite waren.

„MaryLou M.", antwortete Tina.

„Und woher kennst du sie?"

„Ich kenne ‚sie' überhaupt nicht", sagte Tina heftiger als beabsichtigt. „Wir sind uns in der Lobby begegnet, und ... und ‚sie' hat sich mir vorgestellt. Es handelt sich um ein Duo, das hier an Bord auftritt. Mit Liedern von Marilyn Monroe."

„Klingt doch gut", meinte Petros Meyer-Roussi, der mit den beiden Frauen Richtung Plazarestaurant ging. „Wann kann man sie hören? Und auf welcher der drei Bühnen?"

„Keine Ahnung." Tina beschleunigte ihre Schritte. „Es interessiert mich nicht wirklich." Sie dachte an den peinlichen Moment, als sie nach der Begegnung mit Marcus in Tränen ausgebrochen war. Und dann dachte sie daran, dass MaryLou sie beinahe geküsst hätte ...

Sie waren auf dem Weg ins Restaurant, um zwei der großen runden Tische für die Teilnehmer des Slow Dating-Workshops frei zu halten, denn offiziell reservieren konnte man nicht. Die Vorstellungsrunde im Seminarraum der *Bella Luna* hatte Petros mehr oder weniger allein geleitet, und er hatte seine Sache ziemlich gut gemacht. Es hatte eine lockere Atmosphäre geherrscht, und Tina nahm an, dass sich auch diesmal das eine oder andere Paar finden würde. Aber zum ersten Mal, seit sie *Slow Happy* gegründet hatte, war es ihr fast gleichgültig. Zu viel war in den vergangenen anderthalb Tagen geschehen, das sie beschäftigte. Leider handelte es sich nur um Probleme. Probleme, die sich so leicht nicht lösen lassen würden. Klar, sie hatte mit Marcus Schluss gemacht. Aber sie würde ihm auf diesem Schiff wohl kaum komplett aus dem Weg gehen können. Seit der Szene heute Mittag hatte er zwei Mal versucht, sie anzurufen. Sie hatte ihn jedes Mal weggedrückt. Dann musste sie unbedingt über das Angebot von *Valentine's* nachdenken. Darüber, was es bedeuten würde, wenn sie verkaufte. Wenn sie an die Summe dachte, die Werner Bossong ihr geboten hatte, wurde ihr schwindlig. Dabei hatte ihre Anwältin gesagt, dass das noch lange nicht das Ende der

Fahnenstange wäre. Wenn sie bloß mit irgend jemand Kompetentem darüber reden könnte! Und dann war da noch dieses verflixte graue Haar. Sobald sie an einem Spiegel vorbeikam, verspürte sie den Drang, ganz nah heranzutreten und sich den Beweis, dass sie alt wurde, zu betrachten. Dass dazu noch ein Transvestit mit ihr flirtete, war das absolut Letzte, was sie derzeit brauchen konnte! Bisher war sie zwar nicht wirklich auf der Suche nach Mr. Right gewesen, doch dass sie offenbar nur noch Typen anzog, die als Familiengründungsmaterial nicht in Frage kamen, gab ihr angesichts dieses grauen Haares schwer zu denken. Erst ein verheirateter Mann, von dem sie grundsätzlich die Finger hätte lassen sollen. Und jetzt auch noch eine Tunte! Was war bloß los mit ihr? Warum interessierte sich nicht mal ein einziger netter, normaler Mann für sie? Tick-Tack, TickTack machte es plötzlich in ihrem Kopf. TickTack, TickTack. War das etwa die biologische Uhr, die sich da meldete? Nein, dachte Tina entschlossen. Ich kriege keine Torschlusspanik. ICH NICHT!

„Tina? Hast du gehört, was ich gerade gesagt habe?"

Sandras Stimme riss sie aus ihren Grübeleien. „Wie bitte?"

„Ich habe dich gefragt, ob es dir nicht gut geht."

„Wieso?"

„Du wirkst irgendwie bedrückt."

Tina straffte die Schultern und zwang sich zu einem Lächeln. „Nein, alles in Ordnung. Wirklich."

Sandra warf ihr einen zweifelnden Blick zu. „Na, ich weiß nicht ..."

Sie passierten die langen Büffets, an denen sich bereits die Kreuzfahrtgäste drängten. Es gab alles von allem, und Tina kam es vor, als gäbe es von allem zu viel. Überall wuselten junge, meist dunkelhäutige Männer und Frauen in schwarzen Outfits mit weißen Schürzen und weißen Häubchen herum. Ihre Gesten, mit denen sie die hungrigen Gäste einluden, sich zu bedienen, wirkten einstudiert, ihr Lächeln aufgesetzt, ihr beständiges „hallo, guten Abend" oder „willkommen an Bord" oder auch auf Englisch „can I help you" und „you are welcome" war von mechanischer Freundlichkeit. Dienstleistung am Kreuzfahrer war vermutlich Knochenarbeit. Tina hatte gelesen, dass die Crewmitglieder, die keine Leitungsfunktionen innehatten, in fensterlosen Mehrbettkabinen irgendwo unten im Bauch des Schiffes hausen mussten, wo ihnen der Motorenlärm den Schlaf raubte. Die Leute, die sich hier im Plaza, einem der drei Selbstbedienungsrestaurants, über das üppige Büfett hermachten, verschwendeten darauf wohl keinen Gedanken. So eine Kreuzfahrt kostete viel Geld. Wer es ausgab, erwartete Service.

Apropos Service. Auch *Slow Happy* war ein Dienstleister, und die Teilnehmer des Slow Datings erwarteten ebenfalls Service. Tina erspähte einige Kandidaten, die etwas hilflos zwischen den teils belegten, teils noch freien Tischen vor dem Panoramafenster im Bug des Schiffes standen, und winkte ihnen. Petros und Sandra waren fix und sicherten zwei noch unbesetzte Tische, an die jeweils acht Personen passten.

„Geschafft", sagte Petros, verteilte die Tischkarten, die er aus seinem kleinen schwarzen Rucksack hervorzauberte, und baute sich dann so auf, dass er die Slow Dater, die langsam einer nach dem anderen eintrudelten, zu ihren Plätzen dirigieren konnte. „Ich habe mir überlegt, es wäre am Anfang vielleicht gut, wenn wir festlegen, wer neben wem sitzt", bemerkte er halblaut zu Tina.

„Das machen wir grundsätzlich so", erwiderte sie, aber ihr war nur zu bewusst, dass sie es diesmal vollkommen vergessen hatte. „Danke, dass Sie mitgedacht haben, Petros", fügte sie hinzu.

Er grinste. „Maike hat mir die Tischkarten eingepackt", gestand er.

Nun lächelte auch Tina. „Ja, sie ist gnadenlos organisiert."

„Würde man gar nicht denken", erwiderte er. „Bei dem Chaos auf ihrem Schreibtisch."

„Das täuscht, glauben Sie mir. Das täuscht."

„Wo starrst du eigentlich die ganze Zeit hin?", wollte Frank wissen, der mit Tilman an einem Fensterplatz im Plazarestaurant saß. Er schob seinen Teller zur Seite und wischte sich den Mund mit einer Serviette ab.

„Siehst du die Frau da drüben? Die mit dem langen braunen Haar, dem aufregenden Gesicht und dem hellen Blazer? Das ist sie!"

„Wer?"

„Die Frau, von der ich dir erzählt habe. Tina Ternes. Sie veranstaltet Slow Dating-Workshops. Ist sie nicht ein Traum?" Frank musterte Tina einen Moment. „Ja, klar. Ein Traum. Aber du bist nicht hier, um Frauen aufzureißen, Tilman. Sondern um eine gute Show hinzulegen. MaryLou …"

„Wie geht es ihr überhaupt?", fragte Tilman. „Hast du was von ihr gehört?"

Frank nickte. „MaryLou hängt nicht mehr am Tropf, immerhin. Jetzt wird sie noch ein bisschen aufgepäppelt, und Sonntagmittag nimmt sie den Flieger nach London und kommt in Dover an Bord. Dann kriegst du deine Bordkarte für Tilman Kampe wieder und kannst du dich ganz auf deine Traumfrau konzentrieren."

„Reg dich nicht auf. Ist ja nicht so wichtig." Tilman legte sein Besteck auf den Teller.

„Du lieber Himmel!", entfuhr es Frank, der das Muster auf Tilmans Fingernägeln entdeckt hatte. „Was ist das denn?"

„Wieso? Sieht man doch. Schachbrett. Die Maniküre sagt, das sei voll hip."

„Marilyn Monroe mit einem Schachbrett auf den Fingern?"

„Sie war viel intelligenter, als die meisten Leute denken", warf Tilman ein und grinste. „Dass sie eine dumme, aber heiße Blondine war, ist bloß ein Vorurteil. Bestimmt konnte sie Schach spielen …"

„Was hat denn das mit …" Frank brach ab und schaute auf seine Armbanduhr. „Egal. Los, komm. Es wird Zeit, dass wir uns auf die Show vorbereiten. Linda erwartet uns."

„Wieso starrst du eigentlich die ganze Zeit da rüber?", flüsterte Sandra, die neben Tina an einem der beiden großen runden Tische saß.

„Tue ich doch gar nicht", widersprach Tina und trank einen Schluck Mineralwasser.

„Doch, tust du. Ich hab's genau gesehen. Da sitzt so eine spießige Familie und feiert irgendein Jubiläum."

Einen Geburtstag, und zwar den der blond gelockten Mutter zweier ebenfalls blond gelockter Kinder, hätte Tina ihr verraten können, aber sie hatte keine Lust, Sandra von dem

Desaster mit Marcus zu erzählen. Spießig, ja, mochte sein. Aber zumindest waren sie eine Familie. Huch, wo kam denn dieser Gedanke her? Bisher hatte sie für spießiges Familienglück nur Verachtung übrig gehabt. Anscheinend war ihr Weltbild gerade heftig ins Wanken geraten. Doch daran konnte nicht nur Marcus schuld sein. Irgendetwas passierte gerade mit ihr, und sie wusste nicht, ob sie das gut finden oder sich davor fürchten sollte.

„Du hast noch gar nichts gegessen", bemerkte Sandra nun.

„Ich habe keinen Hunger."

„Ist aber lecker, das Zeug, das sie hier auftischen", bemerkte Sandra und schob ein kleines, mit Hackfleisch gefülltes Pastetchen in den Mund. „So, jetzt geht nichts mehr rein." Sie nippte an ihrer Cola. „Komisch. Seit Neuestem trinke ich Cola. Mochte ich vorher nie." Plötzlich schlug sie die Hand vor den Mund, schluckte hastig mehrere Male, sprang auf und rannte in die Richtung der Toiletten.

Tina schaute ihr verwundert nach und dann wieder hinüber zu jenem Tisch, an dem es sich Marcus mit seiner Familie gutgehen ließ. Er vermied es krampfhaft, zu ihr hinüber zu blicken, und konzentrierte sich auf das Gespräch mit der älteren Frau, wohl seiner Schwiegermutter, die links von ihm saß. Pass auf, Herr Ehemann, sonst kriegst du noch einen steifen Hals, dachte Tina grimmig. Seufzend trank sie noch einen Schluck Wasser. Sie hatte einen Knoten im Magen, und obwohl sie ein leises Hungergefühl verspürte, brachte sie es nicht fertig, auch nur eine Gabel voll von ihrem Nudelsalat zu essen. Um sich abzulenken, ließ sie ihren Blick in die Runde schweifen, um sich mit den Teilnehmern des Slow Datings etwas vertrauter zu machen.

Da war Hartmut Heller, ein vierschrötiger Mittvierziger, von Beruf Ingenieur, der weltweit Windräder reparierte. Ein extrem gut bezahlter Job, bei dem er ständig unterwegs war. Tina fragte sich, welche Frau wohl zu ihm passen würde. Eine eher häusliche, die brav auf ihn wartete? Oder eine abenteuerlustige, die mit ihm auf Reisen ging? Gerlinde Frommer mochte eine Kandidatin sein. Sie war neununddreißig, Designerin von Fertighäusern, und arbeitete freiberuflich. Angewiesen war sie nur auf ihren Laptop und eine Internetverbindung. Tatsächlich saßen die beiden auch gerade nebeneinander und unterhielten sich intensiv. Ab und zu lachten sie über etwas, das der jeweils Andere gesagt hatte.

Gemeinsam lachen. Das war in einer Beziehung fast das Wichtigste. Fand Tina. Eine gemeinsame Humorlage. Humor war sexy. Intelligenz auch. Tja, Marcus hatte Humor. Und intelligent war er ebenfalls. Nur leider war er verheiratet, und als Tina erneut zu ihm hinüber schaute, sah sie, wie seine Frau ihn liebevoll anlächelte. Es versetzte ihr einen Stich. War das zwischen den beiden Liebe? Ein starkes Gefühl, das eine Krise überstand? Wenn ja, dann hatte sie als Dritte dort nichts verloren. Denn was sie und Marcus verbunden hatte, war doch eher Leidenschaft gewesen. Abenteuerlust. Keine echte Liebe. Seine Beteuerungen, dass seine Ehe nur noch auf dem Papier bestehe, hatten Hoffnungen in ihr geweckt. Aber sie hatte sich nur selten gefragt, was denn wäre, wenn er sich tatsächlich trennen würde. Ob er dann der Mann gewesen wäre, mit dem sie den Rest ihres Lebens verbringen wollte? Was war von so einer Beziehung übrig, wenn der Reiz des Verbotenen nicht mehr existierte? Wenig, vermutete sie.

Ihr Blick wanderte zu Kevin Huth, achtunddreißig und erfolgreicher Biobauer. Ein blonder, schlanker Mann, gut gekleidet, mit einem schmalen, ernsthaften Gesicht, das ein wenig angestrengt wirkte. Die Situation hier bereitete ihm offensichtlich Stress, und die Steuerberaterin Henrike Setz, die neben ihm saß und ihm gerade etwas erläuterte, schien nicht dazu beizutragen, seine Verspannung zu lockern.

Dagegen hatten Juri Protopopov, der Landschaftsarchitekt, und Ute Friedrichs, die Zahnärztin, offenbar großen Spaß miteinander. Sie sahen fast aus wie Geschwister mit ihrem schwarzen Haar und den blauen Augen. Das konnte was werden …

Sandra kam zurück an den Tisch. Sie war blass, aber sonst schien es ihr gut zu gehen.

„Puh, das war heftig", sagte sie. „So was hatte ich schon ewig nicht mehr. Glaubst du, ich werde schon im Hafen seekrank?"

„Hoffentlich nicht", meinte Tina. „Vielleicht ein Virus?"

„Nee, bestimmt nicht. Viren meiden mich."

„Oder du hast was Verdorbenes gegessen."

„Wüsste nicht, was."

„Bist du vielleicht schwanger?"

„Ich? Schwanger?"

„Warum denn nicht? Oder habt ihr schon nach zwei Jahren keinen Sex mehr?"

„Tina!" Sandra grinste. „Natürlich haben wir Sex. Und wie! Aber bisher bin ich nicht schwanger geworden. Wieso sollte es jetzt, mit einundvierzig, plötzlich klappen?"

„Weiß nicht. Vollmond? Oder halt einfach der richtige Zeitpunkt?"

Sandra schüttelte den Kopf. „An so was glaube ich nicht."

„Übrigens soll ich dich von Maike fragen, ob du und Jonathan nicht endlich mal heiraten wollt. Sie möchte gern den Ort kennenlernen, wo alles begonnen hat."

Als Sandra mit einer Antwort zögerte, sagte Tina rasch: „Tut mir leid, ich wollte dir nicht zu nahe treten. Das ist natürlich eure Privatsache."

„Nein, nein, alles gut. Jonathan hat mich schon mehrmals gefragt, ob ich ihn heiraten will."

„Und?"

Sandra zuckte die Achseln. „Ich weiß nicht. Ich glaube, ich habe Angst."

„Angst, dich festzulegen?"

„I wo. Festgelegt habe ich mich in dem Moment, in dem ich mit Jonathan deinen ominösen Fragebogen beantwortet habe. Ich wusste: Das ist der Mann meines Lebens."

„Und warum willst du ihn nicht heiraten?"

„Weil ich immer noch auf den Moment warte, in dem mein Gefühl mir sagt: Ich will heiraten. Bisher sagt es das nämlich nicht."

„Verstehe ich nicht ganz."

„Ich ja auch nicht. Vielleicht denke ich, dass so ein offizieller Akt mit Unterschrift und Brief und Siegel die Romantik killt. Dass sich in unserer Beziehung etwas ändert. Etwas, das man nicht mehr rückgängig machen kann."

„Aber es könnte doch auch sein, dass eure Beziehung dadurch noch intensiver wird. Es ist etwas anderes, zusammenzuleben, als zueinander zu sagen: Auf dich lasse ich mich ein.

Für immer. Ganz verbindlich und angstfrei. Für alle sichtbar. Du bist mein Mann. Ich bin deine Frau."

„Geht das nicht auch ohne Trauschein?"

„Nein, ich glaube nicht."

Sandra lachte auf. „Das sagst du nur, weil du eine Partneragentur leitest. Du selbst bist ja offensichtlich nicht auf dem Hochzeitstrip."

Grüblerisch schaute Tina vor sich hin. „Das dachte ich bis vor Kurzem auch noch. Aber weißt du was? Ich habe das erste graue Haar entdeckt. Und ich fürchte, davon gibt es versteckt noch ein paar mehr!"

„Herzliches Beileid", antwortete Sandra. „Bald bist du eine Greisin."

Beide lachten.

„Im Ernst", fuhr Tina fort. „Ich glaube, ich möchte ... jemanden kennenlernen, in den ich mich verlieben könnte."

„Wie wär's mit Slow Dating?", schlug Sandra vor. „Du sitzt doch an der Quelle."

„Ich setze lieber auf den Zufall", erklärte Tina und stand auf. „Petros, was steht als nächstes auf dem Programm?"

Petros Meyer-Roussi, der sich angeregt mit Pia Hennewald, der Leiterin des Kieler Stadtarchivs, unterhalten hatte, sah zu ihr hinüber. „Frisch machen, umziehen, und dann Party, denke ich."

„Hört sich gut an", sagte Tina lächelnd. „Wir sehen uns dann also alle beim Auslaufen der *Bella Luna* auf dem Pooldeck."

8. Kapitel

Majestätisch glitt die *Bella Luna* auf der Elbe dem Sonnenuntergang entgegen. Auf dem Pooldeck war das Sektbüfett eröffnet worden, und viele der Passagiere waren hier, um das Auslaufen des Kreuzfahrtschiffes zu erleben. Die anderen saßen wahrscheinlich schon im Theater, um sich die Ausschnitte aus den Shows anzuschauen. Aus den Lautsprechern des Sonnendecks tönte kein instrumentales Gedudel mehr, sondern Jacques Brel sang *La Mer*. Es war für alle ein erhebender Moment. Auch für Tina. Sie trug einen schwarzen, ärmellosen Jumpsuit mit Schlaghose aus weichem Stretchstoff, der ihre makellose Figur betonte. Dazu schwarze, hochhackige Sandaletten. Ihr Haar hatte sie in einem Ballerinaknoten gebändigt. Auf Lippenstift hatte sie verzichtet und nur die Augen mit einem Lidstrich und viel Wimperntusche betont. Der bewundernde Blick, mit dem Petros sie musterte, tat ihr gut. Hier oben an Deck, in der klaren Abendluft, ließ sie den Blick in die Ferne schweifen, ehe sie sich an die Teilnehmer des Workshops wandte, die um sie herum eine Gruppe gebildet hatten. „Slow Dating Ahoi!", sagte sie und hob ihr Sektglas.

„Slow Dating Ahoi!", kam es im Chor zurück.

„Ich wünsche Ihnen allen eine wunderschöne Zeit an Bord der *Bella Luna*, viele gute Gespräche und Momente der Nähe", fuhr sie fort. „Sich aufeinander einzulassen, ist immer ein Wagnis, aber wir von *Slow Happy* halten es mit dem guten alten Spruch: Wer nicht wagt, der nicht gewinnt. In diesem Sinne werden wir morgen nach dem Frühstück bis zum Eintreffen in Amsterdam den ersten Seminarteil durchführen, für den sich mein Assistent Petros Meyer-Roussi diesmal etwas ganz Besonderes ausgedacht hat. Lassen Sie sich überraschen!"

Kurzer Applaus belohnte sie für ihre kleine Ansprache.

„Prost, Tina", sagte Petros, der zu ihr getreten war. „Sagen wir Du zueinander?"

Sie zögerte einen Moment, doch dann lächelte sie. „Ja, gern." Und fügte hinzu: „Ich freue mich sehr, dass wir ein Team sind."

Petros musterte sie kurz, als wäre ihm durchaus nicht entgangen, dass Tina ihm bisher eher reserviert begegnet war.

Dann erwiderte er ihr Lächeln. „Ich bin auch sehr froh, dass ich mitkommen durfte. Hoffentlich ist es nicht zu unangenehm für dich, dass du keine Einzelkabine hast."

„Das ist schon okay", erwiderte Tina. „Sandra und ich passen gut zueinander."

„Ja, wir harmonieren bestens. Ich bin ein Messie, Tina ist super ordentlich", mischte sich Sandra ein.

Tina lachte. „Weder noch", widersprach sie. „Glaub ihr kein Wort, Petros."

Eine Weile später verließ sie die beiden. Sandra war dabei, Petros ausführlich vom ersten Slow Dating-Workshop auf Schloss Nordeby zu berichten, und da er den Fragebogen des Dr. Arthur Aron bisher nur überflogen hatte, erklärte sie sich bereit, den Liebesgaranten ausführlich mit ihm zu besprechen. Tina, die den offiziellen Teil des Workshops heute für sich beendet hatte, schlenderte, das Sektglas in der Hand, einmal rund um das Schiff und entdeckte dabei ein Schild, dem sie entnahm, dass es sich hier auch um die Joggingstrecke handelte. Perfekt. Morgen ganz früh ein paar Runden laufen, das waren doch Aussichten!

Seit das Schiff abgelegt hatte, war ihre gewohnte Zuversicht wiedergekehrt. Der Wind fächelte ihre Wangen, und der Sekt entspannte sie – vielleicht ein bisschen zu sehr, denn sie hatte das üppige Abendbüfett ja mehr oder weniger ignoriert. Trotzdem nahm sie das Angebot einer Kellnerin, die mit einem Tablett vorbeikam, gerne an, gab ihr leeres Glas zurück, und nahm sich ein volles. Nach und nach stellte sich bei ihr ein Gefühl sorgloser Beschwingtheit ein, und diesem Gefühl war es vermutlich zu verdanken, dass sie sich irgendwann, als es draußen langsam dunkel wurde, im Theater wiederfand. Es handelte sich um ein großes gestuftes Halbrund mit mehreren Sitzreihen, davor wenige Reihen eines bestuhlten Parketts, das in eine spiegelnde Tanzfläche überging. Auf die runde Bühne führten seitlich zwei kurze Treppen, und auf dieser Bühne zeigte soeben eine Truppe hervorragender Akrobaten ihre Kunststücke, begleitet von mitreißender Musik. Tina blieb auf halber Höhe der Treppe stehen, lehnte sich an eine der roten Säulen, und schaute gebannt zu. Das Theater war schon gut besetzt und füllte sich langsam immer mehr. Immer wieder brandete Applaus auf. Für eine Weile vergaß sie all ihre kleinen und großen Sorgen und ließ sich einfach von den Bühnenkünstlern bezaubern.

Tilman saß im Frisierumhang vor dem Spiegel, das schwarze Haar mit Wasser glatt an den Kopf gekämmt, darüber ein hautfarbenes Band. Gerade klebte ihm Jason, der junge Maskenbildner, eine Lage künstliche Wimpern auf das linke Augenlid.

„Noch zehn Minuten bis zum Auftritt." Franks Gesicht erschien im Spiegel und verschwand gleich darauf wieder, als er die Garderobe verließ.

„Schaffen wir das?", fragte Tilman zweifelnd.

„Klar schaffen wir das", antwortete der Visagist, der gut Deutsch mit englischem Akzent sprach, und nahm sich das rechte Auge vor.

„Die Brauen habe ich nicht rasiert", bekannte Tilman. „Was machen wir da?"

„Wegschminken", sagte Jason und ließ den Worten Taten folgen, ehe er darüber mit dem Augenbrauenstift zwei perfekte Linien im Stil der Monroe strichelte. Dabei fiel ihm Tilmans leicht verhangener Blick auf. „War spät gestern, was?"

Tilman grinste. „Spät und feucht."

„Gleich kommt das Adrenalin, dann bist du fit für deinen Auftritt", machte ihm Jason Mut. „Du siehst hinreißend aus", fügte er hinzu, nachdem er Tilman die platinblonde Marilyn-Perücke mit Mastix angeklebt und ihm den Umhang abgenommen hatte.

„Danke." Tilman stand auf. Er trug ein goldfarbenes, bodenlanges Kleid, das an beiden Seiten bis zur Mitte des Oberschenkels geschlitzt war. Darunter eine schimmernde, blickdichte Strumpfhose. Dekolleté und Ärmel des Kleides waren aus hauchdünnem, goldfarbenen Tüll. Der schulterfreie, gepolsterte Body, der Tilman die sexy Kurven der Monroe verpasste, zwickte allerdings etwas, aber die goldfarbenen Pumps saßen perfekt und waren bequemer, als er gedacht hatte.

Als Tilman in den Spiegel sah, musste er lächeln. Er war tatsächlich eine gelungene, wenn auch erkennbar queere Kopie des Originals. „Das hast du gut hingekriegt, Jason", sagte er anerkennend.

„My pleasure, MaryLou." Der junge Mann, der selbst Lidstrich und einen Hauch von Lippenstift trug, kam auf Tilman zu. „Toi toi toi", sagte er über Tilmans linke Schulter hinweg. „Toi toi toi", erwiderte Tilman die vertraute Geste. Jason runzelte plötzlich die Stirn. „Irgendwas fehlt. Wenn ich nur wüsste, was?" Noch einmal warf Tilman einen Blick in den Spiegel. „Keine Ahnung."

Frank erschien erneut in der Tür. „Auftritt, MaryLou!" Gerade wollte Tilman sich zum Gehen wenden, als Jason rief: „Warte! Jetzt weiß ich es!" Er griff in eine kleine Schachtel, nahm ein Schönheitspflästerchen heraus und klebte es Tilman seitlich des Kinns auf die Wange, dorthin, wo auch Marilyn Monroe es oft getragen hatte. „So. Jetzt darfst du auf die Bühne."

Frank ging voraus, und Tilman folgte ihm den engen Flur entlang. Die Akrobaten, deren Showeinlage für heute beendet war, kamen ihnen entgegen. Es roch nach Schweiß, nach Schminke – nach Theater. Jason hatte Recht gehabt. Tilman spürte, wie neue Energie seinen Körper flutete. Gleich würde er im gleißenden Scheinwerferlicht auf der Bühne stehen, und dann galt es, die Zuschauer zu gewinnen. Sein Kostüm gab ihm Sicherheit. Er wusste, dass er gut aussah, und als ihm ein schnurrbärtiger Mann in Frack und Zylinder entgegenkam, probierte er einen koketten Hüftschwung und ein Lächeln, das Marilyn alle Ehre gemacht hätte.

„Ravissante", hauchte der Zauberkünstler und warf ihm eine Kusshand zu.

Als die Akrobaten abgegangen waren, wollte Tina sich gerade umdrehen, um wieder nach oben aufs Pooldeck zu gehen, als sie Marcus entdeckte, der mit seiner Familie die seitliche Treppe des Theaters hinunter kam, direkt auf sie zu. Hastig verließ sie ihre Position an der roten Säule und suchte Zuflucht auf einem freien Platz in der ersten Reihe. Sie fühlte sich hier nicht besonders wohl, aber sie hatte nicht die geringste Lust, ihrem Exlover in Begleitung seiner „Lieben" zu begegnen. Vielleicht konnte sie sich davonstehlen, sobald er mitsamt seinem Anhang irgendwo Platz genommen hatte? Verstohlen sah sie sich um und direkt in Marcus' Augen. Mist.

Halb war sie schon aufgestanden, um erneut die Flucht zu ergreifen, da kündigte sich der nächste Programmpunkt der Show an. Also blieb sie vorerst, wo sie war, eingeklemmt zwischen einer stark übergewichtigen, parfümumnebelten Dame unbestimmten Alters und einem missgelaunten, nach Zigaretten riechenden alten Mann, der seine rechte Hand auf dem Oberschenkel einer blondierten Mittdreißigerin liegen hatte. Tina wollte gar nicht wissen, ob es sich dabei um seine Tochter oder seine Geliebte handelte.

„Und nun, meine Damen und Herren", begann die Eventmanagerin Linda, die als Conférencier im Frack durch die Show führte, „darf ich Ihnen ein weiteres Highlight präsentieren. Erleben Sie die einzigartige MaryLou M. als Marilyn Monroe, die Ihnen auf dieser Kreuzfahrt zusammen mit ihrem Partner Frankie Toledo am Keyboard unvergessliche Songs aus Filmen wie ‚Manche mögen's heiß' oder ‚Blondinen bevorzugt' darbieten wird. Hier kommt Frankie Toledo!"

Linda machte eine Pause, als Frank schwungvoll die Bühne betrat und zu seinem Keyboard ging. Er trug einen Smoking aus rotem Satin, dazu ein schwarzes Hemd mit einer schwarzweiß gepunkteten Fliege, und eine schwarze Hose. Er setzte sich, zählte kurz „eins, zwei, drei" in sein Mikro, um sicher zu gehen, dass er im Saal zu hören war. Als der Applaus verebbte, sagte er: „Guten Abend, verehrtes Publikum. Wir haben lange auf die Chance gewartet, einmal an Bord eines Kreuzfahrtschiffes auftreten zu dürfen. Danke, Linda, dass du uns diese Möglichkeit gegeben hast."

„Der Dank ist ganz auf unserer Seite, Frankie", antwortete Linda. Ans Publikum gewandt fügte sie hinzu: „MaryLou M. ist ein Star der Reeperbahn und auf vielen Bühnen bundesweit eine feste Größe. Wir sind stolz darauf, sie hier an Bord begrüßen zu dürfen. Applaus für MaryLou M.!"

Das war Tilmans Stichwort. Unter dem Beifall der Zuschauer betrat er die Bühne und hauchte mit dem unverkennbaren Timbre der Monroe, wenn auch eine Oktave tiefer, in sein kabelloses Mikro: „Danke sehr. Vielen Dank. Wir freuen uns sehr, Ihnen heute Abend eine kleine Kostprobe unseres Programms geben zu dürfen. Frankie?" Mit einer Handbewegung gab er ihm den Einsatz für *I wanna be loved by you.*

Tina schaute fasziniert auf die Gestalt in dem goldfarbenen, hochgeschlitzten Kleid und der platinblonden Perücke. Das Gesicht stimmte, von den aufregend geschminkten Augen über die verführerisch roten Lippen bis zum Schönheitspflästerchen auf der Wange. Jede Geste, jedes Lächeln, jeder Hüftschwung glich dem Original, und vor allem konnte MaryLou M. singen! Sie hatte den Hauch der Monroe drauf, aber darunter lag ein satter Bariton; ihre Intonation war tadellos, und sie ließ sich durchaus einige Freiheiten in der Interpretation, die von Marilyns Version abwichen. Tina war beeindruckt.

Als das Lied endete, gab es einen kurzen Talk zwischen Frankie am Keyboard und MaryLou, in dem die Künstlerin ihren Witz und ihre Schlagfertigkeit beweisen konnte.

„Widerlich", hörte Tina plötzlich die indignierte Stimme des Mannes neben ihr. „Ich kann diese ganzen Tunten und Tucken nicht mehr sehen und nicht mehr hören. Auf jeder Kreuzfahrt tritt so eine Missgeburt auf. Komm, Darling, wir gehen."

Offenbar hatte Darling dagegen nichts einzuwenden. Die beiden standen auf und verließen das Theater.

Tina schüttelte den Kopf, und als sie wieder auf die Bühne blickte, fing sie einen Blick von MaryLou auf. Einen Blick, der mehr als Worte sagte. Tina musste unwillkürlich lächeln, und MaryLou zwinkerte ihr zu. Dann spielte Frankie die ersten Akkorde von *Diamonds are a girl's best friend,* und erneut ließ sich Tina von der Musik und MaryLous Stimme in eine Zeit entführen, als es im Kino noch wirkliche Diven gegeben hatte, Göttinnen der Leinwand, die zeitlos waren wie eben Marilyn Monroe oder außer ihr höchstens noch Marlene Dietrich.

Am Ende des Songs applaudierte das Publikum begeistert.

„Vielen Dank", sagte MaryLou in ihr Mikro. „Vielen, vielen Dank."

Da der Applaus nicht enden wollte, verständigte sie sich kurz mit ihrem Keyboarder, und sie legten als Zugabe mit *My heart belongs to Daddy* nach.

Zwischenzeitlich hatte Tina vollkommen vergessen, dass es sich bei MaryLou um einen Transmann handelte, so perfekt spielte sie ihre Rolle. Den starken Beifall am Ende dimmte MaryLou mit einer charmanten Handbewegung herunter. „Danke, ich danke euch, ihr seid fantastisch. Wenn ihr mehr von uns hören wollt, kommt morgen Abend in die Luna-Bar. Dort gibt es das ganze Programm mit ein bisschen Talk. Jetzt müssen wir die Bühne frei machen, denn soweit ich es mitbekommen habe, gibt es jetzt etwas ganz Besonderes für Sie. Ich übergebe das Mikro also an Linda."

„Das war eine zauberhafte Überleitung, vielen Dank, MaryLou", sagte die Eventmanagerin und nahm das Mikrofon. „Und nun, meine Damen und Herren …"

Doch was Linda ankündigte, bekam Tina nicht mit, denn anstatt nach hinten durch den Glitzervorhang abzugehen, schritt MaryLou hoheitsvoll die kurze Treppe von der Bühne zum Parkett hinunter, und ehe Tina wusste, wie ihr geschah, hatte die Künstlerin sich auf den nun freien Platz neben ihr gesetzt und kokett die schlanken Beine übereinander geschlagen.

„Schön, dass Sie gekommen sind, Kindchen", begann MaryLou. „Wie finden Sie mein Naildesign?"

Sie streckte mit einer graziösen Handbewegung ihre schlanken und doch männlichen Finger aus und zeigte das Schachbrettmuster auf den Fingernägeln.

Tina musste lachen. „Schick, wirklich etwas ganz Ausgefallenes."

Auf der Bühne tat sich etwas. Drei Männer in schmaler schwarzer Hose und rotem Hemd sowie drei Frauen in tief dekolletierten Kleidern mit weitem, halblangem Rock traten auf, bildeten drei Paare und stellten sich in Position. Gleich darauf setzte die Musik ein, und die Paare begannen mit einem ChaChaCha.

„Was für ein Programmpunkt ist das?", fragte Tina, der es bei diesem Rhythmus in den Beinen zuckte. Zu gern hätte sie ebenfalls getanzt.

„Das sind die sogenannten Gastgeber Tanz", informierte sie MaryLou. „Sie haben den harten Job, hier an Bord einen Tanzkurs zu geben und die Gäste in den verschiedenen Eventlocations wie der Bar oder der Discothek zu unterhalten."

„Mit ihnen zu tanzen?"

„Auf jeden Fall."

„Und was noch?"

„Was sich ergibt, nehme ich an. Jedenfalls hat mir das einer von ihnen vorhin in der Maske erzählt. Tanzen Sie gern?"

„Sehr gern. Ich komme nur viel zu selten dazu."

Der ChaChaCha endete, und Applaus brandete auf. Die sechs Tänzerinnen und Tänzer verbeugten sich, und im Anschluss drangen die ersten Klänge eines bekannten Tangos aus den Boxen.

MaryLou stand auf. „Darf ich bitten?", fragte sie mit einer angedeuteten Verbeugung und streckte ihre manikürte Hand aus.

Tina blinzelte, schluckte und blieb stocksteif sitzen.

„Kommen Sie, Kindchen. Das ist unser Tanz." MaryLou zwinkerte ihr zu.

Stumm schüttelte Tina den Kopf. Die Situation kam ihr so absurd vor, dass ihr fast schwindlig wurde.

„Ich beiße nicht", versicherte MaryLou und beugte sich zu Tina hinunter. „Und ich bin nicht schwul", flüsterte sie. „Werfen Sie Ihre Bedenken über Bord und tun Sie einfach das, was Sie möchten."

Was ich möchte?, dachte Tina verwirrt. Bestimmt nicht mit einem Transvestiten Tango tanzen, ganz egal, ob er schwul ist oder nicht.

Da nahm MaryLou ihre Hände und zog sie hoch. „Sie wollen mich doch nicht vor allen Leuten blamieren, Kindchen", sagte sie lächelnd.

Verschwommen nahm Tina wahr, dass aller Augen auf sie gerichtet waren. Wenn sie gedacht hatte, dass die letzten beiden Tage schon verrückt genug gewesen waren, dann hatte sie sich offenbar getäuscht. Sie legte den Kopf in den Nacken und lachte. Sie lachte über die Welt, über sich selbst, über das, was hier gerade passierte. Und wenn ihr Lachen leicht hysterisch klang – na und?

„Denken Sie einfach, ich sei der Mann ihres Lebens", flüsterte MaryLou ganz nah an ihrem Ohr und zog Tina mit einer gekonnten Bewegung an sich, so dass sich ihre Hüften berührten. Der Tangorhythmus fuhr Tina in die Glieder. „Let's do it, Baby", sagte MaryLou und machte den ersten Schritt. Automatisch ging Tina mit, doch dann hielt sie abrupt inne.

„Wer … ich meine … wer von uns ist denn …"

„Der Kerl?", ergänzte MaryLou lächelnd und spitzte ihren rotgeschminkten Mund. Dann grinste sie durchaus männlich, flötete aber gleichzeitig mit zuckersüßer Stimme: „Kindchen, ich mag zwar eine Frau sein, aber ich werde Sie führen wie ein Mann."

Und sie hielt Wort. Oben auf der Bühne tanzten die drei Paare, und davor, auf der spiegelnden Fläche im Parkett, tanzten MaryLou und Tina. Es war klar, auf wem die Aufmerksamkeit des Publikums ruhte. Einen wirren Moment lang dachte Tina daran, dass auch Marcus sie jetzt sehen konnte und vermutlich mindestens die Hälfte des Slow Dating-Workshops, aber es brauchte nur wenige Schritte in den Armen des Transvestiten, und sie vergaß alles um sich herum. MaryLou mochte als Mann eine Frau sein, aber als Frau war sie ein hervorragender Tänzer. Und die körperliche Nähe, die der Tango forderte, war unerwartet sinnlich. MaryLou war kraftvoll und sanft zugleich. Tina spürte ihre warme Hand auf dem Rücken, ihre Schenkel an ihren. Männliche, muskulöse Schenkel. Doch MaryLous Oberkörper war weich, ihr Busen üppig. Echt? Oder ausgestopft? Dieser Gegensatz von männlicher Energie und weiblichen Formen irritierte Tina und reizte sie zugleich auf seltsame Weise. Es war vollkommen verrückt. Und wunderbar. Nach und nach probierten sie immer gewagtere Figuren aus, und Tina, die dank ihrer Ballettausbildung biegsam wie eine Weidenrute war, gab sich dem Rhythmus und der kundigen Führung hin, und genoss atemlos jede Sekunde des Tangos. Nie zuvor hatte sie etwas so Aufregendes getan. Es fühlte sich an, als tanzte sie ohne Boden unter den Füßen, als schwebte sie, und als sie einen Blick in MaryLous Augen wagte, entdeckte sie darin ein Feuer, das sie zutiefst verstörte. Sie musste an etwas denken, das MaryLou vorhin gesagt hatte. ‚Ich bin nicht schwul.' Aber was bedeutete das? Sie war trotzdem ein Mann, der eine Frau sein wollte. Und das ganz offensichtlich nicht nur auf der Bühne, sondern auch im Alltag. Vor lauter Verwirrung geriet sie aus dem Takt.

„Entspannen Sie sich, Kindchen", wisperte MaryLou dicht an ihrem Ohr. „Sie sind fantastisch."

Tina fand zurück in den Rhythmus, und sie tanzten weiter, während das Publikum gebannt zusah. Viel zu schnell für ihren Geschmack endete der Tanz in einer dramatischen Pose. Die letzten Klänge der Musik wurden übertönt von tosendem Applaus. Tina richtete sich auf.

„Verbeugen", flüsterte MaryLou ihr ins Ohr.

Sie verbeugten sich, doch der Beifall wollte nicht enden. Da nahm MaryLou ihre Hand und verließ lachend mit ihr die Tanzfläche. Musik erklang. Ein Foxtrott. Oben auf der Bühne machten die Gastgeber Tanz mit ihrer Vorführung weiter.

„Die haben ihr Programm, das müssen die durchziehen", sagte MaryLou, als sie im Foyer außerhalb des Theaters standen. „Wir haben schon für genug Aufregung gesorgt. So gern ich auch noch den Fox mit Ihnen getanzt hätte ..."

„Verstehe." Tina nickte. Sie zögerte einen Moment. Dann sagte sie: „Das ... das war das Verrückteste, was ich jemals getan habe .... aber ... aber es war wundervoll."

„Es hat großen Spaß gemacht, Kindchen. Sie sind ein Profi, oder?"

Tina schüttelte den Kopf. „Profi ist meine Mutter. Sie ist — oder war – Ballerina am Staatstheater Stuttgart. Ich habe es nicht mal aufs Ballettinternat geschafft. Aber ich hatte, seit ich vier Jahre alt bin, Ballettunterricht. Und Standard tanze ich auch sehr, sehr gern."

Frank schoss aus dem Flur, der backstage führte und wedelte mit den Armen. „Hier steckst du!", rief er. „Du wirst in der Maske erwartet, MaryLou. Die haben nicht ewig Zeit. Das ist hier alles total durchgetaktet."

Bedauernd schaute MaryLou zu Tina und zog einen Schmollmund. „Tja, tut mir leid, Kindchen. Die Pflicht ruft. Sehen wir uns nachher an der Bar?"

„Ich ... ich weiß nicht ..." Tina hörte Stimmen, blickte sich um und entdeckte Sandra, die mit Petros auf sie zu kam. Sie verzog das Gesicht zu einem reuigen Grinsen. „Ich glaube, ich sollte mich für den weiteren Verlauf des heutigen Abends eher gruppendynamisch korrekt verhalten."

„Heißt so viel wie: Ich bleibe bei meinen Leuten?"

Tina nickte. „Vielen Dank nochmal, MaryLou."

„Keine Ursache, Kindchen. Es war mir ein Vergnügen." MaryLou hob Tinas Hand an ihre Lippen und hauchte einen Kuss darüber.

„Jetzt komm aber", forderte Frank sie auf, nahm sie am Arm und verschwand mit ihr in dem Gang, der zu den Künstlergarderoben führte.

„Bist du jetzt völlig wahnsinnig geworden", zischte Frank, als sie außer Hörweite waren. „Du ruinierst alles!"

Tilman wiegte sich in den Hüften und machte ein paar Tanzschritte. „Sie lag in meinen Armen wie eine Göttin. Frank, ich glaube, ich habe mich verliebt."

„Und ich drehe bald durch!"

„Ihr Mutter war am Staatstheater Stuttgart Tänzerin. Und ich wette, ihr Vater ist auch aus der Branche. Ich tippe auf Dirigent. Oder Kontrabassist. Sie ist ein Theaterkind, Frank! Wir passen zusammen!"

„Was hier abgeht, passt mir überhaupt nicht!", erwiderte Frank grimmig.

Doch Tilman lachte nur. „Beruhige dich. Ich tue doch alles, damit ihr diesen Kreuzfahrtjob nicht zum letzten Mal macht."

Frank schnaubte nur verächtlich und schob Tilman in die Künstlergarderobe. Während Tilman sich dort von der Bühnenfigur Marilyn wieder in MaryLou verwandelte, kam ihm eine Idee. Er rief die Requisiteurin zu sich und gab ihr einen Auftrag.

„Wow, Tina, das war toll", rief Sandra, sobald sie und Petros angekommen waren. „Du kannst ja wahnsinnig gut tanzen!"

„Stimmt", sagte Petros. „Kompliment."

Tina lächelte. „Danke. Aber wer gut tanzen kann, das ist MaryLou."

„War das nicht ein bisschen seltsam für dich. Ich meine …"
Sandra brach verlegen ab.

„Anfangs schon", gab Tina zu. „Aber ich hatte es in wenigen Sekunden völlig vergessen." Sie hatte nicht die geringste Lust, weiter über den verrückten Tango zu reden. Und schon gar nicht über die Gefühle, die Mary Lou beim Tanzen in ihr geweckt hatte. Wahrscheinlich hatte sie das alles ohnehin nur geträumt. Jedenfalls kam es ihr mittlerweile so vor. Daher lenkte sie ab und fragte: „Sagt mal, wie spät ist es?"

Petros schaute auf seine Armbanduhr. „Zwanzig nach elf. Gehen wir noch auf einen Drink an Deck? Vielleicht kriegen wir noch mit, wie die *Bella Luna* die Elbmündung passiert."

„Okay." Tina nickte. „Dann können wir auch besprechen, wie es morgen beim Workshop weitergeht."

„Ich glaube, ich muss ins Bett", verkündete Sandra, gähnte und hielt sich die Hand vor den Mund. „Keine Ahnung, warum ich mich so bleiern fühle."

„Wirst du krank?"

Sandra kicherte. „Höchstens seekrank. Gute Nacht."

„Gute Nacht. Ich hoffe, ich wecke dich nachher nicht auf, wenn ich schlafen gehe", meinte Tina.

„Und wenn schon. Ich kann sofort wieder pennen." Sandra winkte den beiden zu und ging ein paar Meter nach rechts. Dann blieb sie stehen und schaute nach links. „Mann, ich glaube, ich werde mich hier nie zurechtfinden. Wo geht's lang?"

Tina deutete nach links. „Dort sind die Aufzüge. Nimm einen davon, dann bist du sicher."

Sandra reckte ihren Daumen und befolgte Tinas Rat. Tina und Petros dagegen nahmen die Treppe nach oben. Als sie auf dem Pooldeck angekommen waren, atmete Tina die milde Nachtluft tief ein.

„Ah, das tut gut", sagte sie.

Wenig später standen sie mit ihren Drinks an der Reling und sahen zu, wie die *Bella Luna* das offene Meer gewann. Dort frischte der Wind auf. Tina löste ihren Ballerinaknoten und ließ ihr Haar flattern. Wenn sie an die vergangenen achtundvierzig Stunden dachte, hätte sie gleichzeitig lachen und weinen mögen. Sie hielt ihr Gesicht in den Wind, spürte die warme Brise auf ihren Wangen – und dachte unwillkürlich an MaryLou. Tanzen … Sie hätte tanzen mögen. Die ganze Nacht. Um Marcus zu vergessen. Um das erste graue Haar zu vergessen. Um zu vergessen, dass *Valentine's* sich ihr mit so viel persönlichem und finanziellem Einsatz aufgebautes kleines Unternehmen einverleiben wollte.

Petros unterbrach ihre Gedanken. „Es gibt noch zwei Anmeldungen für den Ausflug morgen in Amsterdam. Ich habe das in die Wege geleitet und hoffe, das ist in deinem Sinn."

„Ja, gut. Wie viele Teilnehmer sind es jetzt?"

„Sechs. Leider mehr Frauen als Männer. Der Banker und der Spediteur wollen sich am Golfsimulator versuchen, und Frau Unruh, die Antiquitätenhändlerin, ‚fühlt sich nicht'. Herr Huth hat sich beschwert, dass er den Ausflug selbst bezahlen soll und verzichtet."

„Verstehe. Ich werde nochmal mit ihm sprechen. Gibt es schon irgendwelche Paarungen, die nicht am Ausflug teilnehmen und sich Amsterdam gemeinsam anschauen wollen?"

„Der Windradmann und die Fertighausfrau, glaube ich."

Tina lachte. „So dürfen wir nicht von unseren Kunden reden, Petros."

„Nein?" Er grinste. „Na gut. Herr Heller und Frau Frommer haben sich, glaube ich, gefunden. Schau, dort drüben stehen sie."

Tina sah in die Richtung, die Petros ihr wies. Tatsächlich, dort standen Hartmut Heller und Gerlinde Frommer an der Reling, jeder ein Glas in der Hand, und unterhielten sich intensiv. „Das freut mich", sagte sie. Kurz überlegte sie, ob sie Petros von dem Kaufangebot, das ihr *Valentine's* unterbreitet hatte, erzählen sollte. Die Sache brannte ihr unter den Nägeln, aber dann entschied sie, es noch für sich zu behalten. Petros war schließlich noch nicht einmal offiziell ihr Mitarbeiter, obwohl sie schon jetzt das Gefühl hatte, er wäre seit Anbeginn dabei. Er konnte gut mit Menschen umgehen, war sehr strukturiert, und hatte offenbar keine Profilneurose. „Ich bin gespannt auf den Workshop morgen früh", bemerkte sie. „Hoffentlich ist das, was du dir ausgedacht hast, nicht zu anspruchsvoll für unsere Teilnehmer."

„Es ist ein Experiment", gab er zu. „Aber ich glaube, es wird uns allen Spaß machen."

Tina leerte ihr Glas. „Ich gehe schlafen. Ich hatte zwei harte Tage. Gute Nacht, Petros."

„Gute Nacht, Tina. Bis morgen."

Sie verließ das Deck und nahm die Treppe nach unten. Was für ein Tag! Was für ein Abend! Tina gähnte hinter vorgehaltener Hand. Sie freute sich auf ihr Bett.

„Tina! Warte!"

Oh, nein! Marcus!

Er lief die Treppe hinunter, hatte sie kurz darauf eingeholt, und fasste sie am Handgelenk. „Tina, wir müssen miteinander reden."

Sie machte sich los. „Was gibt es da noch zu reden?"

„Ich will nicht, dass es so endet. So … so hässlich. Wir hatten doch eine gute Zeit, oder?"

„Ehrlich gesagt, weiß ich das nicht mehr so genau", antwortete sie kühl. „Und außerdem bin ich todmüde und will jetzt endlich ins Bett."

„Tina." Er strich ihr über die Wange, und sie roch seinen alkoholisierten Atem. „Ich empfinde immer noch sehr viel für dich."

„Marcus, bitte …"

Er kam noch näher. „Bin ich dir denn gleichgültig?"

Tina schloss einen Moment die Augen. „Nein", sagte sie dann. „Du bist mir nicht gleichgültig, Marcus. Aber ich habe gemerkt, dass eine Affäre mit dir nicht das ist, was ich will."

„Bisher war es doch genau das, was du wolltest", flüsterte er heiser und legte ihr den Arm um die Taille."

„Lass mich los."

Er begann, Küsse auf ihrem Hals und ihrer Wange zu verteilen. „Tina, du bist so schön. So zauberhaft. Ich möchte mit in deine Kabine kommen." Sie begann, sich zu wehren, aber er hielt sie eisern fest. „Du willst es doch auch, süße Tina."

„Ich will nichts dergleichen", fauchte sie und wand sich in seinem Griff.

Er lachte leise und küsste sie auf den Mund. Tina war kräftig, aber gegen seinen Schraubstockgriff kam sie nicht an. Mit Mühe schaffte sie es, den Kopf zur Seite zu drehen.

„Lass mich!", rief sie wütend.

„Was ist hier los?", hörte sie die leicht amüsierte, dabei sanft drohende Stimme MaryLous. „Kindchen, belästigt dieser Mann Sie etwa?"

Abrupt ließ Marcus Tina los. „Halten Sie sich da raus!"

„Wie soll ich mich da raushalten, wenn ich eine Schönheit in Nöten sehe", näselte MaryLou, die wieder ihr cremefarbenes Kostüm und die braune Perücke trug. „Wir Mädchen müssen zusammenhalten. Kommen Sie. Oder haben Sie diesem Herrn noch etwas zu sagen?"

„Nein, absolut nicht", erwiderte Tina.

„Na dann ..." MaryLou hakte sie unter, und gemeinsam gingen sie den Flur entlang. „Hier ist es", sagte Tina, als sie ihre Kabine erreicht hatten. „Ich danke Ihnen, MaryLou. Gute Nacht."

„Gute Nacht, Kindchen. Und passen Sie auf sich auf." MaryLou winkte, lächelte und wackelte mit einem Extra-Hüftschwung davon.

Perplex und seltsam berührt schaute Tina ihr einen Moment nach. Dann atmete sie tief durch, öffnete die Tür mit ihrer Chipkarte, und schlüpfte erschöpft in die Kabine mit den zwei Einzelbetten. Die Klimaanlage arbeitete, und trotzdem war es ziemlich stickig. Tina ging auf Zehenspitzen zum Balkon und öffnete die Tür. Kühle Nachtluft drang herein und das leise Geräusch der Wellen. Sandra lag zusammengerollt in ihrem Bett und rührte sich nicht. Wenig später hatte Tina sich ausgezogen und abgeschminkt, doch als sie unter die Decke gekrochen war, ratterten die Gedanken in ihrem Kopf weiter und weiter. Irgend etwas veränderte sich gerade in ihrem Leben, aber was das genau war, konnte sie nur schemenhaft erkennen. Zurzeit lief absolut nichts nach Plan, aber sie hatte langsam aufgehört, sich darüber zu wundern. Selbst dass sie mit einem Transvestiten den Tango ihres Lebens getanzt hatte, kam ihr nicht seltsamer vor als der Umstand, dass ihr ein Konzern Unsummen für ihre kleine Agentur geboten hatte. Oder dass sie mit einem jungen Mann, den sie kaum kannte, so entspannt und gut zusammenarbeitete, als täten sie das schon jahrelang. Seit sie hier auf der *Bella Luna* angekommen war, schien es ihr plötzlich nicht mehr so wichtig, alles unter Kontrolle zu haben. Vielleicht lag es daran, dass sie sich auf einem Schiff befand, ohne festen Boden unter den Füßen. Das weite Meer verhieß Freiheit, so stand es zumindest im Prospekt. Jedenfalls war sie neugierig geworden, was als nächstes passieren mochte. Es war ein befreiendes Gefühl, und gleichzeitig machte es sie nervös. Auf eine Art nervös, die der Aufregung vor dem ersten Date glich. Ups, wo kam denn dieser Gedanke her? Ein Date? Mit wem? Eigentlich hatte sie nach der Erfahrung mit Marcus gar keine Lust auf Schmetterlinge im Bauch. Andererseits ... Ohne dass sie wusste, woher dieser Gedanke kam, fiel ihr MaryLou ein. Der Tango war eine echt heiße Nummer gewesen. Von MaryLou war eine männliche Energie ausgegangen, die ziemlich sexy gewesen war. Sie hatte Wort gehalten und geführt wie ein Mann. Aber wahrscheinlich lag das nur am Tango. Tango war Sex pur, und vermutlich war es völlig egal, ob man ihn mit einem Mann, einer Frau oder mit einem Transvestiten tanzte. Tina musste grinsen, als sie daran dachte, was für ein Schauspiel sie den Zuschauern geboten hatten. Es war normalerweise überhaupt nicht ihre Art, sich dermaßen in Szene zu setzen, aber nun, da es passiert war, mochte sie die Erinnerung daran. Vielleicht hatte sie doch mehr Theaterblut von ihrem Vater geerbt, als sie wahrhaben wollte. Von ihrer Mutter hatte sie vor allem Disziplin eingeimpft bekommen und Härte gegen sich selbst. In ihrer aktiven Zeit als Ballerina hatte Elmira Genova, so ihr Künstlername, oft unter Schmerzen getanzt. Trotzdem hatte sie länger durchgehalten als viele Kolleginnen und war noch mit Anfang vierzig aufgetreten. Ausgebildet im kommunistischen Rumänien, hatte die blutjunge Eva Iliescu gelernt, ihren Körper zu bezwingen. Sie war mit Leib und Seele Balletttänzerin, aber sie blühte nicht als Solistin, sondern im Ensemble auf. Selbstdarstellung war nicht ihr Ding. Während ihr Mann, Bodo Ternes, auf der Bühne immer zu großer Form auflief und auch in Gesellschaft gern den Partylöwen gab. Wenn die Frauen, die ihn anhimmelten, bloß wüssten, wie langweilig und träge er zu Hause war ... Tina hatte nie ein echtes Bedürfnis verspürt, auf der Bühne zu stehen, und sie war froh gewesen, als sich die Karriere, die ihre Mutter für sie geplant hatte, von selbst erledigte, weil sie einfach nicht gut genug war.

Tanzen war ihr Hobby, und heute Abend hatte es ihr, wenn sie ehrlich war, so großen Spaß gemacht wie noch nie. Verrückt, aber vielleicht nicht verrückter, als mit Dreißig eine Dating-Agentur zu gründen, die so viel Erfolg hatte, dass *Valentine's* sie für eine Millionensumme kaufen wollte.

Tina lag noch lange wach in der Dunkelheit, dachte über die Ereignisse der letzten Tage nach, und fragte sich wieder und wieder, was das Beste sein würde. Für *Slow Happy*, für sie, für Maike, für ihre anderen Mitarbeiterinnen. Und ob sie vielleicht auch einmal Glück in der Liebe haben würde … Irgendwann aber hörte sie nur noch dem Geräusch der Wellen zu und spürte dem leisen Vibrieren des großen Schiffes nach, das sich Seemeile für Seemeile über das nächtliche Meer auf Amsterdam zu bewegte.

9. Kapitel

Petros Meyer-Roussi stand am Fenster des Seminarraums auf der *Bella Luna*. Draußen Meer, nichts als Meer. Die Wellen hatten Schaumkronen, aber der Seegang war auf dem Kreuzfahrtschiff kaum zu spüren. Petros schaute jedoch nicht aus dem Fenster, sondern in einen Heftroman, wie man ihn zu Dutzenden in der Bahnhofsbuchhandlung kaufen konnte. Vorne drauf war ein sogenannter Nackenbeißer. Ein attraktiver dunkelhaariger Mann beugte sich über eine attraktive rothaarige Frau im weit ausgeschnittenen grünen Kleid, als wolle er sie in den Hals beißen. Leidenschaft pur verhieß das wohl.

Zehn Teilnehmer des Slow Dating-Workshops saßen auf Stühlen im Kreis, und in der Mitte des Kreises standen Ulrike Semmler, achtundvierzig Jahre alt, Inhaberin einer Frisörkette, und Matthias Schmidt, sechsundfünfzig, Spediteur in dritter Generation. Die kleine, füllige Blondine und der grau melierte schlanke Herr mit den langen Beinen und dem humorvollen Lächeln sahen dem glamourösen Paar auf dem Cover des Heftromans so unähnlich wie nur möglich. Sie hielten jeder einen dünnen, gehefteten Computerausdruck in der Hand, auf dessen Text sie durch die Gläser ihrer Lesebrillen mit entschlossener Miene blickten.

„„… Er hatte keine Ahnung, was passieren würde, wenn er Glory nun nach sechs Jahren wiedersah"", las Petros aus dem Heftroman vor. „„Er hätte ihr keine Chance geben dürfen, noch einmal in sein Leben zu spazieren. Er war einfach nicht bereit."" Mit der Hand gab er Frau Semmler und Herrn Schmidt das Zeichen, zu beginnen.

Die blondierte Friseurmeisterin hob den Kopf und sah schmachtend zu Matthias Schmidt auf. „„Vincenzo!"", rief sie und fügte, an die Slow Dater gewandt, hinzu: „Das kann ich sogar schon auswendig!"

Alle lachten, und Sandra, die im Hintergrund saß, machte sich eine Notiz.

„„Blass und schmal sah sie aus, als sie in sein Schlafzimmer stürmte"", las Petros weiter. „„Ganz anders als die vor Vitalität und Lebensfreude sprühende junge Frau, in die er sich vor sechs Jahren Hals über Kopf verliebt hatte. Glory rannte auf ihn zu und schlang die Arme um seinen Hals. Sie klammerte sich an ihn wie eine Ertrinkende."'

Frau Semmler schluckte, schaute zu Herrn Schmidt auf, dann nahm sie Anlauf, stürmte die paar Schritte auf ihn zu, stellte sich auf die Zehenspitzen und schaffte es immerhin, ihm die Hände auf die Schultern zu legen. Höher ging nicht.

„Das mit dem Anklammern lasse ich aber", verkündete sie.

Alles lachte.

„,Er packte ihre Arme und schob sie von sich weg"', las Petros weiter.

Gesagt, getan. Doch Herr Schmidt, ganz Gentleman, umfasste vorsichtig die Handgelenke seiner Spielpartnerin und trat einen Schritt zurück.

Die Friseurmeisterin sah in ihr Textheft. „,Es geht dir gut, Liebling. Ich bin ja so froh. Als du auf meine Anrufe nicht reagiert hast, dachte ich, dir wäre etwas Entsetzliches zugestoßen."'

Herr Schmidt, die Augen auf den Text in seinen Händen geheftet, erwiderte: „,Es ist nichts passiert."' Dann räusperte er sich und blickte in die Runde. „Da steht, ich soll das kalt sagen. Also nochmal. ,Es ist nichts passiert'." Er schaute zu Petros. „War das jetzt kalt genug?"

Petros grinste. „Kühl, würde ich sagen."

„Ich bin halt nicht der kalte Typ", meinte Matthias Schmidt, was ihm einen Lacher aus dem Publikum eintrug.

„Weiter", forderte Petros und las: „,Sie schien die eisige Ablehnung nicht zu bemerken. Stattdessen sah sie erschrocken zu ihm auf."'

Frau Semmler sah erschrocken zu Herrn Schmidt auf.

„,Nichts verriet, dass sich hinter ihrer unschuldigen Fassade eine harte, rücksichtslose Betrügerin verbarg"', führte Petros weiter aus, ehe Frau Semmler mit dem Dialog fortfuhr.

„,Gab es noch einen Vorfall"', hauchte sie. „,Wurde wieder etwas gestohlen?"'

„,Nein"', antwortete Herr Schmidt und setzte eine harte Miene auf.

„,Aber du hast mir doch gesagt …"'

„,Nichts von dem, was ich dir erzählt habe, stimmt. Die Ergebnisse, die ich durchsickern ließ, waren gefälscht. Die

Diebe haben wertlose Informationen gestohlen. Die wahren Ergebnisse kennt niemand. Sie bleiben geheim, bis ich sie zur Veröffentlichung freigebe.'"

„‚Glorys Verstellungskünste kamen ihr auch jetzt zu Hilfe'", las Petros. „‚Scheinbar erleichtert, gleichzeitig etwas verletzt, sagte sie ...'"
Frau Semmler versuchte, erleichtert und gleichzeitig etwas verletzt zu wirken. „Puh, das ist schwer", meinte sie, ehe sie wieder in ihren Text schaute. „Was sage ich? Ah, ja. Ich sage: ‚Aber ... aber warum hast du mir nichts davon erzählt? Bist du sicher, dass du ausgespäht wurdest? Selbst hier? Ein einziges Wort hätte mir endlose Sorgen um dich erspart, und ich hätte meinen Part gespielt, um die Spione auf die falsche Fährte zu locken'." Frau Semmler war nun ernsthaft entrüstet.

Matthias Schmidt verbiss sich ein Grinsen, als er entgegnete: „‚Jeder bekam die Informationen, die ich für nötig hielt. Nur die Menschen, denen ich wirklich vertraute, kannten die Wahrheit.'"

„‚Und ich gehörte nicht dazu?'" Frau Semmler alias Glory schmollte.

„‚Wie denn? Du warst eine Gelegenheitsliebschaft, aber dann hast du geklammert, und ich hatte keine Zeit, um dir klarzumachen, dass ich dich loswerden wollte. Außerdem hatte ich noch keinen Ersatz für dich gefunden.'"

„Also, eines kann ich von mir sagen", konstatierte Frau Semmler, die ihre Rolle verließ, energisch. „Ich klammere nicht. Hab ich noch nie getan. Wenn mich jemand so behandeln würde wie dieser Typ hier, wäre ich so was von weg."

Die anderen lachten.

„Gut zu wissen", erwiderte Herr Schmidt. „Ist ja auch nur ein Kitschroman. Da stehen ja keine Konflikte drin, die unsereiner haben würde."

„Wieso?", bemerkte Ulrike Semmler. „Wenn ich Ihre Geliebte wäre und würde dem Finanzamt verraten, dass Ihre Lastwagenfahrer regelmäßig bei Kontrollen die Seite aus dem Fahrtenbuch aufessen?"

Gelächter ertönte.

„So was passiert nur in Filmen", sagte Matthias Schmidt und grinste. „Aber hier im Text wird es gerade interessant. Wir sollten weitermachen."

„Okay", stimmte die Frisörmeisterin zu und tupfte ihr sorgfältig frisiertes Haar zurecht.

„Der Schock, den er in ihren Augen las, war so echt, dass er einen Moment lang unsicher wurde"', las Petros den Zwischentext.

„Er…Ersatz?"', stammelte Frau Semmler nach einem Blick auf ihren Text.

„Laut Romaninhalt schürze ich nun die Lippen", verkündete Herr Schmidt dem Publikum und tat es.

Wieder Gelächter.

„„Meine Zeitplanung erlaubt mir nur Sexpartnerinnen, die auf Kommando verfügbar sind. Das war mit dir sehr bequem, denn du hast perfekt funktioniert. So eine anpassungsfähige Geliebte findet man nicht überall. Ich hatte vor, dich auszutauschen, sobald eine neue Gespielin gefunden war. Dies ist nun der Fall."'

„„Es war zwischen uns ganz anders, Vincenzo …"' Bekam Frau Semmler tatsächlich feuchte Augen?

„„Was bringt dich auf diese Idee? Dachtest du etwa, es wäre die große Liebe?"'

„„Du … du hast … du hast gesagt, dass du mich liebst."'

„„Ja, deine Art, mich zufriedenzustellen. Im Bett warst du ein Traum. Aber selbst eine Partnerin, die mir beim Sex alle erdenklichen Wünsche erfüllt, wird irgendwann langweilig."'

„Möchte mal wissen, was das für Wünsche waren", murmelte Frau Semmler hörbar genug, dass es bei den anderen Teilnehmern einen erneuten Ausbruch der Heiterkeit zur Folge hatte.

„Die beiden sind gut", flüsterte Sandra Tina zu, die neben ihr saß.

„Ja, es macht ihnen Spaß", flüsterte Tina zurück. „Aber ich weiß nicht genau, was Petros mit diesem Rollenspiel erreichen will."

„Nichts anderes als du mit deinem Ehekrach, der beim Slow Dating normalerweise auf dem Programm steht. Die potenziellen Partner spielen miteinander, lernen sich kennen, erfahren, ob der andere Humor hat …"

Tina nickte. „Schauen wir, wie es mit den beiden weitergeht."

„War ich für dich wirklich nur eine … eine Sexpartnerin?"', fragte Frau Semmler nun mit tragischem Augenaufschlag.

„„Nein, du hast Recht. Eine Partnerin ist jemand, mit der man irgendeine Art von Beziehung führt. Was auf uns nicht zutrifft. Sag bloß nicht, dass dir das nicht vom ersten Tag an klar war."

„„Er sah, dass seine Worte sie trafen wie Faustschläge, und wenn er es nicht besser gewusst hätte, wäre er schwach geworden und hätte ihr geglaubt, dass ihr Schmerz echt war"', las Petros. „„So aber machte ihn die Erkenntnis, wie gut sie schauspielerte, nur noch härter."

„„Wenn … wenn das ein Scherz sein soll, dann bitte, bitte, hör auf damit"', flüsterte Frau Semmler und fügte hinzu. „Hier steht, ich soll heulen. Muss ich heulen?"

„Nein, das müssen Sie nicht", antwortete Petros lachend.

„Gut, denn ich heule so gut wie nie."

„„Dachtest du wirklich, du bedeutest mir mehr als ein Betthäschen?"', fuhr Herr Schmidt in seiner Rolle fort. „„Ich habe dich nicht wegen deiner wissenschaftlichen Fähigkeiten eingestellt. Es geht mir langsam auf die Nerven, dass du glaubst, ich schulde dir etwas. Ich habe deine Dienste großzügiger honoriert, als sie es wert waren. Wenn dich ein Mann das nächste Mal verlässt, lass ihn ziehen. Denn sonst erfährst du nur, dass du ihm nie etwas bedeutet hast."

„„Glorys Blick verriet ihm, dass sie am Ende ihrer Kräfte war"', las Petros.

Mit einer theatralischen Geste unterstrich Frau Semmler diese Regieanweisung.

„„Doch er hatte sich getäuscht, Glory gab noch nicht auf"', ging es weiter, und die kleine, korpulente Friseurmeisterin straffte kampflustig ihre Schultern.

„„Ich … ich habe dich geliebt, Vincenzo. Ich habe an dich geglaubt. Du warst für mich ein einzigartiger Mensch. Aber es scheint, dass du in Wahrheit nichts weiter bist als ein widerlicher Egoist, der so perfekt lügen kann, dass man ihm alles glaubt. Ich wünschte, ich wäre dir nie begegnet, und hoffe nur, dass eine meiner Nachfolgerinnen dir antut, was du mir angetan hast.'"

Petros hatte das Schlusswort: „Er wartete, bis die Tür ins Schloss fiel und ihm verriet, dass Glory gegangen war. Dann erst ließ er zu, dass der Schmerz ihn übermannte."

Matthias Schmidt zog eine Grimasse. „Wie spiele ich, dass der Schmerz mich übermannt?"

„Wahrscheinlich würden Sie eher mit einem Kumpel in die Kneipe gehen und ein paar Biere zischen, oder täusche ich mich da?", bemerkte Frau Semmler.

„Auch Männer haben Gefühle", entgegnete er, plötzlich sehr ernst. „Auch Männer weinen. Dieser Vincenzo da glaubt ja offensichtlich, dass diese Glory ihn ausspioniert und hintergangen hat."

„Hat sie aber nicht", wandte Ulrike Semmler ein.

„Das weiß er ja nicht. Daraus entsteht ja der Konflikt."

„Aber muss er sich deswegen wie ein Arschloch verhalten und sie fertig machen? Ich meine, das sind die ersten Seiten des Romans. Auf den restlichen Seiten wird dann wohl beschrieben, wie die beiden wieder zusammenkommen, oder?" Sie schaute zu Petros.

„Genau. Der größtmögliche Konflikt steht ganz am Anfang. Er macht sie fertig, weil er glaubt, sie habe ihn betrogen. Nach sechs Jahren sehen sie sich wieder. Stellen Sie sich vor, Sie sind Vincenzo und Glory sechs Jahre später. Sie lieben sich immer noch, aber sie wollen es nicht zeigen."

„Ich glaube nicht, dass ich jemanden nach sechs Jahren immer noch lieben würde, der solche Dinge zu mir gesagt hat", wandte Frau Semmler ein. „Es gibt Verletzungen, die verzeiht man nicht. Wie würden Sie das sehen?", fragte sie die anderen Teilnehmer.

Ute Friedrichs, sechsundvierzig und Zahnärztin, meldete sich.

„Bitte", sagte Petros.

Ute hatte kurzes, schwarzes Haar, strahlend blaue Augen und ein hübsches Gesicht, war dabei überschlank, fast mager. „Ich … ich bin auch der Meinung, dass man bestimmte Verletzungen nicht tolerieren darf", sagte sie leise, so dass sie kaum zu verstehen war. „Aber ich habe die Erfahrung gemacht, dass man sich aus Liebe Dinge gefallen lässt, die eigentlich … eigentlich strafbar sein müssten."

„Genau. Man lässt den Kerl wieder rein, obwohl man genau weiß, dass damit das Elend nur wieder von vorne anfängt", warf Gerlinde Frommer, die forsche neununddreißigjährige Fertighausdesignerin, ein.

Tina dachte, Frau Frommer mache eigentlich nicht den Eindruck, sie würde einen Typen wieder in ihre Wohnung und ihr Leben lassen, der sie mies behandelt hatte. Aber man konnte sich täuschen … Jedenfalls funktionierte das Spiel, das Petros sich mit den Liebesromanen, die er übersetzte, ausgedacht hatte. Die Teilnehmer diskutierten miteinander und gaben Persönliches preis.

„Oder man gibt in Konflikten wieder und wieder nach, nur um des lieben Friedens willen", konterte Hartmut Heller, der Windradmann, mit dem Frau Frommer gestern Abend bereits an Deck beim Flirten gesehen worden war. „Auch Frauen können ihrem Partner das Leben zur Hölle machen."

Kurzes Schweigen. Dann sagte Petros: „Danke, dass Sie so ehrlich sind. Ich glaube auch, dass es da, wo tiefe Gefühle im Spiel sind, keine Regeln gibt, die für alle gelten. Trotzdem habe ich den Eindruck, dass unser Paar Vincenzo und Glory im wirklichen Leben vielleicht wieder im Bett, aber wohl eher nicht vor dem Traualtar landen würden. Vielen Dank an Frau Semmler und Herrn Schmidt."

Sie bekamen den verdienten Applaus und setzten sich in die letzte Reihe. Dort flüsterten sie angeregt. Tina studierte die beiden einen Moment intensiv, dann meinte sie zu Sandra: „Könnte was werden."

Sandra lachte leise. „Du alte Kupplerin. Wie seltsam eigentlich, dass ausgerechnet du eine Partneragentur leitest. Du bist so freiheitsliebend und unabhängig. Ich kann mir gar nicht vorstellen, dass du dich von einem Mann schlecht behandeln lassen würdest. Ich kann mir noch nicht mal vorstellen, dass du heiratest."

Tina musste an Marcus denken. Er hatte begonnen, sie schlecht zu behandeln, und sie hatte die Konsequenzen gezogen. Es tat weh, aber manchmal war es besser, hart zu sich selbst zu sein. Aber niemals heiraten? Machte sie nach außen hin wirklich den Eindruck, ein Solitär zu sein, der niemanden an sich heranließ? „Das sagt die Richtige", gab sie zurück. „Du willst ja auch nicht heiraten."

„Stimmt. Obwohl ich ..." Sandra war auf einmal leichenblass, schlug die Hand vor den Mund, sprang auf und rannte aus dem Seminarraum.

„Was hat sie?", wollte Petros wissen.

„Sie ist seekrank", erklärte Tina.

„Wie schade um das gute Frühstück", bemerkte Sabine Unruh, die Antiquitätenhändlerin, trocken. Dafür, dass sie sich „nicht fühlte" und nicht am Ausflug teilnehmen wollte, sah sie ziemlich gesund und munter aus, abgesehen von einem leidenden Zug um die Mundwinkel, der aber vermutlich zu ihrem Typ gehörte.

Einige lachten, aber Tina fand den Scherz eher unpassend.

Petros überspielte den Moment, hielt das nächste bunte Heftchen hoch, dessen Cover einen schicken jungen Mann im Smoking und eine bildschöne junge Frau im weißen Kleid zeigte und fragte: „Wer möchte als Nächstes sein Glück mit Daniel und Scarlet versuchen? Sie ist Hochzeitsplanerin und fällt ihm von einer Leiter direkt in die Arme. Sofort steigt bei beiden heißes Verlangen auf. Also, wer von Ihnen traut sich?"

Niemand meldete sich.

Petros lächelte. „Dann sollten wir losen, um Ihnen die Entscheidung zu erleichtern. Ich habe hier ..." Er schüttelte ein kleines Eimerchen, in dem gefaltete Zettel raschelten."

Juri Protopopov, vierzig Jahre alt und Landschaftsarchitekt, stand verlegen auf. „Ich würde es versuchen", sagte er. „Wenn Frau ... Frau Setz vielleicht Lust hätte, mitzumachen?"

Henrike Setz war Steuerberaterin, einundvierzig, mit dunkelblonden Locken, Sommersprossen und einem breiten, fröhlichen Mund. Sie lächelte Juri an und stand ebenfalls auf. „Ich war noch nie besonders gut im Theaterspielen", sagte sie. „Aber ich will mich auch nicht drücken."

Sandra kam zurück und setzte sich wieder neben Tina. „Puh", flüsterte sie. „Hoffentlich hört diese Übelkeit irgendwann auf."

„Willst du dich lieber hinlegen?", fragte Tina besorgt. „Oder zum Arzt gehen? Es gibt an Bord einen Arzt."

„Nö. Sobald ich es hinter mir habe, geht es mir immer prima. Komisch, nicht? Es passiert ja auch nur, sobald ich etwas esse. Hab ich was verpasst?"

„Juri und Henrike sind als nächstes dran. Ich hoffe, wir schaffen alle Durchgänge, bis wir in Amsterdam anlegen."

Sandra schaute auf ihre Uhr. „Jetzt ist es halb zwölf. Wann kommen wir an?"

„Um eins. Zumindest sagt das der offizielle Reiseplan."

„Hm, könnte knapp werden."

Tina fing einen Blick von Petros auf. Sie hob ihre Hand und tippte auf ihr Handgelenk. Zügig weitermachen, sollte das heißen. Er verstand und nickte.

„Das meinst du nicht ernst!"

Tilman, der auf dem Oberdeck der *Bella Luna* an der Reling lehnte, während das Schiff in den Hafen von Amsterdam einlief, wandte den Blick von dem futuristischen weißen Gebäude ab, an dem sie gerade vorbei kamen. Aus den Lautsprechern drang seit einer Viertelstunde die sonore Stimme eines Menschen, der die Kreuzfahrtgäste auf die Sehenswürdigkeiten an Land aufmerksam machte. Das große weiße Ding, hatte er gerade verkündet, sei das Filmmuseum und würde allgemein nur „Das Auge" genannt.

„Was denn?", erkundigte er sich bei Frank, der zu ihm getreten war und ihn entrüstet anschaute.

„Na, wie du hier rumläufst!", erwiderte der Keyboarder.

„Erstens laufe ich nicht, sondern ich stehe", gab Tilman zurück. „Und zweitens habe ich bis heute Abend frei und kann aussehen, wie ich will."

Er war nur zu froh gewesen, sich von MaryLou wieder in sein altes Selbst zurück zu verwandeln, wenn auch nur vorübergehend. Gestern Abend für die Show hatte er sich glattrasiert, doch längst lag wieder ein starker dunkler Schatten auf Kinn und Wangen. Dazu trug er eine verspiegelte Sonnenbrille, die er sich gestern noch von der Requisite ausgeliehen hatte. In den schwarzen Sneakers, den schwarzen Jeans und dem schwarzen Poloshirt fühlte er sich wesentlich wohler als in dem cremefarbenen Kostüm und den Pumps. Tilman verfolgte einen Plan, aber er hatte keine Ahnung, ob dieser Plan sich in die Tat umsetzen ließ. Alles hing davon ab, was die schöne Tina vorhatte, sobald das Schiff angelegt hatte.

„Wir haben eine Vereinbarung", jammerte Frank.

„Ja, und zwar, dass ich MaryLou heute Abend in der Luna-Bar vertrete", sagte Tilman gelassen. „Dass ich schon gestern auf die Bühne musste, war nicht im Geringsten vereinbart. Und außerdem haben wir bisher noch nicht über meine Gage gesprochen."

„Haben wir nicht?" Frank sah ihn mit Unschuldsmiene an.

„Nein, aber jetzt ist nicht der Zeitpunkt für Gagenverhandlungen. Wir werden uns morgen mit MaryLou darüber unterhalten. Falls sie denn tatsächlich kommt."

„Ich habe vorhin mit ihr telefoniert. Es geht ihr viel besser. Sie hat auf jeden Fall vor, morgen früh nach London zu fliegen und nachmittags in Dover an Bord zu gehen."

„Wie erfreulich." Tilman grinste. „Und jetzt entschuldige mich. Ich habe etwas vor."

„Was denn, um Himmels willen?"

„Ich schaue mir Amsterdam an."

„Das kannst du nicht. Dazu brauchst du deine Bordkarte, und die ist …"

„Hier!" Tilman zückte die Chipkarte und hielt sie hoch, aber außer Reichweite von Frank.

„Wo hast du die her?", wollte der Andere wissen. „Sie war doch im …"

„Safe, ja", ergänzte Tilman. „Da ist sie jetzt nicht mehr, wie du siehst."

„Aber der Code …" Frank war offenbar nicht mehr in der Lage, vollständige Sätze zu bilden.

„Ich bin größer als du", erklärte Tilman freundlich. „Und ich habe gute Augen. War ziemlich leicht, dir über die Schulter zu blicken."

„Gib das Ding sofort wieder her!"

„Das werde ich nicht tun. Ich lasse mich nicht einsperren."

Frank schwieg mit düsterer Miene. Dann sagte er: „Du weißt ja nicht …"

„Ich will es auch gar nicht wissen", erwiderte Tilman heiter. „Mensch, entspann dich und gönn mir ein bisschen Vergnügen." Dann wurde er unsicher. „Oder ist diese Bordkarte ungültig und ich komme gar nicht runter vom Schiff? Bin ich wirklich ein blinder Passagier?" „Pst", machte Frank. „Nicht so laut. Nein, die Karte ist gültig. Aber …" „Was aber …" „Ach, nichts. Mach was du willst. Wenn du alles ruinierst, habe ich nicht die Schuld." „Was soll schon groß passieren?" Frank schwieg erneut bedeutungsvoll. „Du bist hinter dieser Frau her." Es war mehr eine Feststellung, als eine Frage.

„Wie derb du das formulierst. Ich würde sagen, ich wandele auf Freiersfüßen", antwortete Tilman.

„Sieh dich vor! Niemand darf erfahren, dass du und Mary-Lou derzeit noch ein und dieselbe Person sind."

Tilman schob seine Brille tiefer und sah Frank amüsiert an. „Glaubst du, irgend jemand würde zwischen mir und Mary-Lou eine Verbindung herstellen?"

„Man kann nie wissen", orakelte Frank. „Du musst sehr, sehr vorsichtig sein."

Tilman seufzte. „Schon gut, Frank, ich werde vorsichtig sein."

Frank runzelte die Stirn und dachte einen Moment nach. „Willst du vielleicht von London zurückfliegen, sobald Mary-Lou morgen eingetroffen ist?", fragte er hoffnungsvoll. „Wir würden dir das finanzieren."

Lachend schüttelte Tilman den Kopf. „Nein, das will ich bestimmt nicht."

„Wegen dieser Frau?"

„Genau. Wegen dieser Frau." Damit ließ Tilman den Keyboarder stehen und beeilte sich, nach unten ins Foyer zu kommen, wo er rechtzeitig genug eintraf, um Tina inmitten ihrer Gruppe von heiratswilligen Slow Datern zu entdecken. Sie sah hinreißend aus in ihrer schmalen schwarzen Dreiviertelhose, dem roten Top und den schwarzen Ballerinas. Ihr Haar trug sie heute offen, und von der Schulter hing eine kleine rote Handtasche. Sie war ungeschminkt, wirkte frisch und sehr jung und viel entspannter, als er sie bisher erlebt hatte. Während alle warteten, bis die Gangway am Kreuzfahrtterminal angedockt hatte, unterhielt sich Tina mit dem hochgewachsenen jungen Mann und der hübschen, drahtigen Rotblonden, die er schon mehrmals mit ihr zusammen gesehen hatte. Wenn er Pech hatte, verschwand sie gleich mit ihren Reiseteilnehmern auf eine Stadtrundfahrt oder zur Käseverkostung oder was sonst noch an buchbaren Ausflügen angeboten wurde. Wenn er dagegen Glück hatte …

10. Kapitel

„Wollen wir fietsen?"

„Fietsen?" Tina warf Sandra einen halben Blick zu, während sie die Kontrollschleuse betraten, die das Kreuzfahrtschiff mit dem Terminal im Hafen von Amsterdam verband. „Was ist das denn?"

„Fahrradfahren", antwortete Sandra. „Das heißt hier so. Überall wird gefietst. So kommst du in Amsterdam am schnellsten von A nach B. Bestimmt gibt es beim Kreuzfahrtterminal einen Fahrradverleih."

„Warst du schön öfter in Amsterdam?"

„Ein paar Mal. Aber natürlich nicht per Schiff, sondern mit dem Zug. Ich liebe die Gemälde der alten Niederländer. Kommst du mit ins Rijksmuseum?"

Tina schaute auf die Gruppe ihrer Slow Dating-Teilnehmer, die vor ihr her ging. Sabine Unruh, die Antiquitätenhändlerin mit dem leidenden Zug um den Mund, hatte sich entschuldigt. Ihr ginge es nicht gut. Was die Dame und ihre Aussichten beim Slow Dating betraf, hatte Tina kein gutes Gefühl. Aber so etwas kam vor, und als Veranstalterin musste sie es aushalten, eine Sache nicht regeln zu können. Im Gegensatz dazu hatte sie bei Hartmut Heller und Gerlinde Frommer Grund zur Hoffnung. Die beiden waren nahezu unzertrennlich. Ob sie bereits eine Kabine teilten? Henrike Setz und Juri Protopopov wirkten zumindest, als würde es ihnen nicht an Gesprächsstoff mangeln. Tina hörte, wie Henrike über irgendetwas lachte, das Juri gesagt hatte. Auch Herr Schmidt, der humorvolle Spediteur, der beim Workshop heute Morgen eine so gute Figur gemacht hatte, war nicht, wie ursprünglich geplant, mit Pit Weihe, dem Investmentbanker, am Golfsimulator hängen geblieben, sondern hatte sich für den Ausflug entschieden. Die quirlige Friseurmeisterin begleitete ihn. Pia Hennewald, die Archivleiterin, und Ute Friedrichs, die magere Zahnärztin, schlenderten hinterher. Sie alle wollten an der Käseverkostung teilnehmen, und Petros hatte sich bereit erklärt, den Tourguide zu machen. Was Tina einen halben freien Tag verschaffte. Sie war dankbar dafür, denn sie musste unbedingt nachdenken. Über das Angebot von *Valentine's* vor allen Dingen. Aber auch darüber, wie es hatte passieren können, dass sie gestern vor ein paar hundert Zuschauern mit einem Transvestiten Tango getanzt hatte. Und über die Sache mit Marcus. Wenn sie auch das Gefühl hatte, dass der Schmerz nicht sehr tief ging, blieb da trotzdem noch ein kleines Fragezeichen. Wenn der Zufall ihr nicht zu Hilfe gekommen wäre und er sein Familienwochenende tatsächlich irgendwo in einem Landgasthof in der Lüneburger Heide abgesessen hätte, wäre am Dienstag alles wieder beim Alten geblieben. Sie hätte sich auf ein Date mit Marcus gefreut, wäre mit ihm ins Bett gegangen, hätte ihm geglaubt, wenn er davon sprach, wie schlecht es ihm zu Hause ginge. Sie hatte einen Fehler gemacht, und das durfte ihr nicht noch einmal passieren. Wenn sie sich noch einmal verliebte, dann nur in einen Mann, der ehrlich war.

Doch gab es das überhaupt? Ehrliche Männer?

„Hallo?", fragte Sandra in ihre Grübeleien. „Hast du gehört, was ich dich gefragt habe?"

Sie fuhren die Rolltreppe hinunter in die Empfangshalle des gläsernen Terminals. Draußen warteten Busse auf die Kreuzfahrttouristen, am Kai lag ein Ausflugsdampfer, der gleich Gäste für eine Grachtenrundfahrt an Bord nehmen würde, und vor dem Gebäude gab es tatsächlich einen Fahrradverleih.

„Ob ich mit ins Rijksmuseum komme hast du gefragt", sagte Tina. „Fietsenderweise."

„Und?"

Tina schüttelte den Kopf. „Ich habe einiges, worüber ich nachdenken muss", erklärte sie. „Ich wandere ein bisschen durch die Stadt, setze mich in ein Café und versuche rauszufinden ..." Sie brach ab. Beinahe hätte sie Sandra von *Valentine's* erzählt. Doch Sandra war Journalistin, und das Angebot von *Valentine's* war heiße News. Also behielt Tina die Sache für sich. „Geh du mal fietsen", fügte sie hinzu und setzte ihre topaktuelle Ray Ban auf, denn obwohl ein paar weiße Sommerwolken über den Nordseehimmel zogen, blendete das intensive Licht der Julisonne. „Ich nehme die Straßenbahn."

„Du musst zum Hauptbahnhof und dort umsteigen", riet Sandra.

„Danke, das mache ich."

Sandra warf Tina einen forschenden Blick zu. „Gibt es Probleme?", wollte sie wissen.

„Nichts, was sich nicht in den Griff kriegen ließe", erwiderte Tina. Sie war froh, dass die Sonnenbrille ihre Augen verbarg, und noch dankbarer dafür, dass in diesem Moment ihr Handy klingelte. „Bis später, Sandra", sagte sie, und nahm das Gespräch an, ohne auf das Display zu schauen.

„Tina Ternes, hallo?"

„Tina, hier ist Maike. Ich wollte mal hören, ob alles glatt läuft."

„Danke für deinen Anruf. Das Seminar heute Morgen war sehr gut. Es gibt bereits die ersten Paare."

„Wer hat den Workshop geleitet?", wollte Maike wissen. „Du oder …?" Sie sprach den Namen nicht aus, aber Tina wusste Bescheid.

„Petros hat seine Liebesromane ausprobiert. Die Teilnehmer haben Dialoge aus den Heftchen nachgespielt. Es war sehr lustig, und die Diskussionen waren auch sehr gut."

Am anderen Ende der Leitung herrschte einen Moment Stille. Dann fragte Maike: „Wirst du … wirst du ihn einstellen?"

Tina lachte. „Das weiß ich noch nicht. Zurzeit ist er mit den Slow Datern unterwegs zur Käseverkostung. Vielleicht hat er danach die Nase voll."

„Im wahrsten Sinne des Wortes", bemerkte Maike und kicherte.

„Genau. Spätestens bei fünfhundert Jahre altem Gouda." Tina beobachtete, wie Sandra zum Fahrradverleih ging. Dort sah sie auch Henning Voré, einen der Slow Dater, der sich bisher vollkommen im Hintergrund gehalten hatte. Er war 57, Maler, und offenbar erfolgreich genug, um sich das Seminar leisten zu können. Jetzt sprach er Sandra an, sie unterhielten sich kurz, und gleich darauf radelten sie zusammen los.

„Ich bin im Büro", sagte Maike unvermittelt.

Irgendetwas in ihrer Stimme irritierte Tina. „Was ist los?", fragte sie. „Brennt es?"

„Quatsch. Ich wurstele ein bisschen im Garten herum. Rasen mähen und so …"

„Die drei Quadratmeter", erwiderte Tina lachend.

„Auch auf drei Quadratmetern muss das Gras ab", entgegnete ihre Assistentin und fügte hinzu: „Vorhin habe ich übrigens auch deine Mails durchgesehen …"

Da Maike nicht weitersprach, fragte Tina schließlich: „Und? Was akutes dabei?"

„*Valentine's* hat sich für den Termin gestern bedankt und eine PDF angehängt."

Wieder schwieg Maike bedeutungsvoll.

„Ja?", hakte Tina geduldig nach.

„Sie wollen *Slow Happy* kaufen!"

Tina zögerte kurz. „Das stimmt."

„Warum hast du mir nichts davon gesagt?"

„Weil du schon weg warst, als ich von dem Meeting zurückgekommen bin. Falls du dich erinnerst: Du hast deinen Sohn vom Hort abgeholt, weil er Bauchweh hatte."

„Tut mir leid. Aber er hat die ganze Nacht gespuckt. Er ist jetzt bei mir im Garten. Ich hoffe, du hast nichts dagegen. Ich arbeite nachher noch das, was gestern liegen geblieben ist, ab."

„Maike, ist schon gut. Du weißt, dass ich Verständnis für deine Situation habe. Wenn dein Kind krank ist, hat das Vorrang. Danke, dass du an einem Samstag arbeitest. Es wäre aber nicht nötig."

„Oh, doch. Wenn du wüsstest, wie meine Ablage aussieht … Aber das ist nicht mein größtes Problem, weil …" Maike schluckte hörbar, dann sagte sie: „Der Kaufpreis, den sie bieten, ist … wahnwitzig."

„Meine Anwältin meint aber, das sei nicht genug."

„Nicht genug? Du würdest auf einen Schlag mehrfache Millionärin!"

Das klang vorwurfsvoll. Tina schwieg und wartete.

„Wirst du … wirst du verkaufen?"

„Das weiß ich nicht. Das Angebot hat mich genau so überrascht wie dich. Außerdem verlangen sie, dass ich nach Köln in die Zentrale übersiedle."

„Du? Du allein? Und was wird aus uns? Ich kann hier nicht weg. Timo geht hier zur Schule, er hat seine Freunde hier. Katrin hat hier ihre Familie. Die kann auch nicht einfach umziehen. Wir werden alle arbeitslos!"

Tina schluckte. „Genau das ist das Problem, Maike. Nicht das Geld, und ich auch nicht. Aber meine Mitarbeiterinnen."

„Doch, es geht natürlich auch um dich", widersprach Maike. „Du hast das Ganze aufgebaut. *Slow Happy* ist dein Baby. Kannst du das einfach so weggeben?"

„Eigentlich nicht."

„Aber?"

„Es ist ein extrem gutes Angebot. Wir würden auf dem europäischen Markt expandieren. Wir würden noch mehr Menschen helfen, einen echten Lebenspartner zu finden. Viele erfolgreiche Start-ups werden recht schnell von den Marktriesen geschluckt."

„Warum bloß überzeugen mich diese Argumente nicht im Geringsten?", gab Maike zurück.

„Mich überzeugen sie ja auch nicht unbedingt."

„Aber die Millionen geben am Ende den Ausschlag, oder?"

Tina schwieg.

„Tina?"

„Es ist verlockend", gestand sie ein. „Doch ehrlich gesagt, wüsste ich überhaupt nicht, was ich mit so viel Geld anfangen sollte."

„Was Neues gründen?"

„Vielleicht. Aber was?"

Während des Telefonats hatte Tina eine Tageskarte am Automaten gelöst. Als die Straßenbahn kam, stieg sie ein und suchte sich einen Fensterplatz, ohne zu bemerken, dass sich einige Sitzreihen hinter ihr ein attraktiver, dunkelhaariger Mann in sportlich-schwarzem Outfit niederließ. Der Mann trug eine verspiegelte Sonnenbrille, so dass niemand sehen konnte, dass er Tina aufmerksam beobachtete.

„Maike, lass uns darüber reden, wenn ich Montagabend wieder in Hamburg bin", sagte Tina. „Am Telefon lassen sich solche Dinge nicht besprechen." Das mit Marcus sowie ihren extravaganten Tango verschwieg sie wohlweislich.

„Na gut. Weiß ... weiß Petros schon von dem Angebot?"

„Nein."

Maike atmete hörbar auf. „Sag ... sag ihm viele Grüße von mir."

Tina musste lächeln. „Mache ich. Ach, übrigens, die Sache mit Marcus ist vorbei. Er feiert den Vierzigsten seiner Frau ausgerechnet auf der *Bella Luna*."

„Das muss ja unangenehm für dich sein", war alles, was Maike darauf erwiderte.

„Geht so. Es gibt Schlimmeres."

„Bist du ... bist du traurig?"

„Seltsamerweise nicht. Oder nicht sehr. Es war sowieso nichts für die Ewigkeit. Ich wollte es dir nur sagen. Du warst ja nie besonders begeistert über diese Affäre."

„Aber ich habe dir nie ..."

„Nein, hast du nie." Tina lachte. „Tschüß, Maike. Und danke nochmal für deinen Einsatz am Samstag."

„Alles gut. Pass auf dich auf. Und Tina?"

„Ja?"

„Lass uns nicht im Stich." Damit legte Maike auf.

Die Straßenbahn fuhr los. Tina steckte das Handy ein, lehnte sich zurück und schloss die Augen. *Lass uns nicht im Stich.* Der Satz hämmerte in ihrem Kopf. *Lass uns nicht im Stich.* Da fiel ihr etwas ein. Schon einige Male hatte es in ihrem Leben Wendepunkte gegeben. Und da hatte ihr eine Liste geholfen. Pro und Kontra. Vorteile, Nachteile. Diese Liste würde sie erstellen, sobald sie wieder im Büro an ihrem Computer saß. Und sobald sie am Dienstag mit ihrer Anwältin gesprochen hatte. Ein Aufschub, den sie sich selbst gewährte, und der es ihr immerhin ermöglichen würde, vorübergehend an etwas anderes zu denken. Und den Aufenthalt in Amsterdam vielleicht sogar zu genießen.

Amsterdam schien voller schöner junger Frauen zu sein, und mehr als eine davon warf Tilman interessierte Blicke zu. Der schlanke große Mann mit dem dunklen Haar und der verspiegelten Sonnenbrille war in seinem lässig-schwarzen Outfit zwischen den meisten anderen männlichen Touristen in gedecktfarbiger Funktionskleidung oder in Bermudas, Polo und Sandalen aber auch ein Hingucker. Für Tilman jedoch, der Tina in gemessenem Abstand folgte, dienten die Leute in den Altstadtgassen nur als Deckung, falls Tina einmal stehen blieb, weil eine schöne Häuserreihe an einer Gracht ihre Aufmerksamkeit erregt oder in einem Schaufenster etwas ihr Interesse geweckt hatte. Einmal verlor er sie fast, weil sich eine japanische Reisegruppe aus dem Eingang eines vermutlich berühmten Kaufmannshauses ergoss. Zwanzig oder mehr fotografierende Leute mit Selfiesticks blockierten plötzlich seinen Weg; es gab keine Möglichkeit, sich hindurch- oder vorbeizudrängen. „Sorry", murmelte Tilman und versuchte, sich vorsichtig eine Gasse zu bahnen, während er den Hals reckte, um sicherzugehen, dass Tina noch in Sichtweite war. „Sorry, may I …" Nur mühsam gelang es ihm, vorwärts zu kommen. Als er es endlich geschafft hatte, atmete er tief durch und ließ seinen Blick schweifen. Keine Tina weit und breit. Erschrocken begann er zu rennen und wurde von einem Mann, der mitten im Trubel zwei bildschöne gefleckte Doggen Gassi führte, ausgebremst. Er scannte eine Querstraße. Dort war sie nicht. Tilman eilte weiter, behindert von den Touristen, die zu Fuß oder auf dem Fahrrad die engen Gassen zwischen den Grachten und den schönen alten Häusern verstopften.

Da sah er Tina! Sie hatte sich in einem Straßencafé niedergelassen und bestellte gerade etwas bei der Kellnerin. Tilman hätte vor Erleichterung fast geseufzt und musste plötzlich grinsen. Ich bin ein Stalker, dachte er ein bisschen reumütig. Wer hätte geahnt, dass es mal so weit mit mir kommt. Aber sein seltsames Verhalten war schließlich den Umständen geschuldet. Gestern noch hatte er als MaryLou M. mit Tina Tango getanzt. Und heute Abend um neun würde er wieder als MaryLou auf der Bühne stehen. Zwischen Jetzt und der Rückkehr aufs Schiff, spätestens um achtzehn Uhr, hatte er vielleicht eine Chance, Tina als sein normales Selbst zu begegnen. Er hoffte, es würde sich eine Gelegenheit ergeben, mit ihr zu sprechen, vielleicht ein wenig Zeit in ihrer Gesellschaft zu verbringen, um herauszufinden, ob sie frei war, ob sie Interesse an ihm hatte, ob sie Lust hatte auf einen Flirt oder mehr. Doch dann war da noch Frank mit seinen Mahnungen. Und Tilman hatte nicht die geringste Ahnung, ob er die Chuzpe besaß, seine derzeitige Doppelexistenz vor Tina zu verbergen. Das alles löste zwiespältige Gefühle in ihm aus, so dass er sich nicht aus der Deckung wagte, sondern auf eine

Chance hoffte, ein Zeichen, dass sie sich begegnen sollten. Er wollte nichts forcieren.

Die Straße war gesäumt von Cafés und Restaurants, und Tilman wählte einfach das nächste aus. Er setzte sich an einen Tisch, von dem aus er Tina gut beobachten konnte, aber von ihr nur hätte gesehen werden können, wenn sie ihren Kopf weit genug drehte. Gerade bekam sie einen Cappuccino serviert, und als ein junger Kellner an Tilmans Tisch trat, bestellte er eine Cola.

Echte Stalker, überlegte er, beobachteten das Objekt ihrer Begierde nicht nur. Sie glaubten auch, genau zu wissen, was ihr Gegenüber dachte und fühlte. Meist waren dies Projektionen, die nur dem Wunschdenken dieser Menschen entsprungen waren. Tilman wünschte sich einiges, was Tina betraf, doch ihn, als „Stalker umständehalber", interessierte nur das, was sie wirklich empfand und dachte. Da er nur Tinas Halbprofil sehen konnte und sie überdies eine Sonnenbrille trug, war es schwierig, eine auch nur halbwegs interessante Projektion ihrer Gedanken und Gefühle zu entwerfen. Trotzdem schien es ihm, als könne sie die wunderbare Stadt, das Flair von Amsterdam, kaum genießen. Sie wirkte nervös, angespannt, schaute auf ihr Handy, tippte und wischte, und als sie endlich von ihrem Cappuccino trank, verzog sie das Gesicht. Sie riss das Zuckerpäckchen auf, gab den Zucker in den Kaffee, dann rührte sie in der Tasse, vergaß jedoch zu trinken, während sie weiter auf ihr Handy schaute.

Tilman hatte seine Cola halb geleert, als Tina zahlte und aufstand. Hastig winkte er dem Kellner, zahlte ebenfalls, und setzte sich erneut auf Tinas Fährte. Sie ging jetzt zielstrebiger als zuvor die Gasse entlang, überquerte eine Brücke und beschleunigte ihren Schritt, als die Straße breiter wurde und der Touristenstrom verebbte. Er hatte Gelegenheit, ihre Traumfigur zu bewundern, ihren geschmeidigen Gang, die Füße etwas auswärts gesetzt, wie es bei Tänzerinnen oft der Fall ist. Nur zu gut erinnerte er sich daran, wie verführerisch sie sich in seinen Armen angefühlt hatte. Wer wohl der Typ gewesen war, der sie unter Deck so grob belästigt hatte? Kannte sie ihn? Gut möglich …

An einer Bushaltestelle blieb Tina stehen und schaute auf die Tafel mit den Abfahrtszeiten. Tilman bremste, um Abstand zu halten, doch als gleich darauf ein Bus heranfuhr und Tina einstieg, sprintete er los. Kurz bevor sich die Türen schlossen, stieg er ein, zeigte sein Ticket – und war sich im gleichen Augenblick bewusst, dass er nun an Tina vorbei musste. Sie hob unmerklich den Kopf, als er durch den Bus ging, und ihm war klar: Wenn sie ihn das nächste Mal sah, würde sie wissen, dass er ihr folgte. Okay, dachte er. Stufe zwei ist erreicht. Er mied ihren Blick und suchte sich einen Platz im hinteren Teil des Busses. Wohin sie wohl wollte? Zurück zum Schiff? Er hatte keine Ahnung, in welcher Linie er sich befand.

Wenige Minuten später hielt der Bus am Waterlooplein, und Tina stieg aus. Da sie stehenblieb, zögerte Tilman kurz, doch er hatte keine Wahl. Wenn er sie nicht verlieren wollte, musste auch er raus aus dem Bus. Glücklicherweise setzte sich Tina in Bewegung, anscheinend ohne Tilman weitere Beachtung zu schenken. Er folgte ihr in weitem Abstand und begriff bald darauf, was ihr Ziel war: Der Waterloopleinmarkt, Amsterdams größter Flohmarkt! Zwischen der Staatsoper, einer großen Kirche und einer modernen Häuserzeile reihten sich schier endlos Buden aneinander, die alles feilboten, was einen perfekten Flohmarkt ausmacht: Trödel und Antiquitäten, Hausrat, Kleidung, Kunsthandwerk, gebrauchte technische Geräte, Militaria … Ein Paradies zum Stöbern, Entdecken, Schnäppchen machen. Ehe er in das Gewimmel eintauchte, fiel Tilmans Blick auf einen Coffeeshop an der Ecke. Er trug den Namen „Heartbreaker's Café". Guter Name, dachte er, und als er sich umdrehte, um Tina zu folgen, war sie verschwunden.

Mist, schon wieder, fluchte er im Stillen, und setzte sich in Bewegung. Er drängte sich durch die Gänge des Flohmarktes, einmal hin, einmal zurück und dasselbe wieder von vorn. Doch Tina war und blieb auch nach einer halben Stunde intensiven Suchens noch wie vom Erdboden verschluckt.

„How much is this?", erkundigte sich Tina bei dem Flohmarktverkäufer. Sie hielt eine alte Kachel in der Hand, die ein blaues Schiff zierte. An einer Stelle war die Fayence etwas angeschlagen.

„Sixtyfive", antwortete der bärtige Alte und schob seine Lesebrille hoch. „Delft, eigteenth century", fügte er hinzu. Tina glaubte ihm kein Wort. Sie studierte das Objekt näher, besah sich die blaue Malerei ganz genau, und entdeckte die kleinen, kaum wahrnehmbaren Punkte, aus denen die blauen, schwungvollen Pinselstriche zusammengesetzt waren. Moderner digital hergestellter Druck. Fünfundsechzig Euro wollte dieser Typ dafür! Wert war das Zeug höchstens fünf. Für ein Original aus dem achtzehnten Jahrhundert hätte er ein Vielfaches verlangen können. „This has been manufactured industrially", sagte sie und gab die Kachel zurück.

Der Verkäufer protestierte, doch Tina ging weiter. Ihre Mutter liebte und sammelte antike Fayencen. In ihrer Küche hatte sie die historischen Kacheln zwischen die modernen einsetzen lassen. Jedesmal, wenn sie eine neue von ihren Reisen mitbrachte, tauschte sie eine moderne Fliese gegen das wertvolle Stück aus. In vier Wochen hatte Elmira Genova Geburtstag. Aber Tina glaubte nach einer Weile nicht mehr, dass es ihr gelingen würde, hier auf dem Waterloopleinmarkt ein Schnäppchen zu machen. So viel verstand sie davon auch wiederum nicht, dass sie nicht am Ende doch noch einem Betrüger aufsitzen würde.

„Maman! … Mamaaaan!"

Der laute, verzweifelt klingende Ruf eines Kindes, gefolgt von heftigem Schluchzen, lenkte ihren Blick nach links, woher das Weinen und Rufen kam.

„Maman! Mamaaaan!"

Nun entdeckte Tina das kleine, etwa fünfjährige Mädchen, das stocksteif dastand in seinem rotweißen Kleidchen, den vielen schwarzen Zöpfen und den roten Schuhen. Das Kind hatte offensichtlich seine Eltern im Gedränge verloren und schrie nun herzzerreißend. Menschen gingen an ihm vorbei, schauten absichtsvoll nicht hin, ließen das kleine Mädchen einfach brüllen.

Wie konnten diese Leute nur so grausam sein! Wut stieg in Tina auf, und sie lief die paar Schritte auf das Mädchen zu. Als sie es erreicht hatte, ging sie in die Hocke, um mit dem

Kind auf Augenhöhe zu sein, und sagte: „Hallo, ich bin Tina." Sekundenlang hörte das Mädchen auf zu weinen und schaute verständnislos zu ihr auf. Rasch korrigierte sich Tina, denn offenbar sprach die Kleine Französisch. Sie hatte ja ‚Maman' gerufen und nicht ‚Mama' oder ‚Mummy'. „Je suis Tina. Et tu? Comment tu t'appelle?" Das Mädchen hob den Kopf. Anscheinend hatte sie verstanden. „Ma…madeleine", stammelte sie, und als wirkten die Anfangsbuchstaben ihres Namens wie ein Repeatknopf, begann sie wieder zu rufen. „Mamaaan!"

Tina richtete sich auf und nahm die Hand des Mädchens. Madeleine weinte immer noch laut, aber sie hielt Tinas Hand bemerkenswert fest. „Nous trouverons maman", sagte sie liebevoll zu der Kleinen. „Viens, Madeleine."

Maman zu finden erwies sich jedoch als schwieriger als gedacht. Zwar gab es auf dem Waterloopleinmarkt einige Besucher afrikanischer Herkunft, doch das waren Männer. Eine Frau, die zu dem Mädchen gepasst hätte, konnte Tina nirgendwo entdecken. Gerade, als sie sich entschlossen hatte, einen der Standbetreiber zu bitten, die Polizei zu rufen, hörte sie hinter sich eine tiefe, warme Männerstimme.

„Kann ich helfen?"

Sie drehte sich um und sah einen großen, schlanken Mann, dunkles Haar, verspiegelte Sonnenbrille, schwarze Jeans, schwarzes T-Shirt. Er war ihr vorhin schon im Bus aufgefallen. Attraktiv. Sogar verdammt attraktiv. Sekundenlang hatte sie das immer noch schluchzenden Mädchen an ihrer Hand völlig vergessen, während sie versuchte, hinter den verspiegelten Gläsern die Augen des gut aussehenden Fremden auszumachen.

„Die Kleine hat ihre Mutter verloren", erklärte Tina und wunderte sich darüber, weshalb ihre Stimme plötzlich so belegt klang. „Sie heißt Madeleine und spricht Französisch. Ich wollte gerade die Polizei benachrichtigen."

Tilman nickte. „Vermutlich ist es das Beste." Er schaute sich um. Meist war auf solchen Märkten sowieso immer eine Streife unterwegs. Doch dann blieb sein Blick an dem Stand gegenüber hängen. Er bot massenweise alte Militaria feil – von der Feldflasche über Camouflagehosen, Messer, Ferngläser, tragbare Feldtelefone, Fotoalben mit Soldatenbildern aus den beiden letzten Weltkriegen bis hin zu goldgerahmten Ölschinken mit Schlachtdarstellungen – aber was Tilman vor allem sah, war ein großes Megaphon aus Blech, eine klassische Flüstertüte, wie sie auf dem Appellplatz früher benutzt wurde. Sie war mit Mundstück mehr als einen halben Meter lang, besaß einen Griff, und die ehemals blaue Farbe war an einigen Stellen abgeblättert. „Warten Sie", rief er, als Tina sich in Bewegung setzte, um einen Standbetreiber, der mit seinem Handy telefonierte, anzusprechen. „Ich habe eine Idee."

Tina blieb stehen und sah, wie der Mann sich das alte Megaphon griff und an die Lippen hob. Ehe er loslegte, beugte er sich damit hinunter zu Madeleine und sprach gedämpft durch den Apparat zu ihr: „Courage, Madeleine."

Die leicht verstärkte, etwas blechern wirkende Stimme und der lustige Unterton bewirkten tatsächlich, dass die Kleine einen Moment lang ihre Angst vergaß und kicherte.

„Gehen Sie mit ihr in den Coffeeshop an der Ecke dort drüben. Er heißt ,Heartbreaker's Café', forderte er Tina auf. Dort warten Sie auf die Mutter. Entweder hört sie meine Durchsage, oder wir müssen dann halt doch die Polizei verständigen."

Tina wollte etwas erwidern, doch der Mann, dessen Namen sie nicht einmal kannte, setzte sich bereits in Bewegung. Während er die Gasse mit den Flohmarktständen entlang ging, ertönte seine kraftvolle Stimme so laut und vernehmlich aus dem alten Megaphon, dass sie vermutlich über den gesamten Platz hinweg zu hören war. „Attention s'il vous plait. Attention! La petite Madeleine cherche sa maman. La petite Madeleine cherche sa maman. Attention, s'il vous plait! Nous avons trouvé une petite fille au nom de Madeleine. La maman de Madeleine est prié de venir au café „Heartbreakers" à coté de l'église …"

Sein Französisch war alles andere als perfekt, aber Tina nahm an, dass Madeleines Mutter den Inhalt dessen, was aus dem Megaphon schallte, verstehen würde. Also ging sie, das kleine Mädchen an der Hand, hinüber zum Coffeeshop „Heartbreaker's". Madeleine weinte nicht mehr, setzte sich bereitwillig an einen Tisch und, gefragt was sie trinken wolle, wünschte sie sich eine Orangina. Tina versuchte, sich ihre Nervosität nicht anmerken zu lassen. Zeit verging, und keine Maman tauchte auf. Immer wieder hörte sie die Durchsage, mal näher, mal von weiter weg.

Endlich, als sie die Hoffnung schon fast aufgegeben hatte, sah sie eine große junge Afrikanerin mit braungelb gemustertem Turban und in gleichfarbig bedrucktem Batikkleid herbei eilen, gefolgt von einem etwa zehnjährigen Jungen.

„Maman!", rief Madeleine, sprang auf und rannte los, ehe Tina sie aufhalten konnte.

Gleich darauf waren Mutter und Tochter wieder glücklich vereint. Es dauerte eine Weile, bis die beiden aufhörten, in rasendem Französisch aufeinander einzureden. Danach wandte sich Madeleines Mutter an Tina und bedankte sich überschwänglich. Sie hatte Tränen in den Augen und wiederholte immerzu, sie wolle sich erkenntlich zeigen für die Hilfe. Tina erklärte lächelnd, das sei nicht nötig, es sei eine Selbstverständlichkeit gewesen. Sie lud die Familie ein, sich zu ihr zu setzen, doch die junge Afrikanerin erklärte, sie müssten dringend ins Hotel zurück, weil ihr Flug in drei Stunden ginge und ihr Mann auf sie warte. Sie verabschiedete sich und ging mit den Kindern davon.

„Alles wieder gut?" Wie aus dem Nichts war der attraktive Fremde aufgetaucht. Er ließ sich auf einen Stuhl fallen und stellte das Megaphon mit dem Schalltrichter nach unten senkrecht auf den Tisch.

„Ja, alle wieder vereint. Das war großartig von Ihnen", sagte Tina. „Ganz großartig. Vielen, vielen Dank."

„War mir ein Vergnügen. Die olle Flüstertüte hat sich bestimmt gefreut, mal wieder zum Einsatz zu kommen", fügte er hinzu und streichelte das Blechteil.

„Kaum zu glauben, dass der Schall so weit trägt", meinte Tina. „So ganz ohne elektronische Verstärkung."

„Liegt auch ein bisschen an meiner Stimme", meinte Tilman und legte grinsend eine Hand auf seinen flachen Bauch. „Die kommt von hier."

Seine Geste lenkte Tinas Blick dorthin, wo seine Hand lag, und dann tiefer. Die schwarzen Jeans, die er trug, saßen perfekt. So perfekt, dass … Rasch schaute sie auf. Was in aller

Welt war in sie gefahren? Man starrte einem fremden Mann nicht zwischen die Beine. Und sie schon gar nicht! „Wie… so?", fragte sie, und hatte plötzlich einen Frosch im Hals. „Schauspielerstütze."

Aha. Also war dieser schicke Typ Schauspieler. Und zwar offenbar im Theater, denn Filmschauspieler brauchten keine ‚Stütze'. Was die betraf, kannte sie sich aus. Auch Sänger wie ihr Vater lernten frühzeitig, ihre Bauchmuskeln so zu trainieren, dass sie die Stimme tragen und nach Belieben verstärken konnten. Schließlich sang man in der Oper, anders als im Musical, ohne Mikroports.

„Jetzt könnte ich einen Kaffee vertragen", sagte Tilman. „Einen doppelten Espresso."

Er wollte aufstehen, doch Tina, froh, einen Moment aus seiner Nähe flüchten zu können, kam ihm zuvor, besorgte das Gewünschte am Tresen, und stellte die Tasse mit dem duftenden, tiefschwarzen Gebräu vor ihn auf den Tisch. „Den haben Sie sich verdient!"

„Finde ich auch. Ich bin übrigens Tilman. Tilman Kampe." Er nahm die Sonnenbrille ab.

Endlich, dachte Tina und tat das Gleiche. „Tina Ternes."

Ein Händedruck wäre angebracht gewesen, doch irgend etwas ließ beide zögern, und so lächelten sie sich nur an. In diesem Lächeln lag mehr als nur: Freut mich, Sie kennenzulernen. Da waren Neugier, Interesse, etwas blitzte auf in diesem Moment, das keiner von beiden zuvor jemals empfunden hatte. Die Rettung der kleinen Madeleine hatte zwischen ihnen eine Verbindung geschaffen, die tiefer ging, als es ein normaler Flirt in so kurzer Zeit hätte herstellen können. Es war, als wüssten sie alles voneinander, und sie wussten doch nichts.

Verwirrt schwiegen sie eine Zeitlang. Tilman rührte Zucker in seinen Espresso, Tina trank ihr Mineralwasser.

Irgendwann deutete Tina auf das Megaphon. „Wir müssen es zurückbringen", sagte sie.

Tilman schüttelte den Kopf. „Nicht nötig."

„Weshalb?"

„Ich habe es gekauft."

„Sie haben es gekauft?"

„Ja, als Erinnerung. Hätten Sie das nicht getan?"

Tina zog ihre hübsche Nase kraus. „Ich weiß nicht. Was tun Sie damit? Ins Regal stellen, wo es dann verstaubt?"

„Ich werde es als Requisit spendieren", erwiderte er. „Wir haben bisher nur ein kleines, das mit Batterie funktioniert. Das Ding hier macht echt was her. Es kann in mehr als einer Hinsicht bespielt werden."

„Bespielt werden?"

„Entschuldigung, ich hatte kurz vergessen, dass wir uns ja gar nicht kennen. Ich bin Puppenspieler. Seit sechs Jahren. Am Altonaer Figurentheater."

„Ich dachte, Sie sind Schauspieler."

„Ich habe Schauspiel und Puppenspiel studiert. Das geht nur an einigen wenigen Hochschulen in Deutschland. Ein paar Jahre habe ich auch als Schauspieler gearbeitet, aber dann hat mich das Puppenspiel mehr interessiert." Tilman trank seinen Kaffee in kleinen Schlucken und stellte die Tasse dann zurück. „Und Sie? Was tun Sie, wenn Sie nicht gerade kleine Mädchen retten?"

Tina lachte. „Ich habe eine Agentur für Slow Dating."

Da Tilman ja als MaryLou bereits einiges über Tinas Datingkonzept erfahren hatte, war er eigentlich viel mehr an privaten Dingen interessiert. Um sich keine Blöße zu geben, fragte er trotzdem höflich nach und hörte aufmerksam zu, als Tina ihm von Slow Dating erzählte.

„Und was machen Ihre Heiratskandidaten zurzeit?", wollte Tilman schließlich wissen. „Müssten Sie nicht bei ihnen sein und sie coachen?"

„Eigentlich schon", bekannte Tina. „Aber mein neuer Mitarbeiter Petros kümmert sich um jene Teilnehmerinnen und Teilnehmer, die an der Käseverkostung teilnehmen. Einige andere erobern auf eigene Faust die Stadt. Bei uns wird niemand zu etwas gezwungen, schon gar nicht zum Ausfüllen des Fragebogens am Ende."

„Wann findet dieses Ereignis statt?"

„Morgen Abend nach dem Dinner. Bis dahin dürften sich einige Paare darüber verständigt haben."

„Und was steht heute noch auf dem Programm?"

Mit einem Mal wurde Tina hektisch. „Ach, du meine Güte! Ich habe völlig die Zeit vergessen. Wie spät ist es?"

Tilman schaute auf seine Armbanduhr. „Halb fünf."

„Wir müssen alle um sechs wieder an Bord der *Bella Luna* sein!"

„Ich bin übrigens auch auf der *Bella Luna*", sagte Tilman. Er sah, dass sekundenlang etwas wie Freude in ihren Augen aufleuchtete. Hoffnung brandete in ihm auf. Sie war so kühl, so selbstbeherrscht, aber es gab immer wieder Momente, in denen er spürte, dass sie Interesse an ihm hatte.

„Sie auch? Allein?" Das war ihr so herausgerutscht, und es war ihr peinlich. „Ich meine ..."

„Ja, allein", erwiderte er lächelnd.

„Sie ... Sie wirken nicht wie jemand, der eine Kreuzfahrt bucht", bemerkte sie.

Tilman grinste. „Ein Freund ist krank geworden und hat mir seinen Platz überlassen." Das war noch nicht einmal gelogen.

„Verstehe." Tina schwieg einen Moment.

„Darf ich Sie wiedersehen?", fragte Tilman sanft.

Sie schaute ihm in die Augen und las darin Verlangen, Wärme und, ja, tatsächlich: Zärtlichkeit. Tina wusste, wie Männer schauten, die sie begehrten, wusste, wie es sich anfühlte, heiß aufeinander zu sein. Wärme und so etwas wie Zärtlichkeit hatte sie bisher in den Blicken eines Mannes, mit dem sie eine so kurze Bekanntschaft, nicht einmal ein Flirt verband, noch nie entdeckt. Das war neu. So neu, dass es ihr fast Angst machte.

„Darf ich?", wiederholte er leise.

Endlich nickte sie. „Warum nicht? Heute Abend an der Bar? Ich habe allerdings bestimmt bis zehn Uhr mit meinen Slow Datern zu tun."

Da erinnerte sich Tilman daran, dass er zu dieser Zeit noch als MaryLou in eben dieser Bar auf der Bühne stand. Es war zum Nägel kauen! Vor ihm saß die Frau seiner Träume, er war dabei, sich mit ihr zu verabreden, und statt mit ihr zu später Stunde Champagner zu trinken – den er sich eh nicht leisten konnte –, würde er sie nur von Ferne ansehen können, während er im goldfarbenen Kleid und in High Heels, dick geschminkt und mit platinblonder Perücke die Leute unterhielt. Die Show fing um neun Uhr an und ging bis elf, mindestens. Wenn er ein oder zwei Nummern wegließ …? Aber wie sollte er das Frank klarmachen?

„Vor elf kann ich leider nicht", sagte Tilman und stand auf. „Ich muss …" Fieberhaft überlegte er, welche Ausrede passen könnte. „Ich muss noch eine Rolle lernen. Das kann ich abends am besten."

Tina war ebenfalls aufgestanden. Sie wirkte mit einem Mal ernüchtert. „Gut. Wenn ich nicht zu müde bin, dann um elf in der Bar. Ich werde jetzt ein Taxi nehmen, das mich zur *Bella Luna* zurückbringt. Wollen Sie mitfahren?"

„Das ist nett von Ihnen, aber ich werde noch ein wenig Altstadtluft schnuppern, ehe ich wieder an Bord gehe", erwiderte Tilman. „Es ist ja noch ein bisschen Zeit."

„Na gut." Diesmal reichte sie ihm die Hand, doch als sie seinen warmen, festen Händedruck spürte, wünschte sie, sie hätte es nicht getan. Der Mann hatte etwas an sich, das sie auf eine nie gekannte Weise anzog. Als sich ihre Hände berührten, hatte sie urplötzlich das Bedürfnis, die Arme um seinen Hals zu schlingen und sich von ihm halten zu lassen. Sie wusste, es würde sich gut anfühlen, fast vertraut, und sie würden sich alle Zeit der Welt lassen, bis heißes Verlangen in ihnen aufsteigen und sie mit einer Wucht erfassen würde, die alles übertraf, was …

Sie musste verrückt geworden sein. Total verrückt. Es wurde Zeit, die Sache hier zu beenden. Hastig entriss sie ihm ihre Hand und verließ fluchtartig das Café.

Tilman schaute ihr lächelnd nach, bis sie um die Straßenecke verschwunden war. Wow, dachte er. Das also ist Tina Ternes.

11. Kapitel

Als Tina um kurz nach fünf vor sich hin träumend die halbrunde Lobby der *Bella Luna* betrat, wurde sie unsanft in die Wirklichkeit zurück katapultiert. Gerade noch hatte sie an Tilman und sein sinnliches Lächeln gedacht und überlegt, was sie heute Abend für ihr Date an der Bar anziehen würde, da fiel ihr Blick auf Sabine Unruh, die samt Rollkoffer am Empfangstresen stand und offenbar dabei war, auszuchecken.

Oh, nein! Bloß nicht auch noch ein Abbrecher! Hatte sie nicht schon genug Probleme? Kurz überlegte sie, wie sie Frau Unruh ansprechen sollte. Jetzt bloß nichts falsch machen. Dann straffte sie die Schultern und ging hinüber.

„Darf ich kurz stören?", fragte sie höflich.

Sabine Unruh wandte kaum merklich den Kopf und sagte nur: „Wenn es sein muss."

Die Crewmitarbeiterin hinter dem Tresen versenkte sich diskret in ein Dokument auf ihrem Computerbildschirm und tat, als sei sie nicht da. Mit wachem Blick sah Tina, dass das Check-Out-Formular noch nicht unterschrieben war und der Personalausweis von Frau Unruh daneben lag.

„Sie möchten abreisen", begann Tina ruhig. „Darf ich fragen, was wir falsch gemacht haben?"

„Ich … ich möchte nicht darüber sprechen. Es liegt nicht an Ihnen", erwiderte die Antiquitätenhändlerin und hatte plötzlich Tränen in den Augen.

Tina legte ihr vorsichtig die Hand auf den Arm und war froh, dass die Andere es zuließ. „Kommen Sie, wir setzen uns einen Moment und reden."

„Nein, ich glaube, ich möchte lieber …"

In diesem Moment erschienen Sandra und der Maler Henning Voré in der Lobby. Sie hatten sich im Rijksmuseum anscheinend angefreundet und waren intensiv ins Gespräch vertieft. Doch dann entdeckten sie Tina und Frau Unruh. Mit einem Blick erfasste die Journalistin Tinas Misere und hob fragend die Brauen. Tina, die hinter Sabine Unruh stand, zuckte resigniert die Achseln. Unvermittelt setzte sich Henning Voré, ein sympathischer Endfünfziger mit Bauchansatz, Halbglatze und Brille, in Bewegung, und kam mit langen

Schritten auf sie zu. Freundlich streckte er Sabine Unruh seine Hand entgegen.

„Sie dürfen nicht gehen, Frau Unruh", sagte er ohne Umschweife. „Ich habe nur wegen Ihnen an diesem Slow Dating-Workshop teilgenommen."

Tinas und Sandras Blicke kreuzten sich verblüfft.

„Wegen mir?", fragte Sabine Unruh erstaunt und ließ ihre Hand verwirrt in seiner. „Aber … aber wir kennen uns doch gar nicht." Sie wirkte unsicher und runzelte die Stirn. „Oder?" Voré lächelte. „Hm, das ist eine etwas komplizierte Geschichte …"

Tina und Sandra rührten sich nicht vom Fleck, und der Maler grinste verlegen. Frau Unruh ließ ihre Hand sinken.

„In Ordnung, dann also coram publico", sagte er entschlossen. „Ist ja schließlich ein Dating-Seminar. Ja, wir kennen uns. Oder wenigstens sind wir uns schon einmal begegnet. Ich habe vor zwei Monaten einen Kupferstich bei Ihnen gekauft. Ein Stück aus dem Hogarth-Zyklus ,The Rake's Progress'. Erinnern Sie sich nicht?"

„Oh, Sie sind das!", rief die Antiquitätenhändlerin und errötete leicht. „Natürlich erinnere ich mich an den Hogarth. Sie müssen mir verzeihen. Ich bin leider vollkommen gesichtsblind. Ein bisschen unpraktisch für jemanden, der einen Laden führt, aber ich kann nichts daran ändern. Ich kann mich an Namen erinnern, an Preise, an Autokennzeichen, an Telefonnummern, an alles Mögliche, aber nicht an Gesichter."

„Ich kann mir dafür weder Geburtstage noch Termine merken. Ich muss mir alles aufschreiben, sonst bin ich verloren", antwortete Henning Voré.

„Dafür gibt es ja Kalender", sagte Frau Unruh und lächelte das erste Mal, seit sie an Bord der *Bella Luna* gekommen war. „Meine Gesprächs- und Geschäftspartner müsste ich jedes Mal fotografieren, um mich zu erinnern, welcher Name zu welchem Gesicht gehört. Aber bitte: Woher wussten Sie denn, dass ich hier bin?"

„Wir haben gemeinsame Bekannte", erklärte Voré. „Die Kösters aus Othmarschen. Ich spiele mit Fritz Köster seit vergangenem Jahr ein Mal pro Monat Schach, und als ich ihm erzählte, dass ich endlich den letzten noch fehlenden Kupferstich meiner Hogarth-Serie bei Ihnen gefunden habe, kam heraus, dass seine Frau mit Ihnen befreundet ist. So kam Eins zum Anderen."

„Wie ... wie meinen Sie das?"

„Das wird jetzt aber sehr privat", bemerkte er mit Blick auf Tina und Sandra.

Die grinsten sich eins und entfernten sich ein paar Schritte, woraufhin Sabine Unruh und der Maler ein lebhaftes Gespräch begannen.

„Puh, das hatte ich noch nie. Einen Mann, der ganz gezielt wegen einer bestimmten Frau am Slow Dating teilnimmt", sagte Tina leise.

„Und die ihn dann noch nicht mal wiedererkennt", meinte Sandra kichernd. „Ob sie wohl bleibt?"

„Sie hatte von Anfang an Probleme mit der ganzen Sache."

„Aber weshalb bucht sie dann ein Slow Dating-Seminar, wenn sie gar nicht auf der Suche nach einem Partner ist?"

Tina zuckte die Achseln. „Ich weiß es nicht."

„Jedenfalls taut sie gerade auf." Sandra zog Tina noch ein Stück weiter. „Würde doch gut passen, meinst du nicht? Voré ist geschieden, hat eine erwachsene Tochter, und ist ganz gut im Geschäft. Ups, schau mal, sie sammelt ihren Personalausweis ein. Hey, sie kommen zu uns!"

Tatsächlich. Die Antiquitätenhändlerin zog ihren Trolley hinter sich her und kam auf Tina zu. Henning Voré folgte ihr und machte heimlich das „Daumen-hoch"-Zeichen.

„Frau Ternes, ich möchte mich entschuldigen", begann Sabine Unruh. „Mich hat das ganze Dating überfordert, die Rollenspiele, das gemeinsame Essen. Vor zwei Jahren ist mein Mann gestorben, und ich dachte, ich bin drüber weg und offen für eine neue Beziehung. Daher haben mir die Kösters dieses Seminar geschenkt. Ich werde bleiben, aber nicht mehr am Slow Dating teilnehmen, und hoffe auf Ihr Verständnis."

„Selbstverständlich, Frau Unruh", versicherte Tina. „Das ist überhaupt kein Problem. Ich freue mich sehr, dass Sie sich entschlossen haben, zu bleiben. Genießen Sie das, was Ihnen an Annehmlichkeiten auf der *Bella Luna* geboten wird. Wenn Sie möchten, erstatten wir Ihnen den Seminarpreis anteilig und ..."

„Nein, nein, das ist nicht nötig", versicherte Frau Unruh.

„Unnötig zu sagen, dass Sie mich ebenfalls von der Liste Ihrer Slow Dater streichen können", mischte sich Henning Voré mit einem reuigen Grinsen ein, das ihn plötzlich ganz jungenhaft wirken ließ.

„Völlig unnötig", gab Tina lachend zurück. „Alles Gute und noch einen schönen Aufenthalt an Bord."

Die beiden Ex-Slow-Dater begaben sich zum Lift, während Sandra und Tina die Treppe nahmen.

„Das ... uff ... sieht viel versprechend aus mit ... puh .... mit den beiden, findest du nicht?" Sandra keuchte ein wenig, während sich sich bemühte, mit Tina Schritt zu halten. „Sag mal, musst du so rennen?"

„Entschuldige." Tina verlangsamte das Tempo, mit dem sie die Stufen nahm. „Um sechs gibt es schon wieder Essen, und ich will mich frisch machen und umziehen. Du nicht?"

„Wenn ich ans Essen denke, wird mir schlecht", gestand Sandra.

„Ich vergaß. Du solltest wirklich mal zum Bordarzt gehen." Sie hatten ihre Kabine erreicht, und Tina öffnete die Tür. „Bei diesen Unmengen Fleisch, die man uns da auftischt, kriege ich allerdings auch ..."

Doch Sandra hörte nicht mehr zu. Grün im Gesicht, stürmte sie an Tina vorbei ins Bad, und übergab sich.

Tina schüttelte den Kopf, nahm sich vor, etwas Bestimmtes zu besorgen, und machte sich eine Gedankennotiz.

„Da waren's nur noch zehn", sagte Petros grinsend, als Tina ihm eine Dreiviertelstunde später von Frau Unruh und Herrn Voré erzählte. „Bei einigen meiner Käseverkoster funkt es übrigens auch gewaltig. Frau Semmler und Herr Schmidt haben mir gesagt, dass sie ganz begierig darauf sind, Sonntagabend den Fragebogen auszufüllen."

„Das freut mich", erwiderte Tina, die nicht ganz bei der Sache war, weil sie meinte, Tilman auf dem Weg zum Plazarestaurant gesehen zu haben. Aber es war wohl nur Einbildung gewesen. Petros berichtete kurz von den Ereignissen des Tages, während Tina ihr kleines Abenteuer mit Tilman Kampe auf dem Waterloopleinmarkt wohlweislich für sich behielt. Im

Verlauf des gesamten Abendessens spähte sie immer wieder verstohlen im Speisesaal umher, doch sie konnte ihn nirgendwo entdecken. Vielleicht aß er ja beim Italiener oder im Steakhaus. Dort gab es Service, kostete aber auch dementsprechend. Oder er begnügte sich mit einer Handpizza von der Bude auf dem Oberdeck. Sie hatte keine Ahnung, was ein Puppenspieler verdiente, viel konnte es jedoch nicht sein. Diese Kreuzfahrt war ein Geschenk, hatte er gesagt. Weil der eigentliche Teilnehmer, ein Freund, erkrankt war. Aber der hatte wohl kaum all-inclusive gebucht. Oder? Wie dem auch sei – Tilman tauchte jedenfalls nicht auf. Wer jedoch überaus präsent war, das war Marcus Witt mit seinen Angehörigen. Ständig begegnete Tina seinem Blick, ab und zu machte er ihr sogar Zeichen, wenn er glaubte, dass seine Frau es nicht sähe. Tina bemerkte allerdings sehr wohl, dass die hübsche, blond gelockte Frau Witt mit offenen Augen durch die Welt ging, und alles andere als erfreut schien. Jetzt fasste sie ihn sogar am Arm und machte eine scharfe Bemerkung zu ihm. Danach riss er sich zusammen und starrte schlecht gelaunt auf seinen Teller oder in sein Bierglas. Stattdessen schaute seine Frau nun ab und zu misstrauisch zu Tina herüber.

Seufzend schob Tina ihren Teller zur Seite und trank einen Schluck Mineralwasser. Sandra war gar nicht erst erschienen. Tina erinnerte sich an das, was sie besorgen wollte, entschuldigte sich, und ging shoppen. Auf dem Weg zur Ladenmeile des Kreuzfahrtschiffs kam sie am Kosmetiktempel vorbei, und dort saß wieder einmal lässig zurückgelehnt MaryLou M. und ließ sich die Fingernägel lackieren.

„Hallo, Kindchen", rief MaryLou erfreut. „Wie geht es Ihnen?"

„Bestens", erwiderte Tina und wollte hastig weiter gehen.

„Kommen Sie denn heute Abend in meine Show?", wollte MaryLou wissen. „Ab neun in der Luna-Bar."

„Vielleicht", sagte Tina. „Ich habe es eilig."

„Dann lassen Sie sich nicht aufhalten", säuselte die Travestiekünstlerin. „Eile mit Weile, wie schon Kaiser Augustus zu sagen pflegte …" Sie schürzte ihre rot geschminkten Lippen und warf Tina eine Kusshand zu.

"Kaiser Augustus", höhnte Frank, der im Kosmetikpavillon aufgetaucht war. „Wo hast du denn das her?"

„Pst", machte Tilman, ohne die linke Hand zu bewegen, auf deren kleinem Finger Eleni gerade das Finish mit perlmuttfarbenem Nagellack auftrug. Er schaute Tina hinterher, die glücklicherweise schon außer Hörweite war. „Bildung, mein Herzblatt. Festina lente heißt der Spruch auf Latein. Falls du dich erinnerst, waren wir beide auf einem altsprachlichen Gymnasium."

„Ich erinnere mich vor allen Dingen daran, dass du heute nachmittag das Schiff verlassen hast. Wo warst du? Und vor allem – was hast du getan?"

„Das ist mein süßes Geheimnis, Frankie Toledo."

„Die andere Hand, bitte", forderte Eleni ihn auf, und Tilman streckte ihr bereitwillig die Rechte hin, während er die Linke zum Trocknen des Nagellacks graziös hin und her bewegte.

„Habt ihr euch getroffen?", wollte Frank wissen.

„Ja, haben wir."

„Und?"

„Nichts, und. Wir sind um elf in der Bar verabredet. Nach der Show."

„Als MaryLou?"

„Lass dich überraschen."

„Du machst mich wahnsinnig", schnauzte Frank ihn an. „Du kannst nicht einfach …"

Tilman setzte sich ruckartig gerade und wollte etwas erwidern, doch die Kosmetikerin unterbrach ihn.

„Stillhalten", befahl Eleni, „sonst male ich daneben." Tilman gehorchte.

„Du hast es gehört, Frank", wehrte er ab. „Du machst mich zappelig, und das schadet dem Dekor. Hau ab. Wir sehen uns später."

Frank wollte noch etwas sagen, verkniff es sich, und stapfte davon.

„Haben Sie auf dieser Kreuzfahrt jemanden kennen gelernt?", erkundigte sich Eleni, während sie seine Fingernägel professionell mit Unterlack versah.

„Ja, habe ich."

„Einen Mann?"

„Nein, eine Frau."

Eleni musterte ihn prüfend, dann lächelte sie „Glückwunsch. Wie romantisch. Ich habe an Bord bisher nicht mal einen Flirt gehabt. Keine Zeit. Ich sitze hier ja von morgens um zehn bis abends um acht. Die anderen Crewmitglieder machen oft Party. Da geht es wild durcheinander. Aber das ist nicht mein Ding."

„Wird schon noch, Eleni." Ihm fiel etwas ein: „Wenn Sie mir einen Riesengefallen tun wollen, dann kommen Sie um viertel vor elf heute Abend auf Deck fünf zu Kabine 523 und warten auf mich."

„So etwas mache ich nicht", sagte die junge Frau scharf.

„Um Himmels Willen." Tilman musste lachen. „So war das nicht gemeint. Ich brauche Hilfe. Lack & Co. müssen nämlich ab, und zwar subito und ohne, dass es jemand mitbekommt. In der Maske hat dafür niemand Zeit, da muss ich nach der Show alles selber machen. Aber diesmal geht es um Sekunden."

Die junge Kosmetikerin sah fragend zu ihm auf, doch er legte den Finger an die Lippen. „Top secret. Mein ganzes Lebensglück steht auf dem Spiel. Kann ich mich auf Sie verlassen?"

„Klar." Sie grinste verschwörerisch.

„Es soll Ihr Schaden nicht sein", fügte er noch hinzu, bereit, jeden Preis zu bezahlen, wenn er pünktlich um elf als Tilman Kampe in der Bar erscheinen konnte.

Als er Eleni die Bordkarte für die Abrechnung reichen wollte, wühlte er einige Sekunden ergebnislos in seiner Handtasche. Schließlich griff er in die Tasche seines Damenblazers und fand die Chipkarte von Tilman Kampe. „Tut es die auch?", fragte er.

Eleni warf einen Blick darauf, musterte Tilman kurz, und nickte dann. „Ja, klar." Sie ging zum Tresen mit den ionischen Säulen, hielt die Karte an das Lesegerät, schaute auf den Bildschirm, kam zurück zu Tilman und gab ihm das weiße Plastikkärtchen.

Ihr Gesichtsausdruck war für Tilman schwer zu deuten. Irgendetwas zwischen amüsiert und verlegen. „Ist etwas nicht in Ordnung mit der Karte?", fragte er.

„Nein, nein, alles okay."

Er stand auf. „Also, bis nachher, Eleni."

„Bis später."

Nachdem Tilman ein paar Schritte gegangen war, wandte er noch einmal den Kopf und entdeckte, dass Eleni ihm breit grinsend hinterherschaute.

Als er um halb neun in der winzigen Garderobe hinter der Bühne saß, die zum Barbereich gehörte, und sich von Jason sein Bühnen-Make-up auflegen ließ, war er so nervös wie noch nie in seinem Leben. Würde Tina sich die Show ansehen? Und würde sie hinterher auf ihn warten? Und wenn ja, wie würde der Abend enden? Sie war so wunderschön und so kühl, dass er keine Ahnung hatte, was er tun sollte, um sie für sich zu gewinnen. Sicher, heute Nachmittag war da eine spürbare Anziehung gewesen. Sie hatte entspannter gewirkt als sonst, hatte gelächelt, ihre Antworten hatten viel Humor verraten. Trotzdem war ihm klar, dass es nicht einfach sein würde, ihren Panzer zu knacken. Er war es gewöhnt, dass Frauen ihn umwarben. Wirklich angestrengt, um eine Frau davon zu überzeugen, dass sie es mit ihm versuchen sollte, hatte er sich bisher noch nie. Nun, irgendwann war immer das erste Mal. Ein kleiner Teufel in seinem Kopf kicherte immer wieder und sagte: ‚Was ist, wenn's schief geht und sie dich abblitzen lässt? Was dann, Tilman Kampe?'

„Das darf und wird nicht passieren", sagte er laut, und Jason zuckte zusammen.

„Huch, hast du mich erschreckt, Darling. Was darf und wird nicht passieren?"

„Nichts, entschuldige", erwiderte Tilman hastig. „Ich habe laut nachgedacht."

Linda, die Eventmanagerin, streckte den Kopf herein. „MaryLou, ich weiß nicht, ob wir schon darüber gesprochen haben, aber ich sage es einfach nochmal. Es ist bei uns üblich, dass die Mitglieder der Showcrew sich nach der Vorstellung den Gästen widmen. Es wird von euch erwartet, dass ihr euch mit unseren Kunden unterhaltet, gerne auch mal mit dem einen oder der anderen tanzt, und vor allem für gute Stimmung sorgt. Wenn Sie sich zu einem Getränk einladen lassen, empfehle ich Ihnen, Sekt zu bestellen. Das Servicepersonal weiß Bescheid und schenkt der Crew Mineralwasser ein. Wenn die Gäste sich unter Alkoholeinfluss nicht immer ganz korrekt benehmen, ist das in Ordnung. Für unsere Crew gilt: absolut korrektes Verhalten in allen Situationen. Zu jeder Tages- und Nachtzeit. Habe ich mich klar ausgedrückt?"

Tilman wurde flau im Magen. Damit hatte er nicht gerechnet. Er hatte doch ein Date mit Tina! „Ja, natürlich, aber ich …", begann er.

Linda schnitt ihm das Wort ab. „Es steht so im Vertrag, den Sie unterschrieben haben, MaryLou. Ich wünsche eine schöne Vorstellung. Toi, toi, toi." So abrupt, wie sie aufgetaucht war, war sie auch wieder weg.

„Tja, das sind hier so die Sitten", bemerkte Jason und puderte Glitzer über die beiden dicken Rougestreifen.

Tilman war kurz davor, aufzuspringen, sich seines Monroe-Outfits samt falscher Wimpern, Perücke und Schönheitspfläschterchen zu entledigen, und die Show abzublasen. Das Letzte, was er sich wünschte, war, vollgefressene, halb betrunkene Kreuzfahrtgäste zu unterhalten, von denen die Jüngste wahrscheinlich um die siebzig war! Für gute Stimmung sorgen! So, wie es aussah, würde seine Stimmung nach den zwei Stunden Singerei auf dem Nullpunkt sein. Und er konnte Tina noch nicht einmal Bescheid sagen, denn sie hatte ja keine Ahnung, dass er als MaryLou auf der Bühne stehen würde. Eleni fiel ihm ein. Er musste ihr eine Nachricht zukommen lassen, damit sie nicht umsonst auf ihn wartete. Als Jason mit seiner Arbeit an ihm fertig war, bat er den jungen Maskenbildner: „Kennst du Eleni? Die Kosmetikerin?"

„Klar, wir kennen uns hier alle."

„Könntest du ihr etwas ausrichten? Nur, dass MaryLou nicht kommen kann."

Jason zog eine perfekt gemalte Augenbraue hoch.

„Oh, Gott, du nicht auch noch. Nicht, was du denkst. Sie wollte mir helfen, aber das ist jetzt nicht mehr nötig. Leider", fügte er mit Grabesstimme hinzu.

„Okay, okay, mach ich. Reg dich nicht auf." Jason pinselte eine fast unsichtbare Spur Highlighter auf Tilmans Nasenrücken und trat dann zurück, um sein Werk zu begutachten. Zufrieden sagte er: „Du siehst fantastisch aus. Das wird dein Abend, MaryLou." Tilman schüttelte frustriert den Kopf mit der platinblonden Perücke und warf einen Blick in den Spiegel. Ein bildschöner Transvestit, eine männliche Marilyn Monroe, schaute ihm entgegen. Jason nahm den Frisierumhang ab, und Tilman stand auf. In seinen schwarzen Pumps war er mindestens einfünundneunzig groß. Das schwarze, ärmellose, hoch geschlossene Paillettenkleid mit Samtbodice formte über dem wattierten Body eine aufregend weibliche Figur. Sanduhrfigur nannte man das in den Sechzigern, fiel ihm ein.

„Die Handschuhe", hauchte Jason voller Bewunderung und reichte Tilman die schwarzen Seidendinger.

Langsam zog Tilman die ellbogenlangen Abendhandschuhe über.

Frank riss die Tür auf und platzte hektisch herein. „Bist du endlich fertig?"

„Mach nicht so einen Stress", erwiderte Tilman ärgerlich, doch dann nahm er sich zusammen. Schlechte Laune zu haben ging auf der Bühne gar nicht. Was man nicht ändern konnte, musste man hinnehmen. Und ganz hatte er die Hoffnung noch nicht aufgegeben, dass er doch noch entwischen, sich umziehen und pünktlich zum Date mit Tina erscheinen konnte. Ganz egal, was Linda sagte oder was im Vertrag stand. Er, Tilman Kampe, hatte hier mit niemandem einen Vertrag. Und niemand hatte das Recht, ihn nach dem Auftritt zum Smalltalk mit betrunkenen Mumien zu verdonnern. Dieser Gedanke motivierte ihn, und er wandte sich flüsternd an Jason: „Vergiss meine Ansage wegen Eleni." Dann schenkte er seinem Keyboarder ein hinreißendes Monroe-Lächeln, klapperte mit den dick geschminkten Augenlidern, und wiegte sich in den Hüften. „Na, Frankie Toledo, wie sehe ich aus?"

Frank maß ihn mit einem kurzen Blick und nickte. „Perfekt, aber übertreib nicht immer so schrecklich."

„Spielverderber", schmollte Tilman.

Frank schob ihn in den kurzen Flur, an dessen Ende ein schwarzer Vorhang die kleine runde Bühne vom Backstagebereich trennte. „Komm schon. Es geht los."

Und plötzlich freute sich Tilman auf die Show. Adrenalin flutete seinen Körper, wie immer, bevor er eine Bühne betrat. Er tat seinem alten Freund Konstantin Messerschmidt alias MaryLou M. einen Gefallen, er liebte es, sein Publikum zu bezaubern, egal ob als Puppenspieler oder als queere Version von Marilyn Monroe, und wenn er Glück hatte, war Tina in der Bar und schaute ihm zu ...

Eine junge Frau, die ein Sweatshirt mit der Aufschrift ‚Stagemanager' trug, drückte ihm und Frank je ein Funkmikro in die Hand. Dann hielt sie den Vorhang zur Seite, und Frank trat schwungvoll als Erster auf die Bühne.

„Meine sehr verehrten Damen und Herren, liebes Publikum, lassen Sie sich heute Abend in eine Zeit entführen, in der es noch echte Göttinnen der Leinwand gab. Erleben Sie MaryLou M. mit den unsterblichen Songs von Marilyn Monroe. Applaus für MaryLou M."

Noch einmal hielt die Assistentin den Vorhang auf, und Tilman trat auf. Mit einem Blick sah er, dass die Luna-Bar um diese Zeit noch nicht sehr gut besucht war. Entsprechend spärlich war der Beifall. Lächeln, dachte er. Lächeln und sich nichts anmerken lassen. „Ich freue mich, heute Abend für Sie zu singen", hauchte er in sein Mikro. „Mein Partner am Keyboard ist übrigens Frankie Toledo. Und wir beginnen mit *Kiss* aus dem Film *Niagara*."

Kaum jemand nahm Notiz von dem, was auf der Bühne geschah, doch Tilman ließ sich nicht beirren. *Kiss* war einer seiner Lieblingssongs aus dem Programm, und während er sang, ließ er seinen Blick in die Runde schweifen. Einige der runden Cocktailtische waren belegt, meistens saßen drei oder vier ältere Leute drumherum. Die Männer tranken Bier, die Frauen Longdrinks mit bunten Schirmchen. An der Bar hingen ein paar einsame Herren ab, und immer wieder flanierten Menschen zu zweit oder in Gruppen vorbei auf ihrem Weg zum Pooldeck. Sie interessierten sich nicht im Geringsten für die Darbietung und fanden es auch nicht nötig, leiser zu reden, bis sie die Bühne passiert hatten und im nächsten Gang verschwunden waren. Tina war nirgendwo zu entdecken. Obwohl er etwas enttäuscht war, sagte sich Tilman, dass es ja noch früh sei. Als der Song endete, gab es überhaupt keinen Applaus. Er ging zu Frank, der hinter seinem Keyboard saß, und besprach mit ihm die nächste Nummer. „Was Flottes", sagte er und nahm die Ukulele. „One, two, three, four", sagte Frank, nickte Tilman zu, und ohne weitere Ankündigung begannen sie mit *Runnin' wild*.

Das hatte den gewünschten Effekt. Langsam füllte sich die Lounge, und der Durchgangsverkehr ließ nach. Tilman mochte die Hintergrundgeräusche: leises Gläserklirren, Lachen, gedämpfte Stimmen, ab und zu das Rasseln des Cocktailshakers. Nach und nach kam er in Schwung, und je mehr Gäste eintrafen und ihm zuhörten, desto besser wurde die Stimmung. War der Applaus zunächst freundlich, gab es nach *Diamonds are a girl's best friend* die ersten Bravos. Und dann war Tina plötzlich da. Sie stand mit der Rothaarigen und dem großen jungen Mann an der Bar, und als Tilman ihren Blick auffing, erwiderte sie sogar sein Lächeln. Sein Puls beschleunigte sich. Sie war gekommen! Wie schön sie aussah in ihrem hautengen, kniekurzen roten Kleid und den roten Pumps. Ihr dunkles Haar fiel in weichen Wellen auf ihre Schultern, und sie trug außer rotem Lippenstift kein Make-up. Klar, dass der nächste Song *I wanna be loved by you* sein würde …

„Um elf", hatte er gesagt. Tina schaute auf ihre Armbanduhr. Es war erst halb elf, und sie war todmüde. Nach einer Viertelstunde Pause hatten MaryLou M. und ihr Partner Frankie Toledo um zehn mit der zweiten Hälfte der Show begonnen. Zuerst gab es eine Art Talkformat, in der die Künstler ein wenig aus ihrem Leben plauderten. Gehobenes Entertainment, witzig, sprachgewandt, für Tina allerdings nur mäßig interessant. Danach präsentierten die beiden neben den Songs der Monroe auch Klassiker von Frank Sinatra. MaryLous satter Bariton bildete dabei einen seltsamen Kontrast zu ihrem exaltierten Outfit. Verstohlen gähnte Tina hinter vorgehaltener Hand, und in diesem Moment sah sie Marcus. Diesmal war er allein, ohne den Anhang aus Kindern, Eltern und Schwiegereltern. Aber auch ohne seine Frau. Er wirkte abgespannt und bedrückt und setzte sich an einen kleinen Tisch in der orange-farbenen Loungelandschaft. Gleich darauf vertiefte er sich in die Getränkekarte. Tina war klar: Wenn Marcus seinen Drink am Tresen bestellen wollte, musste er wohl oder übel an ihr vorbei. Mist.

„Tina? Hast du gehört, was ich gesagt habe?", fragte Petros. Sie sah zu ihm auf und grinste reumütig. „Ja, vermutlich. Was hast du gesagt?"

Er lachte. „Ich habe dich gefragt, ob du noch ein Glas Prosecco möchtest."

Tina schüttelte den Kopf. „Ich hatte schon zwei."

„Hast du schlechte Laune?", wollte Sandra wissen. „Du hast heute Abend kaum ein Wort gesagt."

„Ich bin müde und glaube, ich kriege Kopfweh. Eigentlich wollte ich heute Morgen joggen, aber ich habe es nicht geschafft. Wenn ich mich zu wenig bewege, werde ich grantig."

„Dann lass uns an Deck gehen und frische Luft schnappen", schlug Sandra vor.

„Gute Idee", stimmte Petros zu.

„Passt. Nichts wie weg hier." Ihre Armbanduhr zeigte ihr, dass es zwanzig vor elf war. Tina nahm ihre schwarze Abendtasche und folgte den beiden. Marcus hatte den Blick immer noch auf die Getränkekarte geheftet. Gut so. Doch dann fing Tina im Vorbeigehen einen so bedauernden Blick von Mary-Lou auf, dass es sie kurz irritierte. Trotz der ganzen Schminke meinte sie zu erkennen, dass die Sängerin ehrlich enttäuscht war. Gut, sie hatte mit dem Transvestiten Tango getanzt, und er hatte gesagt, er sei nicht schwul. Dass er tatsächlich Interesse an ihr haben könnte, hatte sie jedoch nicht angenommen. Aber dieser Blick gerade … Er erinnerte sie vage an etwas, aber sie hatte keine Ahnung, an was. Unsinn, dachte sie. Pure Einbildung.

„Tina? Kommst du?", rief Sandra.

Tina zögerte. Immerhin war sie um elf hier in der Bar mit Tilman verabredet.

Egal, sagte sie sich entschlossen. Wenn ihm sein Rollenstudium wichtiger ist als ich, kann er mir gestohlen bleiben. Sie beeilte sich, zu Petros und Sandra aufzuschließen. An Deck atmete sie die würzige Nachtluft tief ein und entspannte sich ein wenig. Aber ein Rest Bedauern blieb und nagte an ihr. Und dieses Bedauern wuchs sich, je länger sie mit Sandra und Petros an der Reling stand, zu einer nervösen Unruhe aus. Immer wieder flogen ihre Gedanken zurück zu Tilman, seinem schönen Lächeln, seinen braunen Augen, seiner warmen, dunklen Stimme. Die *Bella Luna* hatte Amsterdam um acht Uhr abends verlassen und befand sich nun auf der Passage nach Dover. Es war windig, und die Wellen hatten Schaumkronen. Ganz hinten im Westen gab es immer noch einen hellen Streifen, dort, wo die Sonne untergegangen war. Während Sandra und Petros sich bestens unterhielten, schwieg Tina meist und antwortete nur, wenn sie etwas gefragt wurde. Irgendwann hielt sie es nicht mehr aus und schob vor: „Leute, mir ist kalt. Ich gehe zu Bett.‟

„Schade‟, meinte Sandra. „Es ist so eine herrliche Nacht.‟ Sie wandte sich an Petros. „Du machst aber noch nicht schlapp, oder?‟

„Nein, ganz im Gegenteil. Wie wär's mit einem Besuch in der Disco?‟

„In meinem Alter?‟, erwiderte Sandra und legte kokett den Kopf schief.

„Im Vergleich mit neunzig Prozent der Damen auf diesem Schiff bist du definitiv ein junges Ding‟, gab er scherzhaft zurück. „Los, rocken wir die Hütte.‟

Lachend ließ sich Sandra von ihm in Richtung Discothek ziehen, die sich in einem Glaspavillon auf dem Oberdeck hoch über dem Bug des Schiffes befand. Tina blieb einen Moment unschlüssig stehen und sah ihnen nach. Wie schön, wenn Entscheidungen so eindeutig waren. Petros und Sandra wollten in die Disco. Also gingen sie tanzen. Und sie selbst? War hin und her gerissen. Allein ins Bett oder vielleicht zu zweit an die Bar? Dann fiel ihr Marcus ein, der vermutlich immer noch an seinem Tischchen saß. Aber was konnte schon passieren? Er würde ihr bestimmt nicht vor allen Leuten eine Szene machen. Doch was Tilman betraf – vergab sie sich nicht etwas, wenn sie tatsächlich auf ihm wartete? Hatte er so viel Aufmerksamkeit verdient? Sekt oder Selters? Ganz oder gar nicht? Tina musste plötzlich lachen, als sie an einen Spruch ihres Vaters dachte. Hähnchen oder kein Hähnchen.

Was auch immer der tiefere Sinn dahinter sein mochte ... Sie jedenfalls wusste jetzt, dass sie sich längst fürs Hähnchen entschieden hatte. Sie wollte Tilman wiedersehen, unbedingt, jetzt sofort, gleich, am liebsten gestern ... Hoffnung und Vorfreude ließen ihr Herz schneller schlagen, als sie zurück in die Luna-Bar eilte. Es war zwei Minuten vor elf.

12. Kapitel

„Beeil dich, Eleni", bat Tilman und schaute verzweifelt auf die Armbanduhr, die auf dem Nachttisch der Kabine lag. Es war genau dreiundzwanzig Uhr. Er saß auf dem Bett, nur mit schwarzen Boxershorts und Socken bekleidet. Eleni, auf einem Hocker, saß vor ihm und beseitigte professionell und rasch die restlichen Make-up-Spuren. Im Zimmer roch es durchdringend nach Nagellackentferner. Die Bühnenklamotten, die Tilman als MaryLou M. getragen hatte, lagen auf dem Bett verstreut, und die platinblonde Perücke war auf dem Boden gelandet.

„Zappel nicht so, ich bin gleich fertig", entgegnete die junge Kosmetikerin und entfernte einen Rest Mastixkleber, der noch an der Schläfe haftete. „So, jetzt kannst du dich anziehen."

Tilman sprang auf, streifte seine schwarzen Jeans über, zog ein dunkelblaues T-Shirt an, und darüber ein schwarzes Leinensakko. Während er seine Schuhe zuschnürte, sagte er: „Danke, Eleni. Das werde ich dir nie vergessen." Als er fertig war, drückte er ihr einen großen Geldschein in die Hand, den er sich von Frank geliehen hatte, doch sie sah nicht auf die Banknote, sondern bewundernd zu ihm auf.

„So siehst du also in echt aus", sagte sie. „Wow, das ist Wahnsinn. Kein Mensch würde vermuten, dass du gerade noch MaryLou M. warst. Jetzt verstehe ich auch das mit der Bordkarte ..." Sie schlug die Hand vor den Mund. "Ups, das hätte ich jetzt nicht sagen sollen ..."

„Wieso?", fragte er.

„Ich ... hm, also, deine Bordkarte ..."

„Keine Zeit mehr", sagte Tilman hastig und riss die Tür auf. „Wir müssen raus hier. Ich bin schon zu spät!"

„Viel Glück", rief Eleni ihm hinterher, als er losrannte."

Es war dreiundzwanzig Uhr sieben.

Zwei Minuten später sprintete er den Flur entlang, der zur Luna-Bar führte. Da merkte er, dass bei jeder Bewegung etwas rhythmisch gegen seine Wangen schlug. Er fasste hin. Oh, nein! Die Ohrringe! Die hatte Eleni in der Hektik offenbar vergessen. Rasch zog er die Clips ab, ließ die Dinger in seiner Hosentasche verschwinden und verlangsamte seine Schritte, als er die Lounge betrat. Sein Atem ging keuchend, weniger vor Anstrengung als vor Aufregung. Würde Tina noch da sein? Oder besser gesagt: wieder? Denn sie war ja vorhin mit ihren Begleitern nach draußen aufs Pooldeck gegangen …

„Du Schlampe! Habt ihr euch hier verabredet? Warte nur! Abhauen gilt nicht! Du bleibst hier, du Miststück!"

Die durchdringende Frauenstimme ließ Tilman abrupt innehalten. Der Anblick, der sich ihm bot, war bizarr. Ein Barhocker war umgefallen. Auf dem Boden saß mit hochrotem Kopf ein Mann – derselbe, erinnerte sich Tilman, von dem Tina bereits einmal belästigt worden war. Eine blond gelockte Frau mit Wut in der Stimme und Hass in den Augen hatte Tinas kleine schwarze Abendtasche gepackt und zerrte daran. Tina wiederum hielt die dünne goldene Kette, an der ihr Täschchen hing, eisern fest. Sekundenlang hatte Tilman das Gefühl, er sei bei irgendeinem Privatsender in eine Reality Show geraten, und er müsse nur weiter zappen, damit sich in der nächsten Sendung im Öffentlich Rechtlichen alle wieder normal verhielten. Doch dann riss die Kette, und die blonde Frau landete unsanft auf dem Schoß eines Barbesuchers.

„Holla die Waldfee", sagte der korpulente Endsechziger jovial. „Wen haben wir denn hier?"

„Schnauze", keifte die Blonde und sprang auf. Langsam wie eine Raubkatze kam sie auf Tina zu, das Abendtäschchen in der erhobenen Faust, als wolle sie die Rivalin damit schlagen.

Faszinierend, dachte Tilman. Das hier war keine Reality Show. Das hier war die Wirklichkeit. Obwohl er gern noch länger zugesehen hätte, fand er es um Tinas willen an der Zeit, sich einzumischen. „Was ist hier los?", wollte er wissen.

„Das geht Sie überhaupt nichts an", zischte die aufgebrachte Frau.

Er wechselte einen kurzen Blick mit Tina. Es war offensichtlich, dass ihr die Situation äußerst peinlich war. Er nickte ihr beruhigend zu.

Der Mann am Boden rappelte sich nun auf. „Charlotte, hör auf. Ich kann dir das alles erklären …"

„Erklären, ach ja? Was erklären? Dass du dich mit deiner Geliebten auf diesem beschissenen Dampfer triffst? Ausgerechnet an meinem Geburtstag?"

„Es ist nicht, wie du denkst, Charlotte ..."

„Den blöden Spruch kannst du dir sparen." Sie stand nun direkt vor Tina.

„Geben Sie mir meine Handtasche", forderte Tina ruhig und streckte die Hand aus.

„Erst, wenn Sie mir sagen, was ich wissen will."

„Und das wäre?"

„Haben Sie ein Verhältnis mit meinem Mann?"

„Nein", antwortete Tina wahrheitsgemäß, denn seit gestern war die Affäre beendet. Sie fing einen erleichterten Blick von Marcus auf.

„Und weshalb treffen Sie sich dann hier an der Bar mit ihm?"

„Vielleicht darf ich dazu etwas sagen", begann Tilman, aber die Frau unterbrach ihn.

„Sie halten sich da raus! Das hier geht Sie einen Scheißdreck an!"

Tilman blieb höflich, aber er konnte sich ein Grinsen nicht verkneifen. „Ganz im Gegenteil. Da ich mit der Dame verlobt bin, geht mich das eine ganze Menge an. Wir waren hier um elf verabredet. Ich habe mich etwas verspätet, wofür ich dich" – er wandte sich an Tina – „in aller Form um Entschuldigung bitte, Schatz. Hat dich dieser Mann belästigt?"

Tina schaute ihn so verblüfft an, dass er begann, das Spiel zu genießen. Er legte ihr einen Arm um die Taille, und sie ließ es geschehen.

„N...nein", erwiderte sie vorsichtig. „Er ... er hat mich nicht belästigt."

„Dann ist ja alles in Ordnung." Tilman konnte nicht widerstehen, und drückte Tina einen Kuss auf die Wange. „So, und jetzt geben Sie meiner Verlobten die Handtasche zurück, wenn ich bitten darf", sagte er zu Charlotte, und der Ton seiner Stimme verriet, dass er keinen Spaß verstand.

„Na gut." Die Frau reichte Tina das Abendtäschchen. „Aber ich glaube euch allen kein Wort!"

149

„Klären Sie das mit Ihrem Mann", empfahl ihr Tilman trocken. „Komm, Schatz, lass uns an Deck gehen. Das hier ist mir zu dumm."

„Wohl wahr", antwortete sie.

Er nahm ihre Hand, und als hätten sie sich abgesprochen, rannten sie los, zuerst nach draußen, dann am Pool vorbei, lachend und atemlos, bis sie im Heck des Schiffes landeten, wo sich ein Bambustresen mit rustikalen Tischen und Hockern befand, und auf einer kleinen Plattform unter bunten Lichtern eine Jazzkapelle spielte. Es gab auch eine kleine Tanzfläche, und dort hielten sie einen Moment inne, ehe Tilman erneut die Initiative ergriff.

„Darf ich bitten?", fragte er.

Tina sah zu ihm auf, ein wenig unsicher, ein wenig fragend.

„Wir reden später, meine schöne Verlobte", sagte Tilman lächelnd. „Erst eine Runde auf dem Parkett."

Kopfschüttelnd, aber ebenfalls lächelnd, erwiderte sie: „Seien Sie nicht so ein Macho. Und lassen Sie das Weiße-Ritter-Getue."

Tilman lachte leise. „Darf ich trotzdem führen?"

„Gern." Gleich darauf spürte sie seine Hand auf ihrem Rücken und folgte ihm in den Foxtrott, den die Kapelle angestimmt hatte. Schon nach wenigen Tanzschritten entspannte sie sich, denn Tilman und sie harmonierten perfekt. Sie spürte seine Wärme, seine Kraft und Geschmeidigkeit, und vorübergehend vergaß sie sogar den absurden Zwischenfall in der Bar.

Bis Tilman den Kopf neigte und dicht an ihrem Ohr flüsterte: „Waren Sie vorhin nicht doch ein kleines bisschen froh, mich zu sehen?"

„Ich kann auf mich selbst aufpassen", antwortete sie hoheitsvoll. „Warum sind Sie zu spät gekommen?"

„Weil man sich auf diesem Schiff ständig verläuft", log er und fühlte sich nicht gut dabei. Aber er hatte Frank versprochen, das Geheimnis um jeden Preis zu wahren, um weitere Engagements nicht zu verhindern. Trotzdem war es ihm unangenehm, Tina anzuschwindeln. Also wechselte er rasch das Thema. „Was haben Sie morgen vor? Fahren Sie mit ihren Workshop-Teilnehmern nach London?"

„Nein, ich glaube nicht. Es gibt zwei potenzielle Paare, die mit dem Bus nach Canterbury fahren wollen. Die meisten anderen haben London gebucht. Das ist eine geführte Tour, da braucht man mich nicht. Morgen Abend wird dann der Fragebogen ausgefüllt."

„Ah, ja, der ominöse Liebesfragebogen des Dr. Arthur Aron. Haben Sie den eigentlich schon mal selbst ausgefüllt?" Tina hob den Kopf und sah ihm in die Augen. „Warum fragen Sie das?"

„Aus Neugier?"

„Ja, ich habe den Fragebogen schon mal ausgefüllt."

Sofort verdüsterte sich Tilmans Miene. „Hat er funktioniert?"

„Perfekt."

Sie spürte, wie er sich unwillkürlich verkrampfte und sogar zwei Schritte aus dem Takt kam. Anscheinend dachte er, sie hätte auf diese Weise einen Partner gefunden. Sie lächelte. Eigentlich hätte sie ihn gern noch ein wenig zappeln lassen, aber er sah so enttäuscht aus, dass sie ihn erlöste: „Ich habe ihn in den USA zu Trainingszwecken mit einem anderen Coach zusammen ausgefüllt", erklärte sie.

„Und?"

„Was und?"

„Haben Sie sich verliebt?"

Tina lachte. „Irgendwie schon. Aber ich hatte andere Pläne, und daher habe ich die Sache versanden lassen."

„Andere Pläne? Wenn es vielleicht die große Liebe ist?"

Tina lachte. „Die große Liebe war es sicher nicht. Sean und ich hatten eine gute Zeit, aber ich wollte mich nicht binden. Ich hatte gerade eine supertolle Geschäftsidee. Da hätte ich keine Fernbeziehung zwischen New York und Hamburg brauchen können."

„Wissen Sie immer so genau, was Sie wollen?" Der Fox endete, und Tilman führte seine Partnerin zu einem der roh behauenen Holztische.

„Ja, eigentlich schon", erwiderte Tina und schaute plötzlich nachdenklich vor sich hin. „Bis vorgestern jedenfalls", gab sie zu. „Seitdem geht irgendwie alles drunter und drüber."

„Gehört der kleine Eklat vorhin in der Bar auch dazu?",
erkundigte sich Tilman liebevoll.

Tina nickte, ohne ihn anzusehen. Es freute ihn ungemein, dass sie nicht versuchte, ihm etwas vorzumachen. Über dieses Thema wusste er jetzt alles, was er zu wissen brauchte. Sie hatte eine Affäre gehabt, und diese Affäre war beendet. Zufrieden schloss er zwei Sekunden die Augen, atmete die frische, salzige Seeluft ein, und sagte dann: „Verbringen Sie den Tag morgen mit mir, Tina. Wir nehmen ein Taxi und fahren rauf zu den weißen Klippen von Dover. Dort machen wir ein typisch englisches Picknick und lernen uns ein wenig besser kennen. Ich möchte Sie nämlich unbedingt besser kennenlernen."

Lachend erwiderte sie: „Besser kennenlernen? Ich dachte, wir seien seit mindestens fünf Jahren ein langweilig verlobtes Paar?"

Auch Tilman lachte. „Wenn Sie möchten, gehe ich zu Charlotte und beichte ihr, dass ich Sie bisher noch nicht einmal geküsst habe."

In diesem Augenblick geschah etwas mit Tina. Als habe sie zu viel Champagner getrunken, flutete prickelnde Sorglosigkeit ihren Körper. Sie fühlte sich beschwingt, heiter, abenteuerlustig. „Möchten Sie mich denn küssen, Tilman Kampe?"

Er umfasste ihre Taille. „Möchten Sie mich denn küssen, Tina Ternes?"

„Höfliche Menschen antworten auf eine Frage nicht mit einer Gegenfrage", antwortete sie lächelnd. Ohne Vorwarnung stellte sie sich auf die Zehenspitzen und küsste ihn auf den Mund.

Weich, viel versprechend – und viel zu kurz ruhten ihre Lippen auf seinen. Dieser Kuss schmeckte definitiv nach mehr. Als Tilman sah, wie erwartungsvoll Tina ihn anblickte, hielt er sich nicht mehr zurück. So oft in den letzten beiden Tagen hatte er sich gefragt, wie es wohl sein würde, diesen hinreißenden Mund zu küssen. Er senkte seinen Kopf, und als sich ihre Lippen diesmal berührten, gab es kein Zögern, keine Zurückhaltung. Es war Nacht, die Jazzband spielte einen romantischen Song, der Wind hatte sich gelegt, und eine leichte Brise strich über das majestätische Schiff, das ruhig dahin glitt.

Für Tilman war dieser Kuss der perfekteste Moment seines Lebens. Tina war so süß, so hingebungsvoll, so leidenschaftlich. Wie gut sie sich in seinen Armen anfühlte. Sanft streichelte er ihren Rücken, ließ seine Hände zu ihrem vollendeten Po gleiten, spürte, wie sie sich an ihn presste. Wieder und wieder küssten sie sich, ihre Zungen suchten, begegneten sich, schmeckten, kosteten, spielten ...

Irgendwann hob er schwer atmend den Kopf. „Wenn wir so weitermachen, garantiere ich für nichts mehr", flüsterte er rau.

Tina lachte leise. „Dann sollten wir aufhören."

„Noch einen Kuss. Bitte." Tilman zog eine drollige Grimasse.

„Na gut." Federleicht küsste sie ihn auf die Wange.

„Das war alles?", schmollte er.

„Nur für heute Abend. Du hast mich gefragt, ob wir morgen auf den Kreidefelsen von Dover ein Picknick machen. Und ich sage Ja."

„Höre ich da ein Aber?"

„Ja, denn jetzt muss ich ins Bett. Und zwar alleine."

„Tina, ich ..."

Sie drückte einen Abschiedskuss auf seinen Mund und ließ es zu, dass er den Kuss begierig vertiefte. Doch schließlich löste sie sich von ihm. „Gute Nacht, Tilman. Und vielen Dank, dass du vorhin mein weißer Ritter warst." Sie lächelte ihn bezaubernd an und ging davon.

Tilman schaute ihr fasziniert nach.

„Du bist ja sowas von bescheuert", sagte eine Stimme neben ihm.

Frank.

„Wieso?" Immer noch spürte Tilman den Nachhall der Küsse. „Mein Job auf diesem Schiff ist beendet. Ich habe für dich und MaryLou getan, was ich konnte, damit ihr in Zukunft das ganze Jahr in der Welt herumschippern und gelangweilten Kreuzfahrttouristen den Abend versüßen könnt. Mann, Frank, ich habe noch nie so ein furchtbares Publikum gehabt. Die wissen doch gar nicht zu schätzen, was die ganzen Bühnenkünstler ihnen hier bieten!"

„Ich glaube, du hast nicht das Recht, so vorschnell zu urteilen", rügte Frank. „Außerdem ist Linda stocksauer. Sie hat mich gefragt, was dir einfällt, einfach zu verschwinden. Es war ausgemacht, dass wir nach der Show Smalltalk machen und uns mit den Gästen an der Bar unterhalten."

„Das ist Sklaverei, Frank", erwiderte Tilman. „Sollst du dann auch mit denen ins Bett gehen? Einsame Herzen trösten?"

„Sei nicht so ordinär."

„Ist doch wahr", ereiferte sich Tilman. „Da fällt mir ein – wieso soll ich an der Bar den Larry machen, wenn wir noch nicht mal über meine Gage gesprochen haben?"

„Du kriegst zwei übliche Abendgagen, sobald wir zurück in Hamburg sind. Minus der hundert Euro, die ich dir geliehen habe."

„Woher weiß ich, dass ihr hier nicht das Dreifache einsackt?"

„Weil die so viel nun auch wieder nicht zahlen. Die kalkulieren knallhart, glaub mir, Tilman. Und wir müssen ja morgen auch den Flug und den Transfer für MaryLou finanzieren. Auf dieser Reise machen wir definitiv Verlust. Linda sagt …"

„Was Linda sagt, ist mir egal. Du wirst dir schon was ausdenken. Mir ist schlecht geworden oder was auch immer."

„Und was war das vorhin für ein Streit an der Bar?"

„Nur eine kleine Verwechslung. Hat sich alles aufgeklärt."

„Und wie geht es jetzt weiter mit dir und dieser Tina?"

„Wir fahren morgen zu den weißen Klippen von Dover und machen ein Picknick."

Frank schwieg einen Moment. Dann sagte er: „Ich brauche übrigens MaryLous Bordkarte und ihren Personalausweis."

Tilman holte seine Geldbörse aus der Sakkotasche, fischte das Dokument heraus und gab es Frank zusammen mit der Chipkarte. „Wann kommt sie denn überhaupt?"

„Der Flieger geht um vier Uhr nachmittags. Von Heathrow aus nimmt sie ein Taxi."

„Ist das nicht ein bisschen spät?"

„Wir legen erst um halb zehn ab. Das reicht dicke."

„Aber die Show beginnt doch um neun. Mit Kostüm und Maske …"

„Lass das mal unsere Sorge sein", unterbrach ihn Frank. „Außerdem sind wir morgen Abend Teil der Show auf der großen Bühne. In der Bar treten irgendwelche Comedians auf. Kann dir ja egal sein."

„Komm schon, Frank. Krieg dich wieder ein. Ich habe es nicht so gemeint. Übrigens – ich freue mich darauf, MaryLou mal wieder zu sehen. Hoffentlich hat sie sich von ihrer Fischvergiftung wirklich erholt."

„Ich denke schon. Morgen früh, wenn wir an Land gehen, telefoniere ich nochmal mit ihr." Er legte Tilman versöhnlich eine Hand auf den Arm. „Hör zu, ich bin dir wirklich sehr dankbar, dass du eingesprungen bist."

„Schon gut. Es hat ja Spaß gemacht. Aber jetzt geht es für mich um andere Dinge."

„Und die wären?"

„Ich bin achtunddreißig. Und ich glaube, ich habe die Frau meines Lebens kennengelernt."

„Weiß sie das schon?"

„Nein, aber ich werde versuchen, mich verständlich zu machen."

Frank lachte. „Und wenn sie nicht will?"

„Wieso sollte sie nicht wollen? Bin ich nicht alles, was ein Frauenherz begehrt?" Tilman setzte eine eitle Miene auf und stellte sich in Pose.

„Leider nicht nur ein Frauenherz", seufzte Frank theatralisch. „Auf der Schule war ich mal ein paar Monate schwer verliebt in dich."

„Wirklich? Ich dachte, du hättest was mit eurem Biolehrer gehabt ..."

„Woher weißt du das?"

„Wusste doch jeder. Aber dann wurde aus Konstantin Messerschmidt MaryLou M., und da war es aus mit dem Pauker."

„Genau. Habe ich dir schon erzählt, dass wir heiraten wollen?"

„Nein, aber ich freue mich riesig", erwiderte Tilman. „Wann?"

„Nächstes Jahr am elften Februar. An unserem Jahrestag. Möchtest du eine Einladung?"

„Unbedingt! Wenn ihr wollt, singe ich euch als MaryJane ein Ständchen."

„Ich bespreche es mit MaryLou." Er schwieg einen Moment. „Tilman?"

„Ja?"

„Den Menschen fürs Leben zu finden ist etwas ganz Besonderes. Da kommt es drauf an, alles richtig zu machen. Ich wünsche dir morgen viel Glück."

„Danke." Tilman spürte die weiche Stimmung des anderen und wurde davon angesteckt. Alles richtig machen. Unbedingt. Aber was sollte morgen schon schiefgehen? Er hatte keinen Termindruck mehr, und seine Zeit gehörte einzig und allein Tina.

Frank lächelte. „Wenn du willst, stell uns die Frau deines Lebens morgen Abend nach der Show mal vor."

„Das mache ich." Spontan umarmte Tilman den alten Freund und ehemaligen Schulkameraden. „Du bist übrigens super am Keyboard, Frankie Toledo. Das muss mal gesagt werden."

Frank grinste. „Und an dir ist eine schöne Dragqueen verloren gegangen. Bist du sicher, dass du nicht umsatteln willst. Ich meine, falls es mit Tina nichts wird? MaryJane könnte deine Zukunft sein."

Tilman war ganz ernst, als er erwiderte: „Es könnte gut sein, dass ich auf dein Angebot zurückkommen muss. Aber nicht wegen Tina. Die Fabrik, in der das Altonaer Puppentheater seit dreißig Jahren zu Hause ist, wird verkauft. Die Chefin ist vor einem halben Jahr gestorben, und die Erben wollen Geld sehen. Wir sind zum Herbst alle gekündigt."

„Ach du Scheiße!"

„Das kannst du laut sagen."

„Und was wirst du dann machen?"

Tilman zuckte die Achseln. „Keine Ahnung. Ich heirate Tina, wir kriegen Zwillinge, und ich werde Hausmann oder so ähnlich. Oder ich komme auf dein Angebot zurück. MaryLou und MaryJane auf großer Fahrt. Ich weiß es nicht. Ich weiß nur, dass beruflich etwas endet und hoffentlich morgen privat etwas Neues beginnt. Und jetzt muss ich schlafen, sonst hab ich beim Date Ringe unter den Augen, und das wäre doch peinlich. Gute Nacht."

„Gute Nacht. Ich versuche nachher, leise zu sein."

„Gib dir keine Mühe. Du schnarchst sowieso. Hat dir das MaryLou noch nie gesagt?"

„Nein." Frank sah plötzlich ganz verzweifelt aus. „Oh, Gott, wirklich?"

„Nur ganz leise." Tilman zwinkerte ihm zu und ging beschwingt davon. Durch diese Nacht würden ihn süße Träume auf sanften Schwingen tragen. Ob er sie also in einem Doppelbett mit einem schnarchenden Frank oder allein in einem Liegestuhl an Deck oder unter einer Plane im Rettungsboot verbrachte, spielte daher eigentlich keine Rolle.

13. Kapitel

„Guten Morgen."

Tina saß im Bett und lächelte, als Sandra, die neben ihr lag, die Augen öffnete und sie gleich darauf mit einem Stöhnen wieder schloss.

„War es schön in der Disco?", fragte Tina.

„Laut", erwiderte Sandra. Ihre Stimme klang heiser. „Habe ich dich aufgeweckt, als ich letzte Nacht ins Zimmer gekommen bin?"

„Ich habe dich gehört, aber dann habe ich sofort weitergeschlafen."

„Wie spät ist es?"

„Viertel nach neun." Tina stand auf, zog die Vorhänge am Fenster zurück, und machte die Balkontür auf.

„Nicht. Das ist so hell", maulte Sandra.

„Schau mal raus. Dort drüben sind die Kreideklippen von Dover. Wir sind gleich da."

Sandra richtete sich kurz auf. „Nett", sagte sie und ließ sich zurück in die Kissen fallen.

Tina lachte. „Hast du etwa einen Kater?"

„Nein. Ich hasse Alkohol seit Neuestem."

„Gut, dass du mich dran erinnerst. Ich habe dir was besorgt. Liegt auf deinem Nachttisch."

Mit geschlossenen Augen und ohne sich zu rühren fragte Sandra: „Hoffentlich nichts zu essen."

„Nein, definitiv nichts zu essen. Willst du nicht wissen, was es ist?"

„Sag es mir. Dann muss ich mich nicht bewegen."

Tina kam auf die andere Seite des Doppelbettes, nahm eine kleine Schachtel, und hielt sie Sandra vors Gesicht. „Augen auf."

Folgsam öffnete Sandra die Augen. Einen Moment blickte sie verständnislos auf die längliche Verpackung, dann war sie plötzlich hellwach. „Wieso … was … warum?"

„Ich dachte, es wäre Zeit, dass du mal einen Schwangerschaftstest machst. Du darfst zuerst ins Bad. Morgenurin, Mittelstrahl. Los geht's."

Sandra rollte sich zusammen und murmelte: „Ich will nicht."

Lachend zog Tina ihr die Decke weg. „Doch, du willst. Ich platze vor Neugier."

„Na gut. Du hast ja Recht." Zeitlupenlangsam stand Sandra auf, schlurfte in die winzige Nasszelle, machte die Tür hinter sich zu und schloss ab.

Zeit verging. Fünf Minuten. Zehn Minuten. Die Schiffssirene tutete drei Mal, als die *Bella Luna* im Hafen von Dover anlegte.

Irgendwann hielt Tina es nicht mehr aus, auch, weil sie dringend aufs Klo musste. „Sandra?", rief sie leise. „Ist etwas? Ist dir nicht gut?"

Keine Antwort.

Sie ging zur Badezimmertür und klopfte. „Sandra? Ist alles in Ordnung?"

Es dauerte einen Moment, ehe der Riegel klackte. Sandra öffnete die Tür einen Spaltbreit. Ihr Gesicht war blass, und ihre bernsteinfarbenen Augen waren tellergroß.

„Und?", fragte Tina.

Wortlos hielt Sandra ihr das Teströhrchen hin. Ein wunderschönes dickes Pluszeichen war im linken Feld erschienen.

„Ich hab's gewusst!", jubelte Tina. „Herzlichen Glückwunsch."

Wie in Trance kam Sandra ins Zimmer zurück und setzte sich auf die Bettkante.

„Freust du dich nicht?", fragte Tina besorgt. „Was ist los mit dir?"

Woraufhin Sandra in Tränen ausbrach.

Tina kam zu ihr, setzte sich neben sie und nahm das schluchzende Wesen einfach in die Arme. „Es wird alles gut", flüsterte sie beruhigend. „Es wird bestimmt alles gut."

Endlich schaute Sandra mit tränennassem Gesicht zu ihr auf. Ein Lächeln breitete sich über ihr Gesicht, so hell wie die Sonnenstrahlen, die gerade durch die englischen Wolken über den weißen Klippen von Dover brachen. „Es ist ja alles gut", sagte sie leise. „Ich bin ja so glücklich. Danke, Tina."

Und dann heulten sie beide ein bisschen. Und lachten. Und weinten. Bis Sandra irgendwann sagte: „Ich muss sofort Jonathan anrufen."

„Mach das. Und ich muss mich um meine Gruppe heiratswilliger Slow Dater kümmern. Wahrscheinlich fragt sich Petros längst, was aus mir geworden ist."

Sandra grinste. „Er weiß Bescheid."

„Worüber weiß er Bescheid?", wollte Tina misstrauisch wissen.

„Hm, na ja, dass du jemanden kennengelernt hast."

„Habe ich das?"

„Sah so aus. Netter Typ. Wie heißt er?"

„Tilman. Tilman Kampe."

„Macht ihr heute was zusammen?", fragte Sandra neugierig.

„Was du alles wissen willst", wiegelte Tina ab. „Ich habe hier einen Job zu erledigen und keine Zeit zum Daten."

„Wieso nicht? Petros hat die Sache gut im Griff. Außerdem sind die meisten heute eh unterwegs. Also?"

„Na gut. Er hat mich zum Picknick auf die Kreidefelsen eingeladen", gestand Tina.

Sandra nahm ihre Handtasche und kramte darin. „Mist, wo ist das Ding."

„Was suchst du denn?"

„Tada!" Triumphierend hielt Sandra ihr ein grün verpacktes Kondom hin. „Wusste ich doch, dass ich noch eins habe." Sie studierte das Verfallsdatum. „Ups. Gestern abgelaufen. Sollte aber noch halten. Hier, für alle Fälle."

„Wozu hast du denn auf dieser Kreuzfahrt Kondome dabei? Ich dachte, du bist mit Jonathan glücklich."

„Alte Gewohnheit. Man weiß nie, wer wann wozu eins braucht. Einmal wollte ich bei einer Recherche an einem Fluss Geräusche unter Wasser aufnehmen und habe das Mikro mit einem Kondom wasserdicht gemacht. Also?"

Tina schüttelte den Kopf. „Ich habe nicht vor, Unterwasseraufzeichnungen im Kanal von Dover zu machen, und genau so wenig habe ich vor, mich gleich beim ersten Date flachlegen zu lassen."

„Was heißt hier lassen?", entgegnete Sandra grinsend. „Dieser Tilman ist so sexy, dass du vielleicht eher *ihn* flachlegst."

Sie warf Tina das grüne Plastikpäckchen zu, und diese fing es automatisch auf. „Sicher ist sicher", fügte sie hinzu.

„Sicher ist nur, dass nichts sicher ist", konterte Tina, aber sie steckte das Kondom in ihre Handtasche und verschwand im Bad, ehe Sandra noch mehr Informationen aus ihr herausquetschte. Als sie zurückkam, war die Kabine leer. Vermutlich war die Journalistin längst auf dem Festland und teilte ihrem Liebsten die süßen Neuigkeiten mit.

Tina brauchte diesmal eine Weile, um sich für ein Outfit zu entscheiden. Zuerst wählte sie einen ihrer businessmäßigen sandfarbenen Hosenanzüge. Zu konservativ. Dann einen bunten, glockigen Minirock mit Stretchtop. Zu offensichtlich. Schließlich, auch mit Blick auf das wechselhafte Wetter, zog sie eine schwarze, dreiviertellange schmale Hose und dazu ein rotes, kurzärmeliges Kaschmir-Twinset an. Schade, dass sie keine Jeans dabei hatte. Die wären für ein Picknick praktischer gewesen. Flache schwarze Sneakers und ein dünner, glänzender, anthrazitfarbener Parka mit Kapuze ergänzten das Ensemble. Den Parka nahm sie über den Arm, die Handtasche hängte sie über die Schulter. Auf Make-up hatte sie verzichtet und ihr Haar zu einem Pferdeschwanz gebunden. Um keinen Preis der Welt wollte sie Tilman das Gefühl geben, sie habe sich extra für ihn schön gemacht.

Im Plazarestaurant fand sie die versammelten Workshop-Teilnehmer beim Frühstück. Auf einen Blick nahm sie wahr, dass die Gruppe nun nicht mehr aus lauter Einzelteilnehmern bestand. Mindestens drei Paare hatten sich gebildet, man konnte es, wenn man so viel Erfahrung besaß wie Tina, an ihrer Körpersprache und der Ausschließlichkeit sehen, mit der sie sich dem jeweils Anderen zuwandten. Sabine Unruh und Henning Voré waren allerdings nirgendwo zu entdecken. Vielleicht waren sie schon auf eigene Faust unterwegs? Tina begrüßte jeden Einzelnen, wechselte ein paar Worte, erkundigte sich nach den Tagesplänen, und setzte sich dann neben ihren Assistenten, der ihr – das musste sie reuig zugeben – auf dieser Kreuzfahrt bisher weitgehend die Arbeit abgenommen hatte. Aber wer konnte auch mit diesen ganzen Komplikationen rechnen …

„Hallo, Petros."

„Guten Morgen, Tina." Er musterte sie aufmerksam, dann lächelte er. „Du siehst unternehmungslustig aus. Kommst du mit nach London? Oder hast du Canterbury gebucht?"

„Keins von beiden", erwiderte sie kurz angebunden. „Kannst du mir ein kurzes Update geben, wer mit wem wohin fährt, und ob es irgendwelche Wünsche oder Probleme gibt?" Mit der Rechten salutierte er amüsiert. „Aye, aye, Mylady."

„Entschuldige, Petros. Ich bin … ich war … ach, die letzten Tage waren einfach völlig chaotisch. Manchmal wünschte ich, ich hätte mir einen langweiligen Bürojob gesucht, jeden Monat Gehalt auf dem Konto, und keinerlei Verantwortung."

Er lachte. „Das glaube ich nicht, Tina. Du bist die geborene Unternehmerin."

„Wieso sagst du das? So lange kennen wir uns doch noch gar nicht."

„Weil du perfekt delegieren kannst." Petros grinste. „So was können nur gute Führungskräfte."

„Ich würde eher sagen, du bist jemand, an den man mühelos delegieren kann, weil er gern Verantwortung übernimmt", bemerkte sie. „Danke, Petros. Ich bin dir wirklich sehr dankbar."

Er schwieg und sah sie fragend an.

Wortlos verstand Tina und sagte: „Ich habe mich noch nicht entschieden, ob ich dich übernehme. Das liegt nicht an dir oder deiner Leistung, sondern an einem grundsätzlichen Problem, das sich aber nächste Woche lösen wird. Gib mir noch ein paar Tage." Wieder war sie kurz in Versuchung, ihm von dem Übernahmeangebot durch *Valentine's* zu erzählen, aber dann ließ sie es bleiben. Sie wollte erst einmal hören, was Teresa, ihre Anwältin, ihr morgen oder übermorgen berichten würde. Und jetzt, an diesem englischen Sommertag, hatte sie sowieso ganz andere Dinge im Kopf. Sie hatte eine Verabredung mit einem verdammt attraktiven Mann, und wenn sie an seine Küsse von gestern Abend dachte, dann war es vermutlich gar nicht so verkehrt gewesen, das grüne Kondom einzustecken.

Tina, reiß dich zusammen, befahl sie sich im Stillen. Man geht nicht gleich beim ersten Date mit einem Mann ins Bett. Und schon gar nicht, wenn das ‚Bett' in diesem Fall eine Wiese sein wird. Und vermutlich war diese Wiese feucht und voller Schafköttel ...

Als sie das Schiff verließ und am Kai stand, atmete Tina erst einmal tief durch. Hinter ihr lag das große weiße Kreuzfahrtschiff vor Anker, vor ihr erhoben sich die weißen Kalksteinklippen von Dover. Sie kam sich plötzlich klein vor – und ein Gedanke schoss ihr durch den Kopf: Du kommst aus dem Gefängnis frei. Herrlich! Frische Luft, blauer Himmel mit dicken weißen Sommerwolken, eine frische Brise. Sie fühlte sich leicht und beschwingt, und jetzt wurde ihr klar, wie die Atmosphäre auf der *Bella Luna* sie beengt und ihr fast den Atem genommen hatte. Alle Räume auf diesem Schiff waren stickig, die Klimaanlage verbreitete ständigen, kaum wahrnehmbaren Dieselgeruch, und nirgendwo außer in der Kabine konnte man der seichten, dahinplätschernden Musik entrinnen. Überall waren Menschen, ständig wurde gegessen, und auch der Blick aufs weite Meer half nur vorübergehend. Drehte man sich um, war man wieder eingesperrt.

Tina freute sich auf Bewegung, auf einen halben Tag ohne Verpflichtungen. Sie sah Tilman, der ein Stück entfernt am Geländer lehnte und lächelte, als sie sich näherte. Ohne dass sie es wollte, beschleunigte sich ihr Puls. Er trug dasselbe Outfit wie in Amsterdam, schwarze Jeans, schwarzes T-Shirt, heute jedoch dazu eine dünne, abgewetzte Lederjacke. Neben ihm stand auf dem Boden ein Daypack, gleichfalls mit Spuren langjähriger Benutzung.

„Hallo, Tina", begrüßte er sie, nahm die Sonnenbrille ab und wollte sie küssen.

Sie wich ihm aus. „Hallo, Tilman."

Sein Lächeln wurde noch breiter, und er setzte die Sonnenbrille wieder auf. „Hast du gut geschlafen?"

„Ziemlich gut", erwiderte sie. „Und du?"

„Hm, ich war ein bisschen aufgeregt."

„So?" Sie legte den Kopf schief und sah ihn durch die Gläser ihrer Sonnenbrille an. „Warum?"

„Weil ich nicht wusste, ob du mich versetzt."

Tina lachte. „Selbst wenn ich das gewollt hätte – die Aussicht auf einen Spaziergang an der frischen Luft war zu verlockend. Einen Spaziergang mit dir", verbesserte sie sich.

Tilman lachte. „Ich habe Proviant dabei für ein Picknick." Er wies auf seinen kleinen Rucksack. „Ein Grund mehr, sich mir anzuschließen."

„Kein original englischer Picknickkorb mit Silberbesteck, gebratenen Hähnchenkeulen und Champagner? Ich bin enttäuscht", neckte sie ihn.

„Lass dich überraschen." Er nahm seinen Rucksack und setzte ihn auf. „Nehmen wir den Bus oder ein Taxi bis zum Parkplatz?"

„Taxi. Ich zahle."

Er wollte protestieren, aber sie hob abwehrend die Hand. „My pleasure", sagte Tina. „Du sorgst fürs Essen, ich für den Transport."

Nebeneinander gingen sie zum Taxistand. Dort trafen sie auf Sabine Unruh, die Antiquitätenhändlerin, und Henning Voré, den Maler, die Tina beim Frühstück vermisst hatte.

Voré nahm Sabine Unruh bei der Hand, und gemeinsam kamen sie auf Tina zu. „Wir haben ausgecheckt", verkündete der Maler und strahlte, als habe er den Hauptgewinn bei einer Lotterie gezogen. „Sabine hat Freunde in London, die uns eingeladen haben, ein paar Tage dort zu verbringen. Ich hätte Ihnen geschrieben, um mich zu bedanken, Tina, aber es ist schön, dass wir uns noch sehen."

Schmunzelnd erwiderte Tina: „Es sieht so aus, als bräuchten Sie den Fragebogen nicht mehr auszufüllen."

„Ganz richtig. Aber ohne Slow Dating hätten wir wohl die Kurve nicht gekriegt. Nicht wahr, Sabine?" Er schaute seine Begleiterin so verliebt an, dass selbst Frau Unruh, die bisher immer einen leidenden Gesichtsausdruck gehabt hatte, lächeln musste.

„Ich bin Ihnen sehr dankbar, Tina", sagte Sabine Unruh. "Es war und ist nicht leicht für mich, aber ich glaube, mein Lebensmut kehrt langsam zurück."

„Das freut mich sehr." Tina reichte ihr die Hand. „Alles Gute, Frau Unruh. Ich wünsche Ihnen eine wunderbare Zeit in London und viel, viel Glück für die Zukunft."

Nun hatte die sonst so herb wirkende Antiquitätenhändlerin doch tatsächlich Tränen in den Augen. „Danke."

Ein Taxi hupte. Voré drehte sich um und winkte. „Wir kommen!", rief er hinüber. Dann wandte er sich an seine Partnerin. „Wir müssen los, Liebes."

Tina schaute ihnen hinterher, als sie davongingen. Als die beiden in ihrem Taxi saßen und losfuhren, sagte Tilman: „Das sind so die Höhepunkte in deinem Job, oder?"

„Kann man so sagen." Tina grinste. „Ehrlich gesagt, finde ich diese Kreuzfahrt scheußlich, aber es haben sich mindestens drei Paare gefunden."

Tilman schwieg, aber er nahm sich vor, dass es am Ende dieser Kreuzfahrt mindestens noch ein weiteres Paar geben würde. Nämlich ihn und Tina. Er winkte einem Taxi, und gleich darauf waren sie unterwegs zum großen Parkplatz oberhalb des Fährhafens, wo der Weg über die Klippen zum Leuchtturm von Dover begann.

„Wow!", rief Tina, als sie ausgestiegen und ein paar Schritte gegangen waren.

Das Panorama war wirklich atemberaubend. Sanfte hügelige Landschaft. Wiesen, baumlos, gesäumt von Ginster und anderen Büschen, erstreckten sich, so weit das Auge reichte. Ganz weit entfernt konnte man an der Küstenlinie den weißen, viktorianischen Leuchtturm erspähen. Der Himmel wirkte hoch und weit, am Horizont durchbrachen Sonnenstrahlen wie ein goldener Fächer einen weißgrauen Wolkenberg. Zur Rechten glitzerte der Ärmelkanal, gesprenkelt mit weißen Segelbooten, und die Fähre von Calais befand sich auf halbem Weg nach Dover. Die Küste Frankreichs war klar konturiert. Es herrschte Ebbe, der Strand unterhalb der hohen weißen Klippen war feucht, dunkel und stellenweise breit. Möwen schwangen sich kreischend in die Lüfte, ließen sich vom Wind tragen und wirkten so sorglos, als hätten sie keine andere Aufgabe im Leben, als schwerelos durch die Lüfte zu schweben. Einige Wanderer waren an diesem schönen Sommertag Richtung Leuchtturm unterwegs, mal zu zweit, mal in kleinen Gruppen, oder auch allein.

Der von Wurzeln durchzogene Pfad, den Tilman und Tina einschlugen, war so weiß wie der Kalkstein, aus dem die Klippen von Dover bestanden. Tina zog ihren dünnen Parka über, denn es war hier oben windiger als am Kai. Eine Weile gingen sie schweigend Seite an Seite, blieben ab und zu stehen, um die Aussicht zu bewundern, und schritten dann kräftiger aus, denn sie hatten offensichtlich das gleiche Bedürfnis nach Bewegung. Tilman hatte die längeren Beine, doch Tina, obwohl sie ein gutes Stück kleiner war als er, hielt mühelos mit. Ab und zu streifte der Wanderweg fast die schwindelerregend hohe Kliffkante, dann führte er wieder landeinwärts. Es ging nur selten einfach geradeaus, da die Klippen tief ins Land schnitten, und der Weg war nicht eben. Es ging stetig auf und ab, manchmal erleichtert durch eine mit Holz abgestützte kurze Treppe. Steil war es nie, aber auch nicht unanstrengend.

„Tut das gut", seufzte Tina irgendwann und zog ihren Parka wieder aus, weil ihr warm geworden war. Sie löste ihr Haar aus dem Pferdeschwanz und ließ es flattern. „Ich hatte schon das Gefühl, völlig eingerostet zu sein."

„Du hättest dich ja im Fitnessstudio austoben können", meinte Tilman. Gegenüber des Kosmetiksalons, wo Eleni ihm so sorgfältig die Fingernägel lackiert hatte, befanden sich ja nicht nur der Golfsimulator, sondern auch eine Reihe martialisch aussehender Sportgeräte. Bisher hatte er dort allerdings noch nie jemanden trainieren sehen. Wahrscheinlich waren die Kreuzfahrer ständig viel zu voll vom üppigen Essen und vom Alkohol, um sich aufzuraffen. Morgen, sagten sie sich vermutlich jedesmal, wenn sie dort vorbeikamen.

Tina schaute amüsiert zu ihm auf. „Da, wo all die alten Knacker vorbeilaufen und mir auf den Hintern starren?"

„Höre ich da Kritik am Durchschnittsalter auf Kreuzfahrtschiffen?", erwiderte Tilman und grinste.

„Nein", seufzte Tina. „Wenn die Menschen über sechzig ihr Geld in schwimmenden Plattenbauten verprassen wollen, dann sollen sie das bitte tun. Ich habe die *Bella Luna* allerdings schon ziemlich satt. Wie findest du diese Art zu reisen?"

„Hm." Tilman dachte an seine Auftritte als MaryLou. Wenn er nicht so verrückt gewesen wäre, für seinen alten Kumpel einzuspringen, hätte er Tina nie kennengelernt. Allerdings fand er es seltsam, dass sie hier oben auf den Kreidefelsen unter der englischen Sonne dem Leuchtturm entgegen wanderten und so verklemmt miteinander Smalltalk machten, als hätten sie sich nie geküsst. Er beschloss, auf's Ganze zu gehen. „Wir sind uns begegnet, Tina", sagte er. „Das ist alles, was zählt."

Sie schwieg.

„Oder etwa nicht?", hakte er nach.

„Mir geht das zu schnell", antwortete sie nach einigem Zögern. „Ich ... ich bin eigentlich nicht auf der Suche."

„Weil es da jemand anderen gibt?"

Sie schüttelte den Kopf. „Nein."

Wieder herrschte Schweigen. Man hörte nur den Wind, der die grünen Wiesen fächelte, von tief unten gedämpft das Rauschen des Meeres, und die Schreie der Möwen.

„Und bei dir?", fragte Tina schließlich, aber es klang, als müsse sie sich dazu zwingen.

„Es gibt niemanden."

Sie blieb stehen, und auch Tilman hielt an. Tina sah stirnrunzelnd zu ihm auf. „Warum nicht?"

Er musste lachen, weil ihre Frage so ehrlich und direkt war. „Warum sollte da jemand sein?"

„Weil ..." Weil du so gut aussiehst, dass die Frauen vor deiner Tür Schlange stehen müssten, hätte sie beinahe gesagt. Weil du das schönste Lächeln besitzt, das ich je bei einem Mann gesehen habe. Weil du gut riechst und schöne Hände hast und eine anziehende Stimme. Weil ich das Gefühl habe, ich könnte dir vertrauen ... Laut sagte sie: „Weil alle immer irgendjemanden haben. Entweder sind Männer in festen Händen oder gerade getrennt oder kurz vor einer Trennung und hängen noch an ihrer ehemaligen Partnerin ..."

„Oder sie haben mehrere Beziehungen gleichzeitig ..."

„Oder sie sind eigentlich schwul ..."

„Oder leben noch bei ihrer Mutter ..."

Beide brachen in Gelächter aus.

„Soweit die Klischees", sagte Tilman. „Aber ich bin wirklich gerade solo. Und ich habe auch kein gebrochenes Herz. Meine letzte Beziehung hat zweieinhalb Jahre gedauert und ist irgendwann versandet. Kein Drama."

„Seid ihr noch befreundet?"

„Nein. Sie hat einen neuen Freund und ist schwanger. Bald ist Hochzeit. Ich bin übrigens nicht eingeladen." Tilman nahm ihre Hände. „Lass uns nicht über solch banalen Schwachsinn reden, Tina."

Nachdenklich sah sie ihn an. „Na gut. Über was reden wir dann?"

„Müssen wir reden, wenn die Welt gerade so schön ist?", fragte Tilman zurück. „Lass uns spazieren gehen und schauen, was passiert."

Tina lächelte. „Okay."

Sie setzten sich wieder in Bewegung, doch diesmal hielten sie sich an der Hand. Tina fand die vertraute Geste ein wenig beunruhigend, sie bedeutete eine Nähe, die ihr Angst machte. Hände, die sich berührten, verursachten manchmal tiefere Gefühle, als es selbst ein Kuss gekonnt hätte. Hände waren so sensibel, sie verrieten viel mehr, als man vielleicht preisgeben wollte.

Schweigend gingen sie den Pfad entlang, aber es war ein gutes Schweigen, wenn auch darunter Worte lagen, Fragen, Mutmaßungen, Hoffnungen, die in den Köpfen ratterten. Es war, als redeten sie stumm miteinander, und alles, was sie sagten, floss in die beiden Hände, die sich berührten.

Irgendwann hielt Tina es nicht mehr aus und entzog ihm ihre Hand. Er lächelte nur und ließ es geschehen. Während sie weiter gingen, berührten sich wie unabsichtlich manchmal ihre Arme, und je länger sie gingen, um so entspannter wurde Tina. Ihre angestrengten Überlegungen flogen davon wie die Schirmchen eines Löwenzahns, und was sie immer mehr empfand, war, wie angenehm Tilmans Gegenwart sich anfühlte, wie gut es tat, nicht reden zu müssen, und zu wissen, dass der Andere nicht drängte, nicht forderte, nicht schmollte, sondern ganz einfach mit ihr zusammen sein wollte.

Irgendwann ergaben sich die Gesprächsthemen ganz von selbst. Fröhlich plaudernd, als würden sie sich schon seit Jahren kennen, wanderten sie den gewundenen, sanft ansteigenden und abfallenden Weg zum Leuchtturm. Es war schon nach Mittag. Vereinzelt hatten es sich Leute auf der Wiese bereits bequem gemacht und ihre Sandwiches ausgepackt.

„Hunger?", fragte Tilman irgendwann.

„Bis vor Kurzem noch nicht. Aber wenn ich die da drüben essen sehe …"

„Dann such uns ein nettes Plätzchen aus", schlug er vor.

„Da drüben vielleicht", meinte Tina und deutete auf ein sattes Stück Wiese recht nah am Rand der Klippe. „Oder bist du nicht schwindelfrei?"

„Geht so", antwortete er. „In meinem ersten Engagement musste ich Weihnachtsmärchen spielen und ins Fluggeschirr. Als Peter Pan. Richtig gern mochte ich das nicht."

„Dann vielleicht doch lieber ein Stück weiter weg von der Kante", meinte sie. „Dort ist es auch ganz hübsch. Und vor allem trocken."

Sie ging voraus, und Tilman folgte ihr. „Schau mal, die Ponys", sagte er und wies auf ein paar neugierige braune Pferdchen, die in einiger Entfernung auf einer eingezäunten Wiese standen, die Köpfe reckten und die Ohren spitzten.

„Was für eine Idylle", seufzte sie. „Ich will nicht aufs Schiff zurück."

„So schlimm?", fragte Tilman grinsend, öffnete seinen Rucksack und holte zwei Handtücher mit dem Logo der *Bella Luna* heraus. „Eine Decke hat nicht reingepasst", entschuldigte er sich und breitete die Handtücher auf der Wiese aus.

„Ist doch perfekt", sagte Tina, ließ sich nieder und schlug die Beine unter. Sie saß ganz gerade und hatte auch im Schneidersitz eine königliche Haltung, wie Tilman anerkennend feststellte.

„Darf ich servieren, Mylady?" Tilman verbeugte sich.

Tina ging auf sein Spiel ein. „Was gibt es denn heute, James?"

„Entenbrust à l'Orange, dazu zarte Prinzessböhnchen und Kroketten. Davor eine Consommé vom Charolais-Rind, und danach wahlweise Tartufo oder einen Grappa zum Espresso."

„Ich bin entzückt, James. Was trinke ich?"

„Als Apéritif ein Glas Champagner, zur Ente einen Saint Emilion Premier Cru."

„Ich hoffe, der Wein hatte genügend Ruhe und Gelegenheit zu atmen, James."

„Aber ja, Mylady. Darf ich nun servieren?"

„Bitte, James."

Tilman reichte ihr eine Papierserviette mit *Bella-Luna*-Logo. „Ihre persönliche Tischwäsche, Mylady. Frisch gestärkt und gebügelt."

„Selbstverständlich, James. Etwas anderes hätte ich auch nicht erwartet."

Nun holte Tilman zwei Plastikgläser aus dem Rucksack, befestigte die passenden Stiele mit einem *Klack* daran, reichte sie Tina, und ließ eine halbe Flasche Dom Pérignon folgen, die von einem Eispack umhüllt war. Er wickelte die Flasche aus ihrer kühlenden Umhüllung und öffnete sie mit einem heftigen Plopp. Der Champagner, gut bewegt von der Wanderung, schäumte aus der Flasche. Rasch schenkte Tilman ein, jedoch zuerst nur ein Glas.

„Zur Feier des Tages dürfen Sie mit mir trinken, James", sagte Tina und hielt ihm das zweite Glas hin.

Er füllte es mit Champagner. „Ich hoffe, der köstliche Tropfen ist kühl genug, Mylady."

„Davon gehe ich aus, lieber James. Auf Ihr Wohl." Tina hob ihr Glas.

„Auf Ihr Wohl, Mylady."

Sie stießen an und tranken. Tilman setzte sich auf sein Handtuch. „Lecker", meinte er.

„Sogar extrem lecker", lobte Tina.

Eine Weile saßen sie einfach nur nebeneinander, nippten am Champagner und schauten aufs glitzernde Meer, die weißen Segelboote, die Frachter, die den Kanal durchquerten, auf die Wolken und die Sommerblumen auf der Wiese. Schmetterlinge gaukelten von Blüte zu Blüte, Hummeln schossen vorbei, und ab und zu setzte sich eine Fliege auf Tinas Knie.

„Schön, nicht?", fragte sie irgendwann leise.

Tilman wandte den Kopf und sah sie intensiv an. „Wunderschön", flüsterte er zurück, und es war klar, dass er sie meinte und nicht all die Pracht, die sie umgab.

Tina senkte den Kopf. Als sie ihn wieder hob, war ihre Miene undurchdringlich. „Nun, James, wie steht es mit dem Essen?", fragte sie und bemühte sich, arrogant zu näseln.

Tilman musste lachen, griff in seinen Rucksack, und förderte eine Tupperdose zutage. „Schinkensandwich, Käsesandwich, Thunfischsandwich oder Frischkäsesandwich mit Gurke?"

„Was ist mit der Ente?", erkundigte sich Tina und zog einen Schmollmund.

„Heute kein Jagdglück", anwortete er.

„Dann das Thunfischsandwich, bitte."

Er gab es ihr und nahm sich das mit Frischkäse. „Guten Appetit."

„Gleichfalls."

Tilman hob die Champagnerflasche. „Nachschub?"

„Unbedingt."

Schweigend aßen und tranken sie. Irgendwann sagte Tina: „Erzähl mir was von deinem Beruf als Puppenspieler. Spielt ihr nur für Kinder?"

„Nein, wir spielen für alle Altersgruppen. Morgens Schul- und Kindergartenvorstellungen mit Märchen oder Kinderbuchklassikern, abends Hamlet oder Loriot oder ein Musical wie Linie 1. Wir werden immer mal wieder mit unseren Produktionen zu einem Festival eingeladen und gewinnen auch schon mal den einen oder anderen Preis."

„Wie viele Schauspieler seid ihr?"

„Fünf fest angestellte, dazu einige Gäste, die wir je nach Produktion beschäftigen. Jeder von uns hat außerdem noch ein Spezialgebiet. Puppen bauen, Kulissen bauen, Ton, Beleuchtung, Haustechnik ..."

„Und dein Spezialgebiet ist?", wollte Tina wissen.

„Tontechnik. Manchmal auch Licht", erwiderte Tilman. „Außerdem Öffentlichkeitsarbeit."

„Und wer ist für die Finanzen zuständig?"

„Da spricht die Geschäftsfrau", sagte er, aber er lächelte nicht. „Sieglinde Fahrenkötter war unsere Prinzipalin. Sie hat die Buchhaltung gemacht, die Werbung, die Kasse, den Einlass."

„War?", hakte Tina nach.

„Sie ist vor etwas mehr als einem halben Jahr gestorben." Er schaute zu Boden.

Tina wartete, doch als Tilman nicht weiter sprach, fragte sie leise: „Und jetzt?"

Er hob den Kopf, ohne sie anzusehen. „Jetzt steht das alte Fabrikgebäude zum Verkauf, und man hat uns zum Ende der Spielzeit gekündigt. Wenn ich Pech habe, spiele ich im Juli die letzten Vorstellungen. Wenn wir Glück haben und sich der Verkauf in die Länge zieht, dürfen wir vielleicht nach den Sommerferien nochmal aufmachen."

„Und wenn nicht?"

Tilman zuckte die Achseln. „Arbeitsamt. Bewerbungen schreiben. Vorsprechen gehen."

„Gibt es denn so viele Figurentheater in Deutschland?"

„Eine ganze Menge, aber alle haben dasselbe Problem. Unterfinanzierung. Zu wenig Personal und kein Geld, um es aufzustocken."

„Würdest du auch wieder ganz normal als Schauspieler arbeiten?", erkundigte sich Tina.

„Warum nicht?"

Eine dunkle Wolke schob sich vor die Sonne, und der Wind frischte kurz auf, ehe die Wolke weiterzog.

Tina stand auf, nahm ihren Parka und zog ihn an. „Wollen wir weitergehen? Sonst schaffen wir es nicht mehr bis zum Leuchtturm. Dort soll es ein nettes Café geben. Ich hätte Lust auf einen Espresso oder einen englischen Tee."

„Okay." Tilman stand ebenfalls auf, packte die Reste ihres Picknicks ein, schüttelte die Handtücher aus und verstaute sie im Rucksack.

„Oder sollen wir lieber umkehren?", meinte Tina mit Blick auf die nächste dunkle Wolke, die über den Kanal heranzog.

„Da kommt nichts", versprach Tilman. „Ganz sicher. Es ist ja auch nicht mehr weit."

Das stimmte. Der weißgestrichene, etwas kurzbeinige Leuchtturm stand von hier aus gut sichtbar inmitten einer Wiese, deren Grün noch mehr zu leuchten schien als in der Umgebung. Als Tina und Tilman nach einer Viertelstunde dort ankamen, war in *Mrs. Knotts Tearoom* tatsächlich noch ein Tisch frei. Die Wände waren mit einer viktorianischen Mohnblumentapete dekoriert, und der Tee wurde in bunten Porzellantassen serviert – ein Sammelsurium aller Stile, vom 19. Jahrhundert bis in die sechziger Jahre des Zwanzigsten.

„Was soll deine Fabrik eigentlich kosten?", fragte Tina und gab ein Stück Kandiszucker in ihren Tee.

„Irgendwas um die zweieinhalb Millionen", antwortete Tilman. „Wieso?"

„Nur so. Hat mich halt interessiert."

„Es könnte sein, dass uns ein anderes Hamburger Privattheater sozusagen Unterschlupf gewährt", sagte er. „Aber die haben alle wenig Platz und noch weniger freie Spielzeiten, in denen wir unsere Stücke zeigen könnten. Dreißig Jahre gibt es das Altonaer Puppentheater jetzt. Und dann kommt so ein Investor und macht alles platt."

Tina legte ihm die Hand auf den Arm. „Das tut mir leid."

Er legte seine Hand auf ihre. „Danke."

Einen Moment sahen sie sich in die Augen. Dann küssten sie sich wie auf Verabredung. Nur ganz kurz und federleicht. Danach lächelten sie sich an, und Tina erwiderte den Druck seiner Hand. Plötzlich schien zwischen ihnen alles möglich.

Jetzt, dachte Tilman, jetzt ist der Zeitpunkt, ihr zu sagen, dass du als MaryLou M. mit ihr Tango getanzt hast.

Ihm war klar, dass sie es vermutlich auf andere Weise nie erfahren würde, aber er hatte das Gefühl, ihr die Wahrheit schuldig zu sein. Und doch – würde es den magischen Moment, den sie gerade erlebt hatten, nicht zerstören? War es denn wirklich so wichtig? Vielleicht würde sich Tina danach wieder von ihm zurückziehen, ihm die Unnahbare vorspielen. Und seine Chance war vertan.

Also fragte er: „Hattest du nie den Wunsch, selbst auf der Bühne zu stehen? Ich meine, mit einer Mutter als Ballerina? Ist dein Vater auch am Theater?"

„Nein, ich wollte nie auf die Bühne", erwiderte Tina fest. „Und ja, mein Vater ist auch am Theater. Er ist Bassbariton im Stuttgarter Opernchor, aber er gastiert auch ab und zu, wenn zu Ostern und zu Weihnachten die großen Oratorien aufgeführt werden."

„Warum nicht ebenfalls am Theater Karriere machen?", hakte Tilman nach, der ihr nicht ganz glaubte. „Es hätte doch nahe gelegen."

Tina schaute aus dem Fenster. Draußen sah man hinter einem Stück Wiese den Kanal. „Vielleicht. Aber ich habe meine

Eltern immer nur abwesend erlebt. Nicht körperlich abwesend, aber emotional. Alles, woran sie dachten beziehungsweise denken, ist der nächste Auftritt. Bei meiner Mutter war es das tagtägliche harte Training. Sie ist in Rumänien geboren und auf die Ballettschule gegangen. Dort wird man so gedrillt, bis man jeden Schmerz erträgt. Meine Mutter ist aus Stahl. Sie hat getanzt, bis sie Anfang vierzig war. Das schaffen die meisten nicht. Die sind schon mit Ende zwanzig oder Anfang dreißig fertig. Ihre Erziehungsmethoden waren ... hm, dieser Ausbildung geschuldet. Versteh mich nicht falsch. Sie liebt mich, und ich liebe sie auch. Aber für sie gab es nur eins: *Du musst hart zu dir sein, dich unter Kontrolle haben, sonst wirst du nichts.*"

Tilman nickte. „Und dein Vater?"

„Für ihn gibt es nur das Singen. Und die Sorge um seine Gesundheit. Er ist das Gegenteil meiner Mutter. Jeder Luftzug versetzt ihn in Panik, jedes Kratzen im Hals führt dazu, dass er tagelang nicht aus dem Haus geht und Pillen einwirft. Wenn es ihm gut geht, kann er sehr lustig und unterhaltsam sein."

„Das hört sich nicht gerade nach einer glücklichen Kindheit an", meinte Tilman.

„Wie sagte mal ein weiser Mensch: *Eine glückliche Kindheit ist immer ein Mangel an Erinnerungsvermögen.*"

Tilman lachte. „Wie wahr."

„Aber im Ernst: Ich mag meine Eltern. Ich habe gelernt, sie so zu nehmen, wie sie sind. Ich bin schon früh meiner eigenen Wege gegangen, und sie haben mich immer unterstützt. Nie habe ich gehört: *Lass das doch, das wird doch eh nichts* oder solche Sprüche. Sie haben sogar in meine Agentur *Slow Happy* investiert."

„Und sind offensichtlich nicht enttäuscht worden", sagte Tilman.

„Das hoffe ich." Ihr Blick fiel auf die antike Standuhr, die in einer Ecke des Teesalons von Mrs. Knott stand. Es war zwanzig nach drei. „Ich glaube, wir sollten aufbrechen", meinte sie. „Bis wir zurück auf der *Bella Luna* sind, ist es bestimmt halb fünf. Meine Slow Dater werden pünktlich wieder da sein, und ich würde vor dem Abendessen gern noch mit Petros und Sandra reden."

175

„Klar, lass uns gehen."

Sie hatten bereits gezahlt – bei Mrs. Knott galt Self Service – und verließen den alten weißen Leuchtturm. Draußen war es windiger als vorhin, und die Wolken ballten sich dichter. „Typisch englisches Wetter", bemerkte Tina und sah misstrauisch nach oben.

„Today mostly cloudy skies, patches of sun and occasional rainshowers", ahmte Tilman die typische britische Wettervorhersage nach. „Aber ich glaube, bis wir beim Parkplatz sind, hält es."

Tina lachte. „Wetten, dass nicht?"

„Ich wette nur, wenn ich sicher bin, dass ich gewinne."

„Feigling", erwiderte Tina lächelnd. „Tilman?"

Zum ersten Mal hatte sie seinen Namen ausgesprochen. Es fühlte sich für ihn an wie ein kleiner Sieg. „Ja?" Er schaute zu ihr hinunter.

Sie schüttelte den Kopf. „Ach, nichts." Tina fasste seine Hand. „Komm, lass uns gehen."

Hand in Hand, doch angesichts der immer mehr dräuenden Wolken strammen Schrittes, marschierten sie los. Tilman schien Recht zu behalten. Zwar verschwand die Sonne immer öfter und tauchte nur noch vereinzelt auf, was die grünen Wiesen und die weißen Kalksteinklippen in diesen kurzen Momenten noch dramatischer leuchten ließ. Aber es regnete nicht.

Nach einer Dreiviertelstunde konnten sie von einem Hügel aus den Parkplatz sehen.

„Siehst du, ich habe doch gesagt, es bleibt trocken", triumphierte Tilman.

Da fiel der erste Tropfen.

„Schade, dass wir nicht gewettet haben", entgegnete Tina grinsend und beschleunigte ihre Schritte. „Dann hätte ich jetzt gewonnen."

„Ein paar Tropfen sind noch kein Regen", gab er zurück und passte sich ihrem Tempo an.

Eine plötzliche Windböe sprühte ihnen Wasser ins Gesicht, als habe man einen Rasensprenger angestellt.

„Als Wetterorakel bist du eine Niete!", rief Tina und rannte los.

Tilman sprintete ihr nach.

Der Sprühregen verwandelte sich in Sekundenschnelle in einen warmen, heftigen Sommerguss, und mit ihm verwandelte sich der kreidige Boden des Wanderwegs in seifigen Schlamm.

„Huch, ist das glatt." Tina rutschte, glitt, fing sich wieder und rannte weiter.

Tilman schlidderte ein kleines Gefälle hinunter, stolperte, rettete sich auf die Grasnarbe, hielt sich an einem Busch fest, und versuchte dann wieder, mit Tina Schritt zu halten. Sie war kleiner als er, aber viel flinker. Er blinzelte den Regen weg, der ihm ins Gesicht peitschte, aber sehen konnte er nicht allzu viel. Bis zum Parkplatz waren es vielleicht noch fünfhundert Meter, aber die gingen bergab, und mittlerweile war der Weg so glitschig, dass er bei dem Speed, den Tina vorlegte, kaum noch das Gleichgewicht halten konnte.

„Warte", rief er und beschleunigte noch einmal. Gleich hatte er sie eingeholt.

„Kommt nicht in Frage", rief sie über die Schulter zurück, doch das hätte sie nicht tun sollen, denn sie passte nicht auf, wo sie hintrat, glitt aus, taumelte, rutschte, drehte sich halb um sich selbst, konnte nicht bremsen, und ging mitten auf dem schlammigen Weg zu Boden. „Huh!", machte sie, und da es hier abschüssig war, rollte sie noch ein Stück weiter.

Tilman hatte bereits die Arme nach ihr ausgestreckt, um sie festzuhalten, aber er erwischte nur den Zipfel ihres Parkas, verlor ebenfalls das Gleichgewicht, rutschte einen Meter auf dem Hosenboden über den seifig-glatten Weg und rollte Tina hinterher.

Schwer atmend, nass und weiß eingeschlammt, lagen sie nebeneinander. Tilman hörte ein Geräusch, als würde Tina schluchzen.

„Hast du dir weh getan?", wollte Tilman besorgt wissen und beugte sich über sie. Da bemerkte er, dass sie lachte. Sie lachte so sehr, dass sie die Hände auf die Rippen pressen musste, weil sie vom Lachen weh taten. Erleichtert begann auch er zu lachen. Er lachte, weil die Situation hochkomisch war. Er lachte, weil er glücklich war. Und dann küsste er sie.

Zuerst war Tina überrascht, doch dann schlang sie ihre Arme um ihn und erwiderte seinen Kuss. Es war ihr egal, dass der Regen sie komplett durchnässte. Es war ihr gleichgültig, dass ihr Haar an ihren Wangen klebte und ihre Klamotten reif zum Wegwerfen waren. Alles, was zählte, war dieser schöne Mann, der sie küsste, wie sie noch nie geküsst worden war. Voller Wärme, voller Zärtlichkeit. Und darunter lag eine Leidenschaft, die sie beben ließ vor Verlangen. In diesem Augenblick geschah etwas mit ihr. Etwas, vor dem sie seit Jahren davongelaufen war. Etwas, das ihre wohlgeordnete Tina-Welt mehr auf den Kopf stellte als das millionenschwere Angebot von *Valentine's*. Etwas, wonach sie sich sehnte, und wovor sie sich fürchtete.

Als sie sich nach einer Weile voneinander lösten, stützte sich Tilman auf einen Ellbogen und schaute Tina in die Augen. „Ich liebe dich", flüsterte er.

„Aber wir haben uns doch gerade erst kennengelernt", flüsterte sie zurück.

Er strich ihr eine nasse Strähne hinters Ohr. „Ich bin mir ganz sicher, Tina. So sicher, wie noch nie in meinem Leben. Ich möchte, dass wir zusammen sind."

Sie setzte sich auf und schaute ihn nachdenklich an. „Es ist etwas passiert mit mir ... mit uns. Heute. Hier. Das gebe ich zu. Aber ..."

„Aber?"

Tina stand auf. Der Regen hatte nachgelassen. Sie lachte. „Puh, schau mal, wie wir aussehen!"

Auch Tilman stand auf, aber er blieb ernst. „Aber?", beharrte er.

„Ich weiß nicht. Ist das, was wir fühlen, schon Liebe?" Ihr fiel das grüne Kondom ein, das Sandra ihr aufgenötigt hatte. „Ich meine, wir haben ja noch nicht mal miteinander geschlafen."

„Entsteht Liebe denn erst, wenn man miteinander schläft?"

„Hm, nein, das nicht", gab sie zu. „Aber es hilft bei der Entscheidung. Jedenfalls dachte ich das immer", fügte sie mit einem halben Lächeln hinzu.

„Manchmal ist es besser für die Liebe, damit zu warten", erwiderte er. „Außerdem gab es noch keine Gelegenheit, oder?"

Sie grinste. „Jetzt? Hier?"

Er schüttelte den Kopf und musste ebenfalls grinsen. „Definitiv nicht."

„Da bin ich aber froh." Sie setzte sich wieder in Bewegung, diesmal äußerst vorsichtig, um nicht wieder im Schlamm zu landen. Tilman folgte ihr. Kurz, bevor sie den Parkplatz erreichten, griff er nach ihrer Hand und zwang sie, stehen zu bleiben.

„Tina?"

„Ja?"

„Ich möchte heute Abend den Fragebogen mit dir beantworten", sagte er. „Wenn er wirklich so ein Liebesgarant ist, wie dein Slow Dating behauptet, dann wissen wir hinterher Bescheid."

Grüblerisch legte sie den Kopf schief. „Und wenn er nicht funktioniert?", fragte sie.

„Dann sehen wir weiter." Er küsste ihr Handgelenk. „Einverstanden, Mylady?"

„Einverstanden, Sir."

„Wo und wann?"

Einen Moment dachte sie nach. Der Fragebogen für diejenigen aus der Gruppe, die ihn zusammen ausfüllen wollten, wurde nach dem Abendessen gegen acht Uhr im Seminarraum verteilt. Die potenziellen Paare konnten sich selbst aussuchen, in welcher Umgebung sie ihn beantworten wollten. Danach war Tinas Mission erledigt. „Hol mich um viertel nach acht im Seminarraum ab. Oder besser um halb neun." Meistens hatte der eine oder andere Teilnehmer noch Fragen. „Wir suchen uns ein nettes Plätzchen, wo wir ungestört sind. Ist das okay für dich?"

Tilman unterdrückte ein Grinsen. Sie redete so nüchtern, als hätten sie sich nicht gerade geküsst, wie sich nur Liebende küssen. Aber das war eben Tina. Und es berührte ihn mehr, als es jedes Liebesgeständnis gekonnt hätte. Denn er hatte deutlich gespürt, dass er ihr nicht gleichgültig war. Alles Andere würde sich finden.

Auf dem Parkplatz stand tatsächlich noch ein letztes Taxi. Der Fahrer schaute ihre völlig verdreckten Klamotten misstrauisch an, seufzte dann ergeben, und ließ sie einsteigen. Als die das Terminal am Hafen erreicht hatte, gab Tilman ihm ein extra großes Trinkgeld.

„Thank you, Sir", sagte der Mann überrascht, stieg aus und öffnete den Wagenschlag für Tina.

In der Schleuse mussten sie ihre Bordkarten vorzeigen. Tilman fischte seine aus der feuchten Gesäßtasche, an der noch Erde haftete, und gab sie der jungen Frau im Glaskasten, damit sie sie durch das Lesegerät ziehen konnte. Sie tat es, doch dann zögerte sie kurz, warf einen zweiten Blick auf ihren Bildschirm, schaute zu Tilman und grinste breit, doch als er ihr Grinsen nicht erwiderte, fing sie sich wieder und gab ihm die Bordkarte wortlos zurück.

Tilman passierte das Drehkreuz, dann wandte er den Kopf. Die junge Frau sah ihm mit einem seltsamen Gesichtsausdruck nach. Irgendetwas stimmte nicht mit dieser Bordkarte. Schon Eleni hatte so komisch geschaut, als er damit bezahlt hatte. Er nahm sich vor, Frank zu fragen, was es damit auf sich hatte, wenn er ihn das nächste Mal sah.

Und dieses Mal war jetzt, denn sobald er und Tina die Lobby der *Bella Luna* betreten hatten, stürzte Frank auf ihn zu und packte ihn am Arm. „Du musst sofort mitkommen. Himmel, wo warst du denn die ganze Zeit? Und wieso hast du dein Handy nicht dabei gehabt? Ich habe dich zigmal angerufen und dir auf die Mailbox gequatscht." Da bemerkte er, wie nass und schmutzig Tilmans Jackenärmel war, und besah sich angewidert seine Hand. „Igitt. Wie siehst du denn aus?" Erst da schien er zu bemerken, dass Tina genau so nass und eingesudelt war. „Was habt ihr denn getrieben?", fragte er vorwurfsvoll.

„Das geht dich …"

„Egal." Frank gönnte Tina einen missbilligenden Blick. „Ich muss dir etwas sagen, Tilman, und das geht hier nicht. Komm mit in die Kabine."

„Aber ich habe …"

„Du kommst jetzt sofort mit mir, sonst lasse ich dich fesseln und hintragen."

„Spinnst du jetzt völlig?", fuhr Tilman auf.

„Komm mit, dann erfährst du den Grund. Das ist ein Notfall."

Tilman wandte sich an Tina. „Du siehst, hier ist ein Irrer unterwegs. Entschuldige mich, bitte." Etwas irritiert schaute sie auf Frank, der ihr vage bekannt vorkam. Bisher hatte sie angenommen, Tilman sei allein an Bord. Ihre gute Laune verflog, und sie sagte kühler als beabsichtigt: „Schon gut. Ich habe ja auch zu tun."

„Tina, ich ..."

„Los jetzt!" Frank ignorierte todesmutig den Dreck an Tilmans Ärmel, packte ihn, und zog ihn hinter sich her.

„Wir sehen uns um halb neun", rief Tilman über die Schulter.

Tina nickte nur und schaute den beiden nachdenklich hinterher, als sie im Fahrstuhl verschwanden.

14. Kapitel

Frank schloss die Kabinentür hinter ihnen. „MaryLou kommt nicht", platzte er heraus. „Fluglotsenstreik in England. Sie sitzt in Hamburg fest. Du musst heute Abend auf die Bühne, Tilman. Und was noch viel schlimmer ist ..."

Tilman hob abwehrend eine Hand. „Warte mal. Was hast du gerade gesagt?"

„MaryLou kann nicht nach London fliegen, weil die Fluglotsen in England streiken."

„Das ist mir so was von gleichgültig, Frank", entgegnete Tilman. „Wir hatten eine Abmachung. Ich habe diese Abmachung eingehalten. Wenn MaryLou nicht kommen kann, dann fällt eure Show heute Abend halt aus. Ich werde nicht nochmal einspringen. Auf keinen Fall, hörst du?"

„Aber du musst", bettelte Frank. „Wir haben einen Vertrag. Bitte, Tilman, lass uns nicht im Stich. Es ist doch nur für eine Dreiviertelstunde. Wir sind um neun Uhr auf der großen Bühne dran. Danach ist für dich alles vorbei. Ich verspreche es. Bitte, tu es für MaryLou." Er hob sein Smartphone und tippte darauf. Das Gesicht von MaryLou M. erschien. Ein WhatsApp-Video. „Sie hat dir eine Nachricht geschickt."

Frank spielte das Video ab.

„Hallo, Tilman, hier ist deine alte Freundin MaryLou", kam es aus dem Handylautsprecher. Das Gesicht der Künstlerin war auf dem Display grotesk verzerrt. „Tja, das ist eine dumme Sache. Erst plättet mich die Flunder, dann streiken die Fluglotsen. Wie ich höre, machst du einen tollen Job. Ich wünschte, ich könnte da sein und heute Abend mit dir gemeinsam auftreten. Das wäre der Hit! Die würden Augen machen. MaryLou und MaryJane. Frank meint, dass du vermutlich nein sagen wirst. Alter Freund, du darfst uns nicht sitzen lassen. Bitte, bitte hoppel heute Abend nochmal für mich über die Bühne. Und vor allem: Geh mit Frank zum Käptn's Dinner. Dennis weiß ja Bescheid. Es ist alles ganz entspannt. Bitte, bitte, Tilman, es ist so verdammt wichtig für uns. Wir verdoppeln auch deine Gage. Du bekommst einen Dauerausweis für meine Reeperbahn-Show. Ich besorge dir die hübschesten Mädchen, die im Revier zu finden sind, und du brauchst nichts zu bezahlen. Bitte, bitte, bitte." MaryLou spitzte die roten Lippen zu einem Kuss und kam ganz nah an die Kamera.

Ohne es zu wollen, musste Tilman lachen. Doch dann wurde er sofort wieder ernst. „Was ist das mit dem Käptn's Dinner?", wandte er sich an Frank.

„Das habe ich dir ja noch gar nicht erzählt. Dennis hat uns eingeladen. Es ist eine große Ehre. Um halb sieben geht es los. Du müsstest dich natürlich umziehen ..."

Tilman schüttelte den Kopf. „Nein, Frank. Vergiss es. Ich habe um halb neun eine Verabredung, und die werde ich nicht platzen lassen, nur weil ihr euch unbedingt auf diesen schwimmenden Gefängnissen prostituieren wollt."

„Wie bitte?"

„Ist doch wahr. ‚Es wird von euch erwartet, dass ihr euch mit unseren Kunden unterhaltet, gerne auch mal mit dem einen oder der anderen tanzt, und vor allem für gute Stimmung sorgt'", zitierte er Linda, die Eventmanagerin. „Ihr seid Bordnutten, weiter nichts." Da fiel ihm etwas ein. „Apropos ... Du sagst mir jetzt sofort, was es mit meiner Bordkarte auf sich hat. Jedesmal, wenn ich damit bezahle, schauen mich die Leute so seltsam an und grinsen sich eins."

Frank wich seinem Blick aus und schwieg.

„Frank?" Er zog das Plastikding aus der Hosentasche. „Was ist das hier?"

„Das kann ich dir nicht sagen."

„Raus mit der Sprache."

Frank schüttelte den Kopf und presste die Lippen aufeinander.

„Los jetzt, sonst ..."

Erneut schüttelte Frank den Kopf und schwieg.

Da packte ihn Tilman am Kragen, schob ihn durch die geöffnete Tür auf den Balkon, und drängte ihn gegen die Brüstung. „Du gehst gleich über Bord, Frankie Toledo."

„Hilfe! Hilfe! Lass mich los, du Idiot!", schrie Frank.

„Erst, wenn du mir sagst, was mit meiner Bordkarte ist."

„Also gut", wimmerte Frank. „Aber nicht schubsen."

Tilman gab ihn frei, und Frank zog sich hastig in die Kabine zurück.

„Ich höre?", forderte Tilman ihn auf.

Der andere seufzte. „Es handelt sich um einen sogenannten Fick-Chip."

„Einen WAS?"

„So nennt man die Bordkarten für Leute, die nicht gebucht sind, aber trotzdem auf Kreuzfahrtschiffen mitfahren. Da nimmt der erste Offizier seine Geliebte mit, der Schiffsarzt seinen Loverboy, und der Kapitän drei Huren. Es sind Blankoschecks, sozusagen. Erinnerst du dich an die havarierte Costa Concordia vor einigen Jahren?"

Tilman nickte.

„Unter den Toten waren einige Passagiere, die nirgendwo in den Buchungen auftauchten. Sie hatten keine Kabinen, weil sie bei ihren Gastgebern schliefen. Und sie hatten das, was man intern Fick-Chips nennt. Bordkarten, mit denen sie alles kaufen können, was es an Bord gibt."

Jetzt war Tilman auch klar, weshalb Eleni und das Servicepersonal ihn so merkwürdig angeschaut hatten. „Was sehen die, wenn sie meine Bordkarte durchziehen?", wollte er wissen. „Ich meine, außer meinem Namen."

„Bei dir? Da steht vermutlich Captain's Suite drauf. Du bist Gast von Dennis."

„Ich fasse es nicht. Wenn die meine Bordkarte durchziehen, sehen sie auf dem Bildschirm, dass ich das Kapitänsliebchen bin? Ihr seid doch alle verrückt geworden."

Da klingelte Franks Handy. „Es ist MaryLou", sagte er und nahm das Gespräch an. Kurz darauf hielt er Tilman das Smartphone hin. „Sie will dich sprechen."

„Aber ich will nicht."

„Bitte."

Frank sah so flehend zu ihm auf, dass Tilman weich wurde.

„Hallo, MaryLou."

„Tilman, Darling. Es tut mir so leid, dass ich nicht kommen kann. Wirst du uns retten?"

Einen Moment zögerte Tilman. „Ich kann nicht. Selbst wenn ich wollte, kann ich nicht. Ich habe um halb neun den wichtigsten Termin meines Lebens."

„Mit einer Frau?", erkundigte sich MaryLou.

„Ja."

„Bist du verliebt, Honey?"

„So verliebt, wie noch nie zuvor."

„Oh, ist das romantisch. Wie gut, dass du für mich einge-sprungen bist. Sonst hättest du … wie heißt sie überhaupt?" „Tina."

„Sonst hättest du Tina niemals kennengelernt, Darling", fuhr MaryLou begeistert fort. „Meinst du nicht, du schuldest uns einen kleinen Gefallen?"

„Nein, das meine ich überhaupt nicht", erwiderte Tilman. „Ich habe euch schon genug geholfen."

„Frank sagt, du hast einen fantastischen Job gemacht."

Schweigen.

„Tilman?"

„Dennis, euer Kapitän, hat mich vorhin angerufen. Er sagt, wenn du heute Abend nochmal auftrittst, wird er Linda bitten, sich bei *Nui Tours* dafür einzusetzen, dass wir zehn Engage-ments kriegen. Vier noch in diesem Jahr, sechs im nächsten. Immer auf seinen Schiffen. Er ist ja nicht nur auf dieser Gur-ke *Bella Luna* unterwegs, sondern auch auf richtig neuen gro-ßen Pötten. Weltweit. Frank hat mir erzählt, dass euer Figu-rentheater wahrscheinlich dichtmachen muss. Wir könnten zusammen auftreten, Tilman. Diesmal als Profi-Duo. Mary-Lou und MaryJane. Ich bin sicher, dass ich das verhandelt kriege. Dann bist du finanziell aus dem Schneider, bis du was Neues gefunden hast. Falls du dann überhaupt noch was Neues finden willst."

Schweigen.

„Wie findest du mein Angebot?", fragte MaryLou.

„Sehr großzügig. Danke."

„Aber?"

„Ich kann Tina nicht versetzen." Tilman dachte daran, dass er sie schon einmal fast verpasst hatte. Wenn die Frau ihres Ex-Geliebten an der Bar nicht auf sie losgegangen wäre, dann wäre sie garantiert schon weg gewesen. Das konnte er nicht noch einmal riskieren. Doch auch wenn er freiwillig nie wieder auf ein Kreuzfahrtschiff gegangen wäre, konnte er nicht leugnen, dass die Aussicht auf zehn lukrative Engagements verlockend war. Jedenfalls verlockender als der Gang zum Ar-beitsamt, Hartz IV und eine miese kleine Bude auf Wohnberechtigungsschein. Denn wenn die Fabrik verkauft war, verlor er schließlich auch sein kleines Loft unterm Dach.

„Weiß sie von deiner Doppelexistenz an Bord?", wollte MaryLou wissen.

Innerlich stöhnte Tilman auf und dachte: Warum habe ich ihr vorhin auf dem Spaziergang nicht davon erzählt! Dann gäbe es jetzt überhaupt kein Problem. Sie würde verstehen, dass ich auf die Bühne müsste, und danach ... „Nein", erwiderte er.

„Dann ruf sie an. Oder schick ihr eine Nachricht. Oder versuch, sie zu finden. Kennst du ihre Kabinennummer?"

„Nein."

„So, so." MaryLou kicherte. „Noch nicht mal gepoppt habt ihr. Ganz frisch und unbefleckt."

„Hör auf, MaryLou. Das ist nicht witzig."

„Beruhige dich, Tilman. Du wirst einen Weg finden, ihr zu erklären, weshalb ihr euer Love-Date verschieben müsst. Das kann doch nicht so schwer sein. Nicht wahr, alter Freund? Für uns steht heute Abend alles auf dem Spiel."

Für mich auch. „Es geht nicht ...", sagte Tilman.

„Sie wird es verstehen, ganz bestimmt", versicherte MaryLou. „Und wenn nicht, ist sie es nicht wert."

„Das kannst du überhaupt nicht beurteilen", fuhr Tilman auf.

„Nein, natürlich nicht", lenkte MaryLou sofort ein. „Ich denke nur, dass es eine ganz einfache Möglichkeit geben könnte, euer Date zu verschieben, ohne dass das zarte Pflänzchen eurer Liebe eingeht. Ich bitte dich inständig, Tilman. Überleg es dir nochmal."

Frank sank vor ihm auf die Knie und hob bittend die Hände. Er wirkte so verzweifelt, dass Tilman sich vorgekommen wäre wie ein Schuft, wenn er bei seiner Weigerung geblieben wäre. Also gab er nach, auch wenn ihm nicht wohl dabei war.

„Na gut. Ich mache es. Aber wenn Tina mich danach in die Wüste schickt ..."

„Das wird sie nicht tun, Darling", säuselte MaryLou ins Telefon. „Du bist ein Träumchen. Keine Frau würde dich in die Wüste schicken. Erklär ihr alles, und sie wird es verstehen. Es ist doch kein so großes Drama."

Einerseits hatte MaryLou recht. Andererseits … Tilman nahm an, dass er in der Lage sein würde, Tina die Sachlage zu erklären. Schließlich ging es nicht um Tod oder Leben, sondern nur um ein Date und einen Fragebogen. Den konnten sie auch zu einem anderen Zeitpunkt gemeinsam beantworten. Ihre Gefühle füreinander waren stark, das spürte er. Sie würden auch morgen noch da sein. Und übermorgen. Vielleicht für immer.

„Okay", sagte er entschlossen. „Ich kläre das mit Tina. Ihr könnt mit mir rechnen."

MaryLou jubelte. „Ich danke dir, Tilman. Du bist ein Schatz. Ich stehe auf ewig in deiner Schuld." Sie schmatzte einen Kuss ins Telefon und beendete das Gespräch.

Frank, immer noch auf den Knien, packte Tilmans Hände und verteilte Küsse darauf.

„Lass das und steh auf", befahl Tilman und entzog ihm seine Hände. „Ich habe das Gefühl, ich mache gerade den größten Fehler meines Lebens."

„Unsinn", sagte Frank, der plötzlich wieder bester Laune war. „Alles wird gut. Und jetzt husch, husch ins Kostüm, MaryLou. Der Käpt'n erwartet uns."

Tilman fiel etwas ein. „Du hast es mir zwar irgendwann schon mal erklärt, aber sag mir bitte nochmal, wieso wir eigentlich so heimlich tun müssen, wenn der Kapitän Bescheid weiß, dass ich nicht MaryLou bin? Wozu der ganze Aufwand?"

„Das ist ganz einfach, Herzchen", erwiderte Frank. „Dennis musste ich einweihen, denn sonst hätten wir dich nicht an Bord gekriegt. Er wird absolut dichthalten, denn wenn es herauskommt, ist er sein Patent los und kann sich ein Ruderboot kaufen. Linda ist auf dieser Fahrt diejenige, die darüber entscheidet, ob sie bei *Nui Tours* den Daumen hoch oder runter macht, was uns betrifft. Und deshalb ist es wichtig, dass du dich als MaryLou an die Regeln hältst, Tilman. Sie ist übrigens auch beim Dinner dabei. Also, wickel sie um den Finger, leg dich ins Zeug."

„Ich habe das Gefühl, ich sollte nicht die doppelte, sondern die dreifache Gage verlangen", sagte Tilman und seufzte.

„Warum habe ich mich bloß auf diese Geschichte eingelassen?"

„Zu spät", erwiderte Frank. „Jetzt ist es halb sechs. Du hast eine knappe Stunde, um dich hübsch zu machen."

„Erst muss ich Tina Bescheid sagen", wandte Tilman ein, griff sich sein Mobiltelefon vom Nachttisch, ging zur Tür und öffnete sie.

„Aber dann flott", rief Frank ihm nach. „Wenn du in einer Viertelstunde nicht wieder da bist, reiße ich dir den Kopf ab, sobald ich dich erwische."

Tilman ignorierte ihn, knallte die Tür hinter sich zu, und rannte los. Als er vor den Fahrstühlen stand, begriff er, dass er gar nicht wusste, wohin er überhaupt wollte. Noch immer trug er seine lehmverkrusteten schwarzen Klamotten, sein Haar war feucht, und er fror. Fieberhaft versuchte er, sich daran zu erinnern, zu welcher Kabine er sie gebracht hatte, nachdem er sie am ersten Tag vor dem aufdringlichen Typ gerettet hatte. Aber er wusste nicht einmal mehr, ob es Deck vier oder Deck fünf gewesen war.

Die Visitenkarte! Tina hatte ihm bei ihrer ersten Begegnung in der Lobby ihre Visitenkarte gegeben!

Hastig holte er seine Geldbörse aus der Jackentasche und suchte nach dem Kärtchen. Doch als er es gefunden hatte und einen Blick darauf warf, wurde er enttäuscht. Es gab zwar eine E-Mail-Adresse, aber nur die Festnetznummer des Hamburger Büros.

Mist.

Sollte er Tina eine Mail schreiben?

Was tun?

Er war schließlich nicht unter ihren Kontakten gelistet. Daher konnte es gut sein, dass seine Mail im Spam landete und erst nach Tagen gelesen wurde. Oder sofort gelöscht wurde.

Das konnte er nicht riskieren.

Einer der Aufzüge hielt mit einem *Ping*, und die Türen öffneten sich. Niemand war darin. Einem Impuls folgend, stieg Tilman ein und fuhr nach oben. Auf Deck sieben stieg er aus und suchte den Seminarraum. Die Tür war zu, aber er hörte leise Stimmen und Kichern. Hoffnung stieg in ihm auf, und er klopfte.

„Moment", sagte eine Männerstimme von drinnen. Tilman wartete nicht und drückte die Tür auf. Im Halbdunkel fiel sein Blick auf ein junges Pärchen, das hastig auseinander fuhr. Das Mädchen trug die Uniform des Servicepersonals und knöpfte sich die Bluse zu. „Oh, Entschuldigung." Tilman schlug die Tür wieder zu und blickte hektisch auf seine Armbanduhr. Es war drei Minuten vor sechs. Ihm lief die Zeit davon.

So schnell er konnte, rannte er die Treppen hinunter und stoppte in der Lobby atemlos vor dem Info-Desk. Zwei Mitarbeiterinnen saßen hinter ihren Computern.

Eine blickte auf. „Was kann ich für Sie tun?", fragte sie, ohne zu lächeln, denn sie hatte seinen desolaten Aufzug bemerkt.

„Könnten Sie mir die Kabinennummer von Frau Ternes sagen?", bat er. „Tina Ternes."

„Tut mir leid, aber das dürfen wir nicht", entschuldigte sich die junge Frau.

„Aber ich muss ihr unbedingt etwas mitteilen", fuhr Tilman auf. „Es ist äußerst wichtig. Können Sie sie ausrufen lassen?"

Die Servicemitarbeiterin schüttelte bedauernd den Kopf, aber sie wirkte nun etwas zugänglicher. Offenbar empfand sie Mitleid mit Tilman in seinem aufgewühlten, derangierten Zustand. „Wenn Sie möchten, dann schreiben Sie ihr doch eine Nachricht. Wir lassen ihr diese dann gern zukommen", schlug sie vor und schob Tilman einen Notizblock und einen Stift hin.

Einen Moment sah er sie an, als wäre die Idee, in Zeiten des Internets und des Mobilfunks Papier und Kugelschreiber zu benutzen, völlig abwegig. Doch dann begann er hastig eine Seite voll zu kritzeln. Ein paar Mal verschrieb er sich, strich durch, setzte von Neuem an. Dann las er sich kurz durch, was er geschrieben hatte, und hob den Kopf.

Die junge Frau reichte ihm einen Umschlag mit *Bella Luna*-Logo.

Er faltete den Brief, legte ihn in den Umschlag, klebte ihn zu, schrieb darauf: *Frau Tina Ternes. EILT !*, und gab ihn der Frau hinter dem Tresen.

„Kann ich mich wirklich darauf verlassen, dass Frau Ternes diese Nachricht umgehend erhält?", fragte er.

„Natürlich", versicherte sie. „Ich schicke sofort jemanden los."

Tilman sah auf die Uhr. Es war fünf nach sechs. Um halb sieben begann das Kapitänsdinner. Und er musste noch duschen, ehe er sich erneut in MaryLou M. verwandelte. Eigentlich war das nicht zu schaffen …

… aber um zwanzig vor sieben schwebte Tilman alias MaryLou am Arm von Frankie Toledo in die elegante Captain's Suite, wo sich bereits eine Anzahl festlich gekleideter Menschen an Sektgläsern festhielt. Dennis Willner, der Kapitän in weißer Uniform, kam auf sie zu.

„Spät kommt sie, doch sie kommt", sagte er und küsste MaryLou formvollendet die Hand. „Hallo, Frank", fügte er hinzu und winkte einer Servicekraft, die mit einem Tablett voller Sektgläser heran kam. Er nahm zwei Kelche und reichte sie den beiden. „Auf unser Wiedersehen."

Sie stießen an und tranken.

„Wie lange ist das jetzt her?", fragte Dennis.

„Achtzehn Jahre, oder? Wir waren der Abi-Jahrgang 2002", sagte Frank. „Konstantin hier war ja zwei Klassen über uns."

Ein Kellner im Frack kam und flüsterte dem Kapitän etwas ins Ohr. Dennis Willner nickte. „Meine lieben Gäste", begann er laut. „Es ist angerichtet. Bitte nehmen Sie auf der Terrasse ihre Plätze ein."

Kapitänssuite und der angrenzende große Balkon lagen weit vorne im Schiff. Draußen wartete eine weißgedeckte Tafel mit Silberbesteck, Kristallgläsern und edlem Porzellan mit *Bella Luna*-Logo.

Tilman saß neben Linda und einer älteren Dame ganz in Lila. Selbst ihr hoch toupiertes graues Haar hatte einen violetten Stich. Er machte sich auf das Schlimmste gefasst und fing einen mahnenden Blick von Frank auf, der ihm schräg gegenüber saß, eingekeilt zwischen einem äußerst korpulenten Herrn im blauen Zweireiher, an dem einige Abzeichen prangten, und einer bildschönen Rothaarigen. Tilman fragte sich, ob die auch einen Fick-Chip besaß?

Das Dinner versprach, anstrengend zu werden. Immer wieder, während er sich um einen lockeren Konversationston bemühte, wanderten seine Gedanken zu Tina. Nervös dachte er an den Brief. Ob sie ihn bereits erhalten hatte? Und wie würde sie darauf reagieren?

„Nicht wahr, MaryLou?", fragte Linda und lächelte ihn an. Er hatte überhaupt nicht mitbekommen, dass sie ihn etwas gefragt hatte.

Reiß dich zusammen, Tilman, befahl er sich. Du bist nicht zum Spaß hier.

Kokett legte er den Kopf schief, gönnte Linda mit seinen rot geschminkten Lippen ein zauberhaftes Lächeln, und wagte mit den dick getuschten Wimpern einen lasziven Augenaufschlag. „Ich glaube, ich habe gerade ein bisschen vor mich hingeträumt, Linda. Es muss am Wein liegen, an der prickelnden Seeluft, und an Ihrer Gegenwart."

Die Eventmanagerin kicherte albern und geschmeichelt.

Ziel erreicht, dachte Tilman grimmig und hatte das Gefühl, keine Gage der Welt, wie hoch sie auch sei, könne ihn für diesen Abend entschädigen.

15. Kapitel

„Viel Glück Ihnen beiden", sagte Tina lächelnd und schaute Frau Semmler, der drallen, blonden Friseurmeisterin, und dem langbeinigen, humorvollen Herrn Schmidt hinterher, die mit einem Fragebogen bewaffnet und fest entschlossen, sich noch mehr zu verlieben, als es bereits der Fall war, den Seminarraum verließen.

Drei Paare hatten sich gefunden, um gemeinsam den Liebesfragebogen des Dr. Arthur Aron auszufüllen. Es war kurz vor halb neun, und Tina konnte es kaum erwarten, Tilman zu sehen und sich mit ihm in das Abenteuer der sechsunddreißig Fragen zu stürzen. Sie war sicher, dass es klappen würde. Für diesen Anlass hatte sie sich dezent geschminkt. Sie trug wieder ihren schwarzen, ärmellosen Catsuit mit der Schlaghose, dazu High Heels, einen Ballerinaknoten und große silberne Creolen. Beschwingt summte sie eine Melodie und tanzte ein paar Schritte durch den Raum. Die *Bella Luna* lag noch in Dover vor Anker. In einer Stunde würde sie ablegen und nach Hamburg zurückkehren.

Morgen früh, dachte Tina glücklich, morgen früh beginnt ein neues Leben.

Doch die Minuten tickten vorbei, und Tilman kam nicht.

Um fünf nach halb neun sagte sich Tina, dass sie ja bereits wusste, dass Tilman nicht zu den Allerpünktlichsten gehörte.

Um zwanzig vor neun war sie so unruhig, dass sie nervös begann, im Semniarraum auf und ab zu tigern.

Um viertel vor neun meinte sie Schritte zu hören. Sie eilte zur Tür und riss sie auf. Doch es war nur ein livrierter Servicemitarbeiter, der Pause hatte und aufs Pooldeck wollte.

Um zehn vor neun wurde sie wütend. Tilman hatte sie offensichtlich versetzt.

Ich hätte es wissen müssen, dachte sie. Wie konnte ich bloß so dumm sein. Als ob ich es nicht geahnt hätte. Sein Geständnis, dass er sie liebte … Alles Lüge. Aber warum? Warum der ganze Aufwand? Warum, warum, warum.

Auf diese Fragen gab es nie eine Antwort. Menschen taten etwas, einfach weil sie es taten. Oder sie ließen es, weil sie es eben ließen. Es musste nichts mit ihr persönlich zu tun haben.

Weil sie nicht liebenswert war. Oder weil sie ihm jetzt doch nicht so gut gefiel. Oder weil sie nicht sofort mit ihm ins Bett gegangen war. Oder weshalb auch immer. Es gab eine ganz einfache Erklärung. *Love is not for me.* Unter ihrer Wut machte sich Trauer breit, überschwemmte ihren Körper mit Gefühlen, die sie aus ihrer Kindheit kannte. Sie kam sich verlassen vor, zurückgesetzt, hilflos und einsam. Und wenn sie etwas hasste, war es das Gefühl der Hilflosigkeit. Dagegen kannte sie nur ein Mittel. Sich zusammenreißen, die Zähne zusammenbeißen, und sich nichts anmerken lassen.

„Reingefallen, Tina Ternes", sagte sie laut, reckte das Kinn, straffte ihre Schultern und verließ den Seminarraum. Den Fragebogen ließ sie achtlos liegen.

Als sie wenig später die Tür zu ihrer Kabine öffnete, fand sie sie leer und dämmrig. Sandra war anscheinend unterwegs. Sandra. Schwanger und glücklich mit einem Mann, der sie über alles liebte.

Der Druck im Magen, den Tina spürte, seit Tilman nicht gekommen war, wurde stärker. Was sollte sie mit dem Rest dieses Abends anfangen? Der Slow Dating-Workshop war vorbei, und sie konnte es kaum erwarten, von diesem schwimmenden Gefängnis runterzukommen.

Da entdeckte sie den weißen Briefumschlag auf dem Boden. Jemand musste ihn unter der Tür durchgeschoben haben. Tina hob ihn auf, sah, dass er an sie adressiert war, und ihre Finger begannen zu zittern.

Ihr erster Impuls war, ihn einfach in den Papierkorb zu werfen. Wenn er von Tilman war, wollte sie gar nicht wissen, was er zu seiner Entschuldigung vorzubringen hatte. Falls er sich überhaupt entschuldigen wollte. Vielleicht war es ja nur eine kurze Absage. *War nett mit dir, aber ich habe es mir anders überlegt.*

Einen Moment zögerte sie, dann legte sie ihn auf den Nachttisch und trat auf den Balkon. Von hier hatte sie einen traumhaften Blick auf die weißen Klippen von Dover, die im Sonnenuntergang rosig leuchteten. Dort oben war sie heute Mittag mit Tilman entlang gewandert und hatte sich eingebildet, da wäre mehr zwischen ihnen als ein belangloser Flirt, um sich auf dieser langweiligen Kreuzfahrt die Zeit zu vertreiben. Ihre Gespräche waren so anregend gewesen, und wenn sie sich küssten, war es, als bliebe die Zeit stehen. Nie zuvor hatte sie sich mit einem Mann so wohl gefühlt. Wenn sie an Tilmans schönes Lächeln dachte, die Zärtlichkeit in seinem Blick, die erregenden Moment, wenn er sie strcichelte, mischte sich in ihre Wut auf ihn eine Sehnsucht, die neu für sie war und sie erschreckte.

Was, wenn sie sich ernsthaft verliebt hatte und nicht über ihn hinwegkam?

Vielleicht konnte sein Brief ja doch etwas Klarheit bringen? Entschlossen verließ Tina den Balkon, kam zurück in die Kabine, nahm den Umschlag und riss ihn auf. Wieder zitterten ihre Hände, als sie den Zettel, den sie darin fand, zögernd entfaltete.

Sie las. Schüttelte den Kopf. Las noch einmal. Ließ sich aufs Bett sinken, legte den Brief neben sich, starrte einen Moment blicklos ins Leere. Dann nahm sie den Brief erneut und las ihn noch einmal.

Tilman war MaryLou M. Oder besser: ihre Vertretung. Und jetzt, in diesem Augenblick, stand er auf der großen Bühne, anstatt mit ihr, Tina, den Fragebogen zu beantworten. Es war Tilman gewesen, mit dem sie gleich am ersten Abend den Tango ihres Lebens getanzt hatte. Es war Tilman gewesen, der auf der Studiobühne in der Luna-Bar gesungen hatte. Deshalb war er schon bei dieser Gelegenheit zu spät gekommen. Weil er sich noch umziehen musste.

Aber warum hatte er ihr heute Nachmittag nicht einfach die Wahrheit gesagt? Dass er hier an Bord eine Doppelexistenz führte? Es hätte alles einfacher gemacht und ihr erspart, sich so mies zu fühlen wie noch nie zuvor. Tilman hatte sie angelogen, und zwar mit System. Und ihre Wut auf ihn war auch, nachdem sie seinen Brief gelesen hatte, nicht kleiner geworden. Brief hin oder her – er hatte sich einen Spaß daraus gemacht, so zu tun, als interessiere sich ein Transvestit für sie. Und er hatte es auch dann nicht für nötig gehalten, reinen Tisch zu machen, als er so tat, als sei er in sie verliebt.

Schauspieler, dachte sie. Die Betonung lag auf Spieler. Er hatte mit ihr gespielt, ihr etwas vorgemacht. Liebe? Darüber konnte sie nur noch lachen. Aber es war ein bitteres Lachen. Sie sprang auf, steckte den Brief in ihre Handtasche, verließ die Kabine, und begab sich auf direktem Weg ins Theater. Zorn beschleunigte ihre Schritte.

Schon von weitem hörte sie Applaus, gefolgt von einer Ansage, die sie nicht verstand. Als sie näher kam, erklangen die ersten Takte von *I wanna be loved by you*, und dann ertönte Tilmans warmer Bariton, gefärbt mit dem typischen Hauch der Monroe.

Sie hielt inne, weil ihr der Sound mitten ins Herz fuhr. *Ich will von dir geliebt werden* ... Sekundenlang war sie drauf und dran, wegzulaufen, sich auf ihr Bett zu werfen, und hemmungslos zu heulen.

Aber sie wäre nicht Tina Ternes gewesen, wenn sie diesen Empfindungen nachgegeben hätte. Also betrat sie hoch erhobenen Hauptes den Saal und schritt langsam, eine Stufe nach der anderen, die zentrale Treppe des Auditoriums hinunter, direkt auf die Bühne zu.

Als er sie erblickte, lächelte Tilman alias MaryLou so strahlend, dass es Tina fast den Atem verschlug. Er schaute ihr direkt in die Augen. Sein Gesang wurde noch intensiver, und jeder, der die Szene beobachtete, wusste, dass die Dragqueen auf der Bühne nur für diese schöne junge Frau sang, die weiter, immer weiter ging, bis sie am Rand der spiegelnden, halbrunden Fläche vor der Bühne stehen blieb.

Tina sah ihn unverwandt an, und während die letzte Strophe des innigen Liedes erklang, nahm sie Tilmans Brief aus der Handtasche, hob ihn kurz hoch, so dass er ihn genau sehen konnte, dann zerriss sie das Blatt in zwölf akkurate Schnipsel und ließ sie zu Boden fallen. Tilmans zunächst erstaunter, dann erschrockener Blick tat ihr gut. Sie machte auf dem Absatz kehrt und verließ den Saal durch den seitlichen Ausgang.

Tilman hörte abrupt auf zu singen. „Tina!", rief er ins Mikrofon. „Tina, bitte komm zurück!"

Frankie am Keyboard blickte entsetzt hoch, verspielte sich wie noch nie zuvor in seiner Laufbahn, und brach mitten in einem dissonanten Akkord ab.

„Tina!", rief Tilman erneut. Doch da war sie schon losgerannt, als ginge es um ihr Leben. Ihr Kopf dröhnte, und ihr Herz raste, als sie zurück in der Kabine war. Dort fand sie Sandra vor, die auf dem Balkon stand, eine zarte Silhouette im letzten Abendlicht. Mit letzter Kraft sammelte Tina sich. Sie hatte nicht die geringste Lust, Erklärungen abgeben zu müssen oder gar in Tränen auszubrechen. Sie hatte getan, was sie tun musste. Den Kopf oben behalten, sich nicht unterkriegen lassen. Auch wenn es weh tat, so weh, wie nichts, was sie bisher erlebt hatte.

Sandra drehte sich um. „Hallo, Tina. Wie war dein Ausflug?"

„Eine Niete", erwiderte Tina knapp. „Reden wir nicht mehr drüber."

„Das tut mir leid", antwortete Sandra. „Komm, wir schauen der *Bella Luna* beim Ablegen zu."

„Gleich", versprach Tina und verschwand im Bad. Dort stand sie einen Moment vor dem Spiegel und schaute sich selbst ins Gesicht. In ihren Augen las sie etwas, das sie nicht deuten konnte. Es war neu und fremd. Irgendwie sah sie aus, als hätte sie sich verwandelt. Dabei war es doch nur die gute alte Tina, die in den Spiegel sah. Doch zurück blickte jemand Anderer.

Langsam schüttelte sie den Kopf. Das konnte ja gar nicht sein. Mechanisch begann sie, sich abzuschminken. Dann putzte sie die Zähne. Exakt drei Minuten. Und dann öffnete sie ihr Haar, beugte sich vor, teilte den Haaransatz, bis sie das graue fand, und riss es mit einem entschlossenen Ruck aus.

„So", sagte sie laut, obwohl sie nicht wusste, was genau sie damit ausdrücken wollte.

Die Schiffssirene der *Bella Luna* ertönte vier Mal hintereinander. Hier in der engen Badkabine konnte Tina das Signal nur gedämpft hören, meinte aber zu spüren, dass das Kreuzfahrtschiff vibrierte, weil die Motoren alle gleichzeitig hochgefahren wurden, als sie den Hafen von Dover verließen. Heute Nacht würde die *Bella Luna* nach Hamburg zurückkehren.

Dort ging dann wieder jeder seiner Wege, und sie würde Tilman nie wiedersehen.

Es war vorbei, ehe es angefangen hatte.

Am nächsten Morgen lagen sie bereits in Hamburg vor Anker, als Tina erwachte. Nachdem sie stundenlang wach gelegen hatte, musste sie irgendwann dann doch eingeschlafen sein. An irgendwelche Träume konnte sie sich nicht erinnern. Sandra war nicht mehr da. Tina stand auf, verbannte alle Gedanken an Tilman, und fand auf dem kleinen Schreibtisch eine handschriftliche Nachricht von Sandra.

Liebe Tina, Jonathan holt mich ab. Wir wollen früh wieder zurück in Nordeby sein. Ich habe am Nachmittag einen Termin bei der Gynäkologin. Ich bin ja so aufgeregt. Wünsch mir Glück! Es war übrigens eine tolle Reise, und ich habe viele gute Geschichten für meine Story. Alles Liebe und bis bald. Wir telefonieren!
Sandra

Also hatte sich Jonathan sofort auf den Weg gemacht, um seine schwangere Liebste abzuholen. Sandras Glück versetzte Tina einen kleinen Stich. Beinahe hatte sie geglaubt, dass es nun auch für sie selbst … Nein, bloß nicht grübeln. Es gab eine Menge zu regeln. Zuerst ins Büro, dann möglichst ein Gespräch mit Teresa, ihrer Anwältin. Die Sache mit *Valentine's* brannte ihr auf den Nägeln. Eilig packte sie ihre Sachen und klopfte nebenan bei Petros.

Schlaftrunken steckte er den Kopf aus der Tür. „Guten Morgen, Tina. Sind wir da?"

„Hallo, Petros. Ja, wir haben offenbar vor einer Viertelstunde angelegt. Du kannst noch frühstücken bis zehn. Danach müssen alle runter vom Schiff. Könntest du die Verabschiedung unserer Teilnehmer übernehmen? Ich habe einen Termin und will so schnell wie möglich los."

„Kein Problem." Er lächelte. „Danke, Tina, dass ich mitkommen durfte. Es hat Spaß gemacht, und ich hoffe, du bist zufrieden mit mir."

Sie nickte. „Ja, sehr zufrieden." Es war ihr klar, dass jetzt der falsche Zeitpunkt war, um es ihm zu sagen. Immerhin war er noch im Pyjama, unrasiert, und stand halb im Flur, halb in seinem Zimmer. Aber irgendwie war gerade alles egal. Und sie schuldete ihm etwas für sein unbezahltes Praktikum. Deshalb atmete sie tief durch und begann: „Valentine's, die große Partneragentur mit Sitz in Köln, hat mir letzte Woche ein Angebot für Slow Happy gemacht. Es kann sein, dass ich verkaufe. Daher kann ich dir noch nicht sagen, ob ich dir einen Vertrag anbieten werde. Falls es irgendeine Möglichkeit gibt, möchte ich dich aber gern engagieren. Ich sage dir so bald wie möglich Bescheid. Ist das für dich okay?"

Er schwieg einen Moment und sah sie nachdenklich an. „Bieten sie sehr viel Geld?"

„Ja, sehr, sehr viel. Aber das ist nicht ausschlaggebend."

„Was dann?"

Sie zuckte die Achseln. „Es gibt ein paar Dinge, die dafür sprechen. Aber auch ein paar, die dagegen sprechen. In solchen Fällen mache ich immer eine Liste. Pro und Kontra."

Er grinste. „Kenne ich von meiner Mutter. Funktioniert es auch bei so komplexen Dingen?"

„Gerade wenn es schwierig ist, hilft es, möglichst eindeutige Kriterien zu schaffen", antwortete sie.

„Na gut. Ich bin gespannt. Ruf mich an, sobald du dich entschieden hast."

„Danke. Das werde ich tun."

„Ciao, Tina", sagte er. „Und danke für die Chance, die du mir gegeben hast."

Sie lächelte ihm zu, nahm ihren Trolley, ging zielstrebig los, und verließ ohne ein einziges Mal innezuhalten die Bella Luna durch die Schleuse. Check-out. Das war's. Endlich runter vom Schiff, raus aus der stickigen Enge. Aufatmend und mit neuem Schwung durchquerte sie das gläserne Terminal.

Gerade wollte sie ihr Smartphone aus der Handtasche holen, um Maike anzurufen, da sah sie Tilman. Er stand neben Frank, dem Keyboarder, und einer hochgewachsenen Frau. Ihr halblanges braunes Haar mit perfekter Innenrolle und das dunkelblaue Kostüm mit Marinekragen, weißen Biesen und dazu passenden weißen Schuhen wirkten wie aus einem Modekatalog der Vierziger Jahre. MaryLou M. Diesmal wohl die echte.

Ihr Anblick erinnerte Tina an das erste Zusammentreffen mit Tilman in der Lobby der *Bella Luna*, kurz nachdem sie Marcus mit seiner Frau entdeckt hatte. Wie perfekt er Mary-Lou gespielt hatte. Und schon da hatte Tilman offenbar beschlossen, dass Tina in sein Beuteschema passte.

Und jetzt hatte er sie gesehen.

Hektisch hielt sie Ausschau nach einem Fluchtweg, doch es gab kein Entkommen, denn wenn sie zum Ausgang wollte, musste sie an den Dreien vorbei.

Sie reckte entschlossen das Kinn, doch ihr Herz klopfte, als sie mit starr geradeaus gerichtetem Blick versuchte, die Gruppe zu passieren.

Tilman vertrat ihr den Weg. „Tina", sagte er leise. „Bitte, rede mit mir."

Sie blieb stehen. „Was gäbe es da noch zu reden?"

„Du hast meinen Brief doch gelesen."

„Ja, das habe ich."

„Und warum hast du ihn gestern zerrissen?"

„Du hast mich angelogen, Tilman. Von Anfang an. Du hättest jede Gelegenheit gehabt, mir persönlich zu sagen, was du dann in diesen Brief gekritzelt hast, als es keine Möglichkeit mehr gab, es mir zu verschweigen." Ihr fiel etwas ein. „Unser Zusammentreffen auf dem Waterloopleinmarkt war auch von dir geplant! Du hast mich gestalkt!"

Tilman schüttelte den Kopf. „Ich bin dir gefolgt, das stimmt. Weil ich dich kennenlernen wollte. Ich habe auf die Hilfe des Zufalls gehofft. Und er hat uns zusammengeführt."

„Schon da hättest du mir sagen müssen, mit wem ich am Abend zuvor Tango getanzt haben", warf sie ihm vor. „Wenn ich etwas hasse, ist es Unaufrichtigkeit. Davon hatte ich zuletzt genug."

Frank mischte sich ein. „Darf ich etwas dazu sagen?"

„Nein", fuhr Tina ihn an. „Das hier geht nur uns etwas an."

Frank ließ sich nicht beirren. „Nicht ganz. Ich habe Tilman verboten, irgend jemandem zu erzählen, dass er MaryLou vertritt. Also ist es meine Schuld, dass es zu diesem Missverständnis gekommen ist."

„Das stimmt", mischte sich MaryLou ein und lächelte Tina reuig an. „Wir wollten nicht, dass rauskommt, dass Tilman für mich eingesprungen ist, weil sonst unsere Chance auf weitere Engagements flöten gegangen wäre."

Einen Moment lang brachte diese Eröffnung Tina aus dem Konzept.

„Es tut mir leid, Tina", sagte MaryLou. „Bitte, verzeihen Sie ihm doch."

Tina hob den Blick. Sie schaute Tilman an, schaute in seine Augen, in sein schönes, männliches Gesicht. Er wirkte sehr traurig. Ob sie ihm Unrecht tat? Das Ganze verwirrte sie unendlich. Was war hier falsch? Was war richtig? Sie wusste nicht mehr aus noch ein. Ohne dass sie es verhindern konnte, füllten sich ihre Augen mit Tränen. Tilman machte einen Schritt auf sie zu und streckte die Hand aus. Doch dann erblickte sie Marcus, der mit seiner Familie das Terminal verließ, und ihr Zorn flammte erneut auf. Männer waren doch alle gleich.

„Das ändert überhaupt nichts", sagte sie zu Tilman. „Ich will dich nie wiedersehen, Tilman Kampe. Falls du überhaupt so heißt."

„Aber ..." Er kam noch einen Schritt auf sie zu.

Sie unterbrach ihn und fauchte: „Lass mich in Ruhe. Verstanden? Lass mich einfach in Ruhe!" Dann rauschte sie an ihm vorbei, blind vor Tränen. Und erst, als sie im Taxi saß, begriff sie, was mit ihr los war. Sie liebte ihn. Sie liebte diesen verdammten Puppenspieler, der ihr das Herz gebrochen hatte. Aber es war vorbei. Es musste vorbei sein, damit sie ihren Seelenfrieden wiederfand. Sie hatte ein Riesenproblem zu lösen. *Valentine's*. An sich selbst durfte sie jetzt nicht denken. Und sie wusste aus Erfahrung, dass es nichts gab, was man nicht durch Selbstdisziplin und harte Arbeit wieder hinbekam. Es wurde höchste Zeit, dass sie die Kontrolle über ihr Leben zurückgewann.

Mit neuer Energie zückte sie ihr Smartphone und rief Teresa, ihre Anwältin, an. Teresa hatte bereits Kontakt mit Werner Bossong von *Valentine's* aufgenommen und schlug Tina vor, direkt in die Kanzlei zu kommen.

„Bitte fahren Sie nicht in die Rothenbaumchaussee", sagte Tina zu dem Taxifahrer. „Ich möchte in die Willy-Brandt-Straße vierunddreißig."

Zehn Minuten später hatte sie ihr Ziel erreicht. Sie zahlte, stieg aus, und ließ sich ihren Trolley aus dem Kofferraum holen. Kurz darauf betrat sie das große Bürohaus, in dem sich die Kanzlei befand, in der Teresa Partnerin war.

Die Sekretärin winkte sie direkt durch. „Frau Henning erwartet Sie bereits", sagte die gepflegte ältere Frau.

Tina zog ihren Trolley in Teresas Büro. Die blonde, attraktive Anwältin, nur wenig älter als Tina, stand auf und gab ihr die Hand.

„Wie war dein Workshop?", fragte Teresa.

„Gut. Drei Paare haben den Fragebogen ausgefüllt, und ein Paar hat sich schon vorher gefunden. Der Mann hat extra wegen einer bestimmten Teilnehmerin gebucht. Wir haben sie dann schon in Dover verloren, weil sie von ihren Freunden nach London eingeladen worden sind."

„Das ist ja großartig", erwiderte die Anwältin. „Damit können wir bei *Valentine's* Extrapunkte holen. Setz dich."

Tina ließ sich auf einem der beiden Ledersessel vor Teresas Schreibtisch nieder. Die Anwältin schob ihr ein Dokument rüber.

„Ich habe schon mal einen Vertragsentwurf ausgearbeitet. Bossong will heute Nachmittag durch seine Anwälte einen eigenen Entwurf schicken. Dann schauen wir mal, wie wir zusammenkommen könnten."

„Aber ich weiß doch noch gar nicht, ob ich wirklich verkaufen will", wandte Tina ein. „Vor allem, weil ich keine Ahnung, habe, was ich mit meinen Mitarbeiterinnen machen soll. Wenn ich verkaufe, werden sie alle arbeitslos. Und mit Petros habe ich gerade den perfekten Stellvertreter gefunden …"

Teresa nickte. „Das verstehe ich. Deshalb habe ich auch einige Punkte in meinen Entwurf aufgenommen, die dir da helfen könnten. Übrigens hat *Valentine's* das Angebot noch einmal erhöht."

Sie nannte eine Summe, die Tina blass werden ließ.

„Die wollen *Slow Happy* unbedingt haben, Tina", fuhr die Anwältin fort. „Das heißt, du bist in einer starken Position und kannst Forderungen stellen."

„Zum Beispiel?"

„Zum Beispiel, dass dein Büro in Hamburg bleibt und du die Personalentscheidungen triffst. Du könntest ihnen anbieten, zwei Tage die Woche in Köln zu arbeiten, um dort Präsenz zu zeigen. Heutzutage kannst du so etwas wie deine Agentur fast im Homeoffice führen. Das Internet macht es möglich. Mit der Zentrale in Köln kannst du auch per Videokonferenz, E Mail und per Telefon kommunizieren."

„Darüber habe ich auch schon nachgedacht", gab Tina zu. „Trotzdem gibt es ein Problem. Ich bin sicher, dass *Valentine's* die Akquise in das eigene Call-Center überführen will. Und die Buchhaltung wird dann auch von dort erledigt. Das hieße, bei mir würden zwei halbe Stellen wegfallen. Beide Frauen sind auf den Verdienst angewiesen."

„Rede mit ihnen. Vielleicht ergeben sich im Gespräch ja Lösungsmöglichkeiten. Gäbe es ein anderes Einsatzgebiet? Wenigstens für eine von ihnen?"

Tina dachte einen Moment nach. Dann kam ihr eine Idee. „Es war nett, bei diesem Workshop zum ersten Mal einen Assistenten zu haben. Es nimmt für mich den Druck etwas raus, und auch die zwölf Teilnehmer haben was davon, denn es ist immer jemand für sie da. Außerdem habe ich festgestellt, dass die Atmosphäre lockerer ist, wenn sich zwei Leute mit ganz unterschiedlichen Herangehensweisen die Aufgaben teilen. Ich glaube, ich bin manchmal zu ... zu streng."

Teresa lachte. „Das kann ich mir gut vorstellen."

„Echt? Warum?", fragte Tina grinsend zurück.

„Weil du so diszipliniert bist und dazu neigst, ein bisschen zu hart zu dir selbst zu sein, erwartest du das Gleiche wohl auch von Anderen."

„Bin ich wirklich so ein Diktator?"

„Sagen wir mal so: Du verlangst sehr viel von dir, und das wirkt sich auf deine Umgebung aus", erwiderte Teresa.

Tina senkte den Kopf. Sie musste an Tilman denken. Vielleicht war sie auch ihm gegenüber zu hart gewesen? Plötzlich sehnte sie sich nach ihm mit einer Macht, die sie erschreckte. Nach seiner Nähe, der Berührung seiner Hände, seinem Lachen, seinen Küssen.

„Tina?"

In diesem Augenblick begriff sie, was zu tun war. Oder zumindest hatte sie jetzt eine vage Ahnung, wie das, was sie tun wollte, klappen konnte. Auch ohne die bewährte Liste Pro und Kontra. Manche Entscheidungen traf man aus dem Bauch heraus. Vielleicht die besten? Tina lächelte in sich hinein. Anscheinend hatte sie sich wirklich verändert. Sie hob den Blick. „Ich habe mich entschieden", sagte sie.

„Also wirst du verkaufen?", fragte Teresa.

„Nein", erwiderte Tina. „Auf keinen Fall. Nicht für alles Geld der Welt."

„Willst du dir nicht erstmal die Verträge durchlesen?", fragte Teresa überrascht.

„Das ist nicht nötig. Mein Entschluss steht fest."

„Darf ich fragen, warum du dir so sicher bist?"

„Erstens liebe ich mein kleines Unternehmen. Ich habe es aufgebaut, und ich habe Pläne. Zweitens habe ich Verantwortung für meine Mitarbeiter. Und drittens bin ich nicht bereit, mir von einem Konzern Vorschriften machen zu lassen. Denn sobald ich den Vertrag mit *Valentine's* unterschrieben habe, bin ich von denen abhängig. Anfangs werden sie vielleicht noch mit sich reden lassen, aber irgendwann werden sie mich spüren lassen, dass ich nur noch Angestellte und keine Eigentümerin mehr bin."

„Ich kann deine Argumente nachvollziehen." Teresa lächelte breit. „Und wenn ich ehrlich bin, hätte ich auch nichts Anderes von dir gedacht. Ich gratuliere dir zu deiner Entscheidung, Tina. Viel Erfolg. Und viel Glück." Sie stand auf und kam um den Schreibtisch herum.

Auch Tina erhob sich.

Die beiden Frauen umarmten sich herzlich.

„Danke, Teresa. Lass uns bald mal wieder ein Glas Wein miteinander trinken."

„Gern. Wann?"

„Ich muss noch ein paar Dinge regeln. Dann melde ich mich." Tina nahm ihren Trolley und verließ beschwingt und erfüllt von neuer Hoffnung die Kanzlei.

Um zehn nach elf betrat sie ihr Büro in der Rothenbaumchaussee und war erstaunt, dort Petros vorzufinden, der es sich mit Maike auf den schicken Besuchersesseln vor Tinas

Schreibtisch bequem gemacht hatte. Sie tranken Kaffee und hatten offensichtlich angeregt geplaudert.

„Hallo, Tina." Maike stand nicht auf, sondern schaute sie mit einem unruhigen, fragenden Blick an.

„Hallo, Maike. Gut, dass du auch da bist, Petros", sagte Tina und schob ihren Trolley in eine Ecke. „Ich habe eine Ankündigung zu machen." Sie ging nach hinten und öffnete die Glastür zum Büro von Katrin Lindner. „Haben Sie einen Moment Zeit, Frau Lindner?", fragte sie. „Ich würde gern mit Ihnen allen etwas besprechen."

Maike mischte sich ein. „Yvonne ist nicht da. Sie kommt doch erst morgen."

„Ich rufe sie nachher an", versprach Tina, rollte Maikes Bürostuhl heran, damit Katrin Lindner sich setzen konnte, und ging dann zu ihrem Chefsessel hinter dem Schreibtisch. Als sie saß, schaute sie in drei ernste Gesichter. Anscheinend erwarteten ihre Mitarbeiter das Schlimmste. Tina musste lächeln, so vorwurfsvoll war Maikes Blick. „Hast du Frau Lindner von dem Angebot erzählt", erkundigte sie sich bei Maike.

Diese nickte nur.

„Gut. Also, ich war vorhin bei meiner Anwältin und habe die Sache mit ihr besprochen. Um es gleich zu sagen: Ich werde nicht verkaufen."

„Nicht?", fragte Maike verblüfft. Damit hatte sie offenbar nicht gerechnet. „Aber du würdest reich."

„Und ihr arbeitslos", gab Tina zurück. „Meine Entscheidung hat aber noch ein paar andere Gründe. Unter anderem den, dass ich in Petros jemanden gefunden zu haben glaube, der die Slow Dating-Workshops ebenso gut leiten wird wie ich."

„Du wirst ihn einstellen?" Maike sprang auf, kam hinter den Schreibtisch und umarmte Tina so fest, dass sie kaum noch Luft bekam.

„Hey, erdrück mich nicht", rief Tina lachend. „Ich bin noch nicht fertig. Außerdem weiß ich gar nicht, ob Petros überhaupt für mich arbeiten möchte. Willst du?", fragte sie ihn, während Maike sich wieder hinsetzte.

Petros grinste. „Klar will ich. Wann darf ich anfangen?"

„Wann passt es dir?"

„Ab nächster Woche Montag?"

„Gut. Über deinen Vertrag reden wir später", sagte Tina und fuhr dann fort: „Ich habe festgestellt, dass es eine große Erleichterung ist, die Seminare zu zweit durchzuführen. Deshalb wollte ich dich, Maike, fragen, ob du Lust hättest, ab und zu bei einem Wochenendseminar zu assistieren. Dafür würde ich dir dann zwei andere Wochentage frei geben. Derjenige von uns, der in dieser Zeit nicht beim Slow Dating ist, würde die Büroarbeit übernehmen. Wäre das was für dich, Maike?"

Die Assistentin strahlte. „Das wäre toll." Doch dann wurde sie ernst. „Aber ich müsste das ja erst lernen."

„Natürlich. Deshalb schlage ich vor, dass ihr beide zunächst abwechselnd mit mir die Workshops leitet, bis ihr eingearbeitet seid."

„Heißt das, ich würde später auch mit Petros zusammen Seminare durchführen?", fragte Maike hoffnungsvoll und sah ihren Angebeteten schüchtern von der Seite an.

Tina musste lachen. „Ja, darauf würde es hinauslaufen." Ihr fiel etwas ein. „Ich habe Timo ganz vergessen, Maike. Tut mir leid. Was machst du mit deinem Sohn, wenn du unterwegs bist?"

„Das ist kein so großes Problem. Timo ist normalerweise alle vierzehn Tage übers Wochenende bei seinem Vater. Und in den Ferien ist er oft ganze zwei Wochen bei ihm. Sie verstehen sich prima. Ich hätte kein Problem, solange ich erreichbar wäre."

„Wunderbar. Dann wäre das also geregelt", sagte Tina.

„Das … ich … also … danke, Tina", stammelte Maike.

„Wie findest du diese Idee, Petros?", wollte Tina von ihm wissen.

Wieder blitzten seine weißen Zähne, als er lächelnd antwortete: „Zukunftsträchtig." Er schwieg kurz, ehe er fortfuhr: „Wie steht es eigentlich mit einem Büro für mich? So viel Platz ist hier ja nicht."

„Darüber habe ich mir auch schon Gedanken gemacht", erwiderte Tina. „Ich schlage vor, dass du dir zunächst den Schreibtisch mit Yvonne teilst, unserer Buchhalterin. Sie kommt nur Dienstags und Donnerstags und arbeitet oft auch ganz von zu Hause aus."

Petros nickte. „Das hört sich machbar an."

„Wir werden ausprobieren, ob es funktioniert, wenn wir statt zwölf mal mit vierzehn oder sechzehn Slow Datern auf Tour gehen", erläuterte Tina weiter ihre Pläne. Und Sandra hat mir erzählt, dass der neueste Trend Wanderdating ist. Das sollten wir anbieten. Maike?"

Maike saß da und träumte vor sich hin. Als sie ihren Namen hörte, schaute sie abrupt auf und wurde rot.

„Sei so nett und recherchiere alles zum Thema Wanderdating. Wir sollten es in unser Portfolio aufnehmen."

„Wir haben eine Anfrage von einem Hotel in Schönau am Königssee", sagte Maike eifrig. „Vielleicht wäre das der perfekte Ausgangsort dafür?"

„Da war ich schon mal", mischte sich Katrin Lindner ein. „Es ist wunderschön dort."

„Mit richtig hohen Bergen?", wollte Maike wissen. Und als die anderen sie etwas irritiert ansahen, fügte sie verlegen hinzu: „Ich war noch nie in den Alpen."

„Richtig hohe Berge", bestätigte Katrin lachend.

„Wir nennen das Seminar *Slow Dating Alpenglühen*", schlug Petros vor. „Überhaupt denke ich, wir sollten unter Marketinggesichtspunkten ab sofort jedem unserer Workshops einen romantischen Titel verpassen."

„Super Idee", sagte Tina, sah auf ihre Armbanduhr, und stand auf. „Aber jetzt muss ich euch leider verlassen, denn ich habe ein Date."

„Du hast ein Date?", fragte Maike spontan.

Tina grinste. „Ist das so unwahrscheinlich?"

„Mit wem?", entfuhr es der Assistentin. „Etwa wieder mit …"

Ehe sie mit dem Namen Marcus herausplatzen konnte, legte ihr Katrin Lindner mahnend eine Hand auf den Arm. „Pst."

„Schon gut", erwiderte Tina immer noch lächelnd. „Ich habe ein Date mit dem Mann meines Lebens. Aber er weiß noch nichts davon."

16. Kapitel

Tina klemmte ihr Smartphone als Navi an die Vorrichtung ihres Rennradlenkers, gab die Adresse des Altonaer Puppentheaters ein, und radelte los. Sie war kurz zu Hause gewesen und hatte sich umgezogen. Auf dem knallroten Rad machte sie in ihrer camelbraunen Dreiviertelhose, dem roten Tanktop und den sandfarbenen Sneakers eine gute Figur. Ihr Haar war zu einem Pferdeschwanz gebunden, der im Fahrtwind flatterte, und sie war nicht geschminkt.

Seit ihrer Entscheidung, *Slow Happy* nicht zu verkaufen, fühlte sie sich leicht und frei.

Trotzdem hatte sie Herzklopfen, als sie eine halbe Stunde später in den Hof der alten Fabrik fuhr, in der sich Tilmans Figurentheater befand. Über dem Eingang hing ein großes Banner mit der handgemalten Aufschrift: *Rettet das Altonaer Puppentheater.* Sie lehnte ihr Rad an die efeubewachsene Mauer, wo bereits eine ganze Anzahl Fahrräder parkten, schloss es ab und nahm ihr Smartphone aus der Lenkradhalterung. Einen konkreten Plan hatte sie nicht. Was sie tun, was sie sagen würde, wenn sie Tilman wiedersah, wusste sie nicht genau. Das einzige, was sie wusste, war, dass sie ihn liebte und dass sie alles tun würde, um ihn davon zu überzeugen. Es war ihr klar, dass sie es verbockt hatte. Jetzt musste sie zusehen, dass sie es wieder in Ordnung brachte.

Und wenn Tilman mit ihr fertig war?

Nein, so etwas durfte sie gar nicht denken.

Der Hof war voller Kinder, begleitet von Eltern, Erzieherinnen, Omas und Opas. Um vierzehn Uhr gab es den Froschkönig. Vor der Tür drängelten sich die Menschen, die ihre Karten abholen wollten, und es dauerte, bis Tina drankam. Sie war die Letzte in der Schlange. „Wir sind eigentlich ausverkauft", sagte der junge Mann, der an einem kleinen Tisch im schlichten Foyer saß, vor sich eine gut gefüllte Kassenbox. „Aber ich stelle Ihnen noch einen Stuhl rein."

„Danke", sagte Tina erleichtert, zahlte und folgte dem Mann ins Theater.

Dort nahm er einen Klapphocker, der an der Wand lehnte, und stellte ihn seitlich der ersten Reihe auf. „Bitte schön."

Im Saal herrschte ein unglaubliches Stimmengewirr. Vor allem helle Kinderstimmen, aufgeregt, voller Vorfreude. Auf der Bühne stand auf einem Podest etwas, das aussah wie ein langer, mit weißer Kunstseide umhüllter Trog. Am einen Ende des Trogs befand sich eine große Porzellanschüssel mit Goldrand. Dahinter Bäume aus Pappmaché. Dann ging das Licht aus. Von überall machte es *Pst … Pst …*, und die Kinderstimmen verstummten erwartungsvoll.

Da erschien im Spot eines Scheinwerfers hinter dem Trog ein Mann mit eisgrauem Bart, der ein Pferd am Zügel führte. Der Puppenspieler war nicht zu sehen.

„Oh weh", seufzte der Mann. „Oh weh."

Das Pferd wieherte.

„Ruhig, Brauner", sagte der Mann, hob die Hand und tätschelte dem Pferd den Hals. „Oh weh", stöhnte er wieder und fasste sich diesmal mit ungelenker Puppenhand an die Brust.

Musik ertönte, das Licht veränderte sich, und aus der Tiefe des Trogs tauchte eine weitere Figur auf. Die Prinzessin! Sie hatte Rastalocken, darauf immerhin eine goldene Krone, und trug eine Jeanslatzhose, doch sie spielte mit einer goldenen Kugel, warf sie in die Höhe, fing sie wieder auf.

Tina musste grinsen, als sie die Rastaprinzessin sah. Fehlte nur der Joint … Sie entdeckte den dünnen Faden, mit dem die Kugel von einem unsichtbaren Mitspieler geschickt geführt wurde.

Der Brunnen in der Porzellanschüssel plätscherte.

„Oh weh", jammerte der graubärtige Mann.

Die Prinzessin hielt inne. „Was hast du denn?", fragte sie den Mann, hörte dabei aber nicht auf, mit der Kugel zu spielen.

„Es tut so weh", sagte der Mann und fasste sich wieder an die Brust.

„Was denn?"

„Mein Herz."

„Und was ist mit deinem Herz? Bist du unglücklich verliebt?", wollte die Prinzessin wissen und hörte einen Moment auf zu spielen.

„Nein. Ich vermisse den Prinzen so sehr, dem ich diene. Er ist seit einem Jahr verschwunden. Niemand weiß, wo er geblieben ist. Ich glaube, er kommt nie wieder. Oh weh, oh weh."

„Wer bist du denn überhaupt?", fragte die Prinzessin.

„Man nennt mich den Eisernen Heinrich."

„Den Eisernen Heinrich? Aber du bist doch gar nicht aus Eisen."

„Die drei Bande, die mein Herz quetschen und pressen und mir große Schmerzen bereiten, sind aus Eisen."

„Wozu soll das gut sein?"

„Sie verhindern, dass mein Herz vor Leid zerspringt", erwiderte der Eiserne Heinrich.

„Aha", meinte die Prinzessin nur und fing wieder an, ihren Ball zu werfen.

Der Eiserne Heinrich kam mit seinem Pferd auf die linke Seite des Trogs, wandte sich ans Publikum, und begann mit der Erzählung: „In den alten Zeiten, wo das Wünschen noch geholfen hat, lebte ein König, dessen Töchter waren alle schön. Aber die jüngste war so schön, dass die Sonne selber, die doch so vieles gesehen hat, sich verwunderte, so oft sie ihr ins Gesicht schien …"

Schon nach wenigen Minuten hatte Tina völlig vergessen, dass auf der Bühne Puppen agierten. Sie tauchte ein in das Märchen, verlor sich in der alten Geschichte, erschrak, als der goldene Ball mit einem lauten Platschen ins Wasser fiel, fand das Geheul, in das die Prinzessin ausbrach, völlig angemessen, und musste lachen, als der Frosch, eine große grüne Klappmaulpuppe, mit einem lauten „Quak" aus der Schüssel sprang. Er ließ seine Zunge herausschnellen, die in etwa so funktionierte wie ein Partyrüssel. Dazu machte er das passende „Slurp".

„Wieso heulst du hier rum", wollte der Frosch von der Prinzessin wissen.

Die Stimme ging Tina durch und durch. Es war Tilmans Stimme.

„Ach du bist's, du hässliche Kröte", antwortete die Prinzessin. „Mein goldener Ball ist in den Brunnen gefallen. Hol ihn mir raus."

„Na hör mal! Ich bin ein Frosch, keine Kröte. Und deinen Ball hole ich nur, wenn ich mir was wünschen darf."

„Was würde sich so einer wie du wünschen? *All you can eat* am Fliegenbüfett? Oder eine Froschfrau?"

„Wenn du so mit mir redest, kannst du deinen Ball vergessen", sagte der Frosch würdevoll.

Die Prinzessin fing wieder an zu schluchzen. „Ich gebe dir alles, was du willst. Meine Krone. Willst du meine goldene Krone?"

„Mag ich nicht. Quak." Der Frosch ließ seine Partyrüsselzunge herausschnellen und rollte sie wieder ein. „Slurp."

„Voll eklig", sagte die Prinzessin.

Der Frosch verschwand im Brunnen.

Sofort ging das Geheul wieder los, und der Frosch kam zurück.

„Bekomme ich jetzt, was ich will?", fragte er.

„Ja", erwiderte die Prinzessin. „Was willst du denn?"

„Du sollst mich lieb haben, ich will dein Geselle und dein Spielkamerad sein, an deinem Tischlein neben dir sitzen, von deinem goldenen Tellerlein essen, aus deinem Becherlein trinken, in deinem Bettlein schlafen. Wenn du mir das versprichst, hole ich dir deine goldene Kugel wieder herauf."

Das Märchen nahm seinen Lauf, mit witzigen Dialogen, ergänzt von der Erzählung des Eisernen Heinrich. Tina schwelgte in der Geschichte, als höre sie sie zum ersten Mal. Vieles hatte sie tatsächlich vergessen, und vor allem hatte sie vergessen, dass der Eiserne Heinrich eine Hauptfigur war. Die eisernen Bande, die er aus Kummer um sein Herz gelegt hatten, berührten sie auf eine seltsame Weise. Mit dem grauen alten Mann, der vor Kummer nichts mehr fühlen wollte, konnte sie sich mehr identifizieren als mit der Prinzessin. Als diese den Frosch an die Wand gepfeffert hatte, der Prinz dem Trog entstiegen und das Happy End erreicht war, knarzte und krachte es aus den Lautsprechern.

Laut rief der Prinz: „Heinrich, der Wagen bricht!"

Und der Eiserne Heinrich antwortete: „Nein, Herr, der Wagen nicht, es ist ein Band von meinem Herzen, das da lag in großen Schmerzen, als Ihr als Frosch im Brunnen saßt."

Und er erzählte die Geschichte zu Ende, während es noch zwei Mal knarzte und krachte, als die beiden anderen eisernen Bänder zersprangen.

Tina applaudierte begeistert mit den Kindern und deren Begleitpersonen. Sie war auf wunderbare Weise beglückt und hatte Tränen in den Augen, als sie aufstand und den Klappstuhl wegräumte, um den Leuten in der ersten Reihe beim Verlassen des Theaters nicht im Weg zu sein. Still blieb sie im Halbdunkel an der Wand stehen und sah zu, wie der Saal sich langsam leerte. Viele Kinder hatten schon begonnen, ihren Begleitern die Geschichte nachzuerzählen.

Nachdem alle gegangen waren, kamen die Spieler auf die Bühne, um abzubauen. Sie waren alle völlig schwarz gekleidet und hatten noch die Kapuzen ihrer Hoodies auf. Als sie Tilman erblickte, trat Tina aus dem Schatten. Nicht weit, nur so, dass er sie entdecken konnte.

Zuerst war er mit einem Kollegen damit beschäftigt, die Schrauben zu lösen, mit denen der Trog an dem Podest befestigt war, und ihn wegzutragen, während eine junge Frau die Requisiten abräumte.

Dann kam er zurück, hob den Klappmaulfrosch auf, den die Prinzessin an die Wand gedonnert hatte, und als er sich aufrichtete, erblickte er Tina.

Sekundenlang schauten sie sich einfach nur in die Augen. Mit einer langsamen Bewegung schob er seine Kapuze zurück. Was Tilman dachte, konnte sie nicht erkennen. Seine Miene verriet weder Freude noch Ablehnung. Den Frosch hielt er in der Hand.

„Tina", sagte er ruhig.

„Hallo, Tilman."

Wieder Schweigen. Schließlich sah Tina, wie er seine Hand in die Puppe gleiten ließ. Der Frosch öffnete das breite Maul.

„Quak."

Tina rührte sich nicht.

Der Frosch ließ seine Zunge hervorschnellen. „Slurp."

Tina wartete.

„Schau mal, Tilman", sagte der Frosch mit dem breiten Klappmaul. „Du hast Besuch. Kennst du die?"

„Klar kenne ich die", antwortete Tilman dem Frosch. „Das ist Tina."

„Und weshalb ist sie hier?", hakte der Frosch nach.

„Das weiß ich nicht", sagte Tilman. „Fragen wir sie doch einfach."

„Au ja", rief der Frosch. „Tina?"

„Ja?"

„Warum bist du hergekommen?"

Sie machte zwei Schritte auf die Bühne zu und schaute zu Tilman und der Froschpuppe auf. „Ich … ich habe einen Fehler gemacht", flüsterte sie. „Ich …"

„Du musst lauter sprechen, sonst kann ich dich nicht verstehen", maulte der Frosch.

Tina kam noch näher. „Ich habe einen Fehler gemacht", wiederholte sie mit festerer Stimme. „Ich habe aus Versehen den Prinzen gegen die Wand geworfen. Jetzt ist er ein Frosch, und ich weiß nicht, was ich tun soll, damit er wieder mein Prinz wird."

„War er denn schon mal dein Prinz?", erkundigte sich der Frosch.

„Er … er hat gesagt, dass er mich liebt."

„Slurp", machte der Frosch, und Tina musste unwillkürlich grinsen. „Tilman, diese Prinzessin sagt, dass du gesagt hättest, dass …"

„Dass ich sie liebe", unterbrach ihn Tilman. „Es stimmt. Ich liebe sie."

„Quak. Und warum hat sie dich dann gegen die Wand geworfen?"

„Weil diese Prinzessin Angst vor ihren Gefühlen hatte", antwortete Tina und suchte Tilmans Blick. Sie sah, wie seine Augen aufleuchteten, und ein Mundwinkel zuckte.

„Slurp. Interessant", sagte der Frosch.

„Es tut mir leid", fügte Tina hinzu. „Frosch, sag ihm, es tut mir unendlich leid."

„Es tut ihr unendlich leid, Tilman", wandte sich der Frosch an den Puppenspieler. „Verzeihst du ihr?"

Tilman nickte. „Ja, ich verzeihe ihr."

Der Frosch ließ seine Zunge vorschnellen. „Slurp. Gut und schön. Trotzdem gibt es noch ein Problem. Weißt du, Tina, Prinz war Prinz, und Frosch bleibt Frosch."

„O je. Gibt es denn gar keinen Ausweg?", fragte Tina.

„Quak. Doch."

„Wie denn?"

Der Frosch sah Tilman an. „Soll ich es ihr sagen?"

Tilman nickte. „Sag es ihr."

„Slurp", machte der Frosch. „Na gut. Das hier ist die Lösung des Problems: Wenn du mich lieb haben willst, und ich soll dein Geselle und Spielkamerad sein, an deinem Tischlein neben dir sitzen, von deinem goldenen Tellerlein essen, aus deinem Becherlein trinken, in deinem Bettlein schlafen, wenn du mir das versprichst, so hast du einen Wunsch frei."

Sie lächelte. „Bezaubernder Frosch, ich möchte dich lieb haben und alles mit dir teilen, mein Bett – und dein Bett. Das ist mein Wunsch." Dabei schaute sie vielsagend zu Tilman auf. „Ich hörte übrigens, dieses Bett steht gar nicht weit von hier", fügte sie mit samtweicher Stimme hinzu.

Tilman ließ die Puppe sinken, streckte eine Hand aus und half Tina auf die Bühne. Dann standen sie einen Moment schweigend voreinander.

„Danke, dass du gekommen bist", sagte er irgendwann leise.

„Ich hatte gar keine andere Wahl", wisperte sie. „Ich liebe dich, Tilman. Ich war so dumm."

Der Frosch schnellte hoch. „Quak!", rief er. „Habt ihr das gehört? Es hat geknarzt und gekracht, als sei der Blitz ins Dach gefahren!"

Tina begriff sofort. Sie hob den Kopf und sah Tilman forschend in die Augen. „Denkst du, ich hätte eine Fessel ums Herz gehabt wie der Eiserne Heinrich?"

„Hast du nicht?"

„Ich habe immer Angst gehabt, die Kontrolle zu verlieren", gab sie zu. „Ich musste immer bestimmen, was geschieht. Aber die letzten Tage haben mich verändert. Da war plötzlich so viel Chaos, dass ich den Überblick verloren habe. Und es war irgendwie überhaupt nicht schlimm, sondern spannend. Als ich mich in dich verliebt habe, fiel es mir plötzlich ganz leicht, die Dinge geschehen zu lassen. Aber dann hast du mich versetzt, und ich bekam wieder Angst. Bisher kannte ich als Mittel gegen diese Angst nur Selbstdisziplin und Abstand, auch wenn es weh tat."

„Die eiserne Tina."

Überrascht schaute sie ihn an und lächelte. „Kann man so sagen."

„Und jetzt?"

„Ich habe immer noch Angst. Aber zum ersten Mal sind meine Gefühle stärker als das Bedürfnis, alles unter Kontrolle zu haben."

„Slurp", machte die grüne Klappmaulpuppe. „Das heißt, du liebst einen Frosch?"

Tina lachte. „Sieht ganz so aus."

„Und du möchtest, dass dieser Frosch dich mit in sein Bettchen nimmt?"

„Möchte der Frosch das denn auch?"

„Quak."

„War das ein Ja", wollte Tina wissen und sah Tilman an.

Statt einer Antwort machte der Frosch ein letztes Mal „Slurp." Gleich darauf hob Tilman die Prinzessin auf seine Arme, so mühelos, als habe sie kein Gewicht. Der Frosch schaute Tina über die Schulter. „Ja, süße Tina", flüsterte er. „Er möchte, dass du in sein Bettchen kommst. Und wenn du ihn oft genug küsst, wird dein Frosch vielleicht irgendwann wieder ein Prinz."

Epilog

Der Festsaal im Schlosshotel Nordeby war ganz klassizistische Pracht mit weißen, kannelierten Pilastern, großen Sprossenfenstern auf der einen Seite und riesigen, vergoldeten Spiegeln auf der anderen. Anlässlich der Hochzeit von Sandra und Jonathan hingen vor den Fenstern und Spiegeln Girlanden aus weißen und roten Rosen. Weißgedeckte lange Tische boten Platz für das ganze Dorf und die Gäste von auswärts. An der Schmalseite gegenüber der hohen Flügeltür war ein Podest aufgebaut worden. Dort, vor einem glitzernden Vorhang aus Silberfäden, spielte eine Jazzband mit Frankie Toledo am Keyboard gut abgehangene Stücke.

Auf der Tanzfläche vor dem Podest herrschte Gedränge zu dieser späten Stunde. Sandra in ihrem weißen Minikleid in A-Linie, das ihren Babybauch geschickt verbarg, tanzte ausgelassen mit Jonathan, ihrem frisch gebackenen Ehemann. Der schlanke, hochgewachsene Mann mit dem raspelkurzen blonden Haar blickte nicht wie üblich ernst und ein wenig melancholisch. Heute umspielte seinen Mund ein Lächeln, für das beseligt der einzige Ausdruck war.

Tina, die neben Maike am Tisch saß und ab und zu an ihrem Rotwein nippte, beobachtete die beiden höchst zufrieden und dachte an das allererste Slow Dating, das im Mai vor zwei Jahren im Schlosshotel Nordeby stattgefunden hatte. Wie viel hatte sich seitdem zum Guten verändert. Und sie selbst hatte sich am meisten verändert. Seit drei Monaten waren Tilman und sie ein Paar, und sie war glücklich. So glücklich wie noch nie zuvor. Und gestern hatte er ihr erzählt, dass das Altonaer Puppentheater eine Gnadenfrist erhalten habe. Da der Investor, der das alte Fabrikgebäude erworben hatte, ungefähr ein Jahr benötigen würde, bis die Umbaupläne fertig waren und die Baugenehmigung erteilt war, durfte das Theater weitermachen. Die Truppe konnte sich in Ruhe nach einer Alternative umsehen, und vorerst behielt Tilman seinen Job.

Apropos Tilman.

„Hast du Tilman irgendwo gesehen?", fragte sie Maike.

Ihre Assistentin trug heute keinen Batikfummel, sondern ein Vintagekleid der 70er aus fließendem, mit großen stilisierten Blüten in Lila, Gelb und Dunkelbraun bedrucktem Stoff. Es wurde im Nacken mit einer Schleife gebunden. Außerdem hatte Maike ihre hennarote Haarfarbe gegen ein warmes Braun getauscht, einen Mittelscheitel gezogen, und ihr langes Haar glattgeföhnt. Sie sah hinreißend aus, aber sie schmollte, denn obwohl Petros unbegleitet erschienen war, weil seine Freundin mit ihren Schülern auf Klassenfahrt war, ließ er Maike links liegen.

„Nein, wieso?", fragte Maike zurück und fixierte Petros, der mit einer ihr fremden Frau aus dem Dorf Nordeby tanzte.

„Nur so", antwortete Tina und schaute sich stirnrunzelnd im Festsaal um. Doch Tilman war nirgendwo zu entdecken.

Die Band beendete den flotten Foxtrott, und die meisten der erhitzten Tänzer kehrten zu ihren Tischen zurück, um sich einen Moment auszuruhen und etwas zu trinken.

Da ertönte ein Trommelwirbel und ein Tusch. Frankie Toledo nahm sein Mikro und sagte: „Ladies and Gentlemen, wir präsentieren Ihnen nun unser Highlight des Abends. Erleben Sie ein unvergleichliches Duo. MaryLou und MaryJane. Schwelgen Sie mit uns in den unvergessenen Songs von Marylin Monroe und Frank Sinatra. Applaus für MaryLou und MaryJane!"

Beifall brandete auf, und unter dem Applaus traten aus dem silbernen Lamettavorhang zwei Dragqueens in aufregenden Pailettenkleidern. MaryLou ganz in Schwarz mit platinblonder Monroeperücke, perfekt bis hin zum Schönheitspflästerchen, und MaryJane mit schwarzen Locken wie Jane Russell, im silbernen Outfit und in silbernen High Heels.

„Wow", sagte Maike atemlos. „Ist das Tilman?"

Tina nickte. Ihr Mund war trocken, und sie schluckte ein paar Mal, ehe sie sich an ihren Rotwein erinnerte und den Rest des Glases auf einen Zug kippte.

Das war Tilman. Der Mann, den sie liebte.

Und nun sangen MaryLou und MaryJane das alte, romantische Duett *Somethin' stupid*. Als der Refrain kam *and then I go and spoil it all by saying somethin' stupid like I love you*, suchte MaryJane Tinas Blick. *I love you …*

Der Song endete. Frankie Toledo nahm sein Mikro. „Und jetzt, meine Damen und Herren, ein langsamer Walzer für alle, die mit uns träumen wollen." Er spielte eine Überleitung, die Jazzband setzte ein, und es erklangen die ersten Takte von *Always*. Diesmal sang MaryLou den Song allein.

MaryJane trat an die Rampe des Podests und streckte die Hand aus. „Tina? Darf ich bitten?"

Ohne zu zögern, magisch angezogen, stand Tina auf und betrat die Tanzfläche, wo MaryJane sie bereits erwartete. Tilman lächelte sie zärtlich an, doch seine Maske, sein Kostüm, waren so perfekt, dass er ihr auf prickelnde Weise fremd vorkam. Sie begannen zu der verführerisch langsamen Melodie zu tanzen, während der volle, warme Bariton von MaryLou sie mit Worten der Hoffnung, der Liebe umhüllte.

„Always", flüsterte Tilman seiner Liebsten ins Ohr.

Tina schaute fragend zu ihm auf.

„Willst du mich heiraten, süße Tina?"

Auf der Bühne sang MaryLou:

I'll be lovin' you, always
With a love that's true, always …

Eine Welle des Glücks erfasste Tina. Das war Tilman. Ihr Gefährte, ihr Liebhaber, ihr Frosch. Ihr Puppenspieler, ihre Dragqueen, ihr Prinz.

„Ja", flüsterte sie und ließ es zu, dass MaryJane sie mitten auf der Tanzfläche küsste.

Auf der Bühne sang MaryLou:

Days may not be fair, always
That's when I'll be there, always
Not for just an hour, not just a day
Not for just one year but always
Always
Always
All the time

Die Autorin

Alexa Hirth wuchs in Süddeutschland auf und studierte Literaturwissenschaft. Sie arbeitet als Publizistin und Übersetzerin. Als Selfpublisherin veröffentlichte sie bisher die Romane *Slow Dating* und *Slow Dating Ahoi!* Die Fortsetzung, *Slow Dating Alpenglühen*, ist in Planung. Alexa Hirth lebt seit vielen Jahren mit ihrem Mann in Schleswig-Holstein.